KB185164

미스터 쉐도우

미스터 쉐도우

정명섭 장편소설

아프로스
◎미디어

목차

1장 ················· 7

2장 ················· 35

3장 ················· 51

4장 ················· 79

5장 ················· 147

6장 ················· 259

7장 ················· 311

8장 ················· 343

일러두기

※ 본 작품에 나오는 일부 설정은 작가에 의해 가공된 것임을 밝힙니다.

※ 전화 등 기계에서 나오는 대사는 [ ]로, 문자 등의 내용은 돋움체로 구분했습니다.

1 장

"죽음이 그처럼 많은 사람들을 망쳤으리라고는 나는 미처 생각하지 못했다."

~ T. S. 엘리엇 ~

딸이 죽었다. 눈에 넣어도 아프지 않았고, 아내가 일찍 죽고 나서 유일한 희망이자 버팀목이었던 딸이 죽었다. 항상 해맑게 웃던 착한 딸이 죽었다. 딸의 죽음은 어느 날 문득, 감기처럼 찾아와서 가슴에 깊은 상처를 냈다. 그렇게 나을 수 없는 치명상을 남겼다.

기태는 조용히 서서 T. S. 엘리엇의 시 「황무지」의 한 구절을 중얼거렸다.

현실감 없는 도시,

겨울 새벽의 갈색 안개 밑으로 한 무리의 사람들이 런던 다리 위로

흘러갔다.

죽음이 그처럼 많은 사람들을 망쳤으리라고는 나는 미처 생각하지 못했다.

병원의 복도에서는 특유의 소독약 냄새가 코를 찔렀다. 방금 전 딸의 시신을 본 기태는 여전히 죽음이 믿기지 않았다. 현실을 도저히 받아들일 수 없었다. 영안실에 누워 있는 딸의 이름을 부르면 벌떡 일어나서 왜 이제 왔냐고 칭얼거릴 것만 같았다.

우두커니 서 있는 기태의 주변으로 가운을 입은 의사와 간호사들이 바쁘게 스쳐 지나갔다. 멍하니 서 있던 기태에게 두 남자가 다가왔다. 카키색 점퍼에 통이 넓은 청바지 그리고 운동화 차림이었는데, 둘 다 머리가 짧았다. 거의 쌍둥이처럼 생겼는데 앞장서서 다가오는 쪽이 머리가 약간 더 컸고, 코에 점이 있었다. 기태 앞에 멈춰 선 그가 점퍼 안주머니에서 신분증을 꺼냈다. 여성청소년계 소속 안영섭이라는 이름이 보였다.

"경찰입니다. 박기태 씨 맞으시죠?"

대답할 기운이 없던 기태는 고개를 끄덕거렸다. 그러자 신분증을 점퍼 안주머니에 넣은 안영섭이 기태에게 말했다.

"잠깐 얘기를 좀 하고 싶습니다."

"네."

"담배 피우십니까?"

기태가 또 고개를 끄덕이자 안영섭이 말했다.

"저기 뒷문 주차장 쪽에 담배를 피울 만한 곳이 있던데, 그리로 가실까요?"

안영섭과 동료 형사를 따라 밖으로 나오자 차들이 줄지어 늘어선 주차장이 보였다. 출입문 근처에는 벤치들이 있는 공간이 있었고, 환자로 보이는 사람들이 모여서 담배를 피우고 있었다. 적당한 곳에 자리 잡은 안영섭이 담배를 권했다. 기태는 좋아하는 담배가 아니라서 거절하려다 그냥 받았다. 안영섭의 동료 형사가 빨간색 일회용 라이터를 꺼내서 불을 붙여 주었다.

담배를 한 모금 빨아들이자 몸속이 연기로 가득 찬 것 같았다. 며칠 동안 제대로 자지도 못하고 먹지도 못한 기태는 살짝 휘청거렸다. 결국 어지러움을 이기지 못하고 벤치에 앉았다. 그러자 안영섭과 동료 형사가 자연스럽게 그의 좌우에 섰다. 안영섭이 측은한 눈으로 바라보다가 입을 열었다.

"잠은 좀 주무셨습니까?"

"모르겠습니다. 자고 싶지도 먹고 싶지도 않습니다."

"그래도 산 사람은 살아야지요. 기운을 내십시오."

대답할 기운이 없었던 기태는 담배를 손가락 사이에 끼운 채 힘없이 고개를 끄덕거렸다. 슬쩍 동료 형사와 눈빛을 주고받던 안영섭이 입을 열었다.

"그냥, 형식적인 조사입니다. 필요하면 정식으로 연락이 갈 거고요."

"무슨 조사입니까?"

기태의 반문에 안영섭이 난감한 표정을 지었다.

"박기태 씨의 따님 윤지 양의 죽음을 조사하고 있는 중입니다."

안영섭의 얘기를 듣자 현실이 파도처럼 밀려왔다. 사흘 전, 간신히 구한 타일 작업을 한창 하고 함바집에서 밥을 먹고 있는데 전화가 왔다. 모르는 번호라서 예전에 면접을 본 곳에서 연락이 온 줄 알았다. 나이가 든 바리스타를 찾는 카페는 드물었는데 시니어 특별 채용이라서 이력서를 냈던 곳이 있었다. 두근거리는 마음에 서둘러 전화를 받았더니 낯선 목소리의 남자가 낮은 음성으로 딸의 죽음을 알려 줬었다.

그다음에 무슨 일이 어떻게 벌어졌는지 기태의 기억은 뒤죽박죽이었다. 정신없이 함바집을 나와서 차를 타고 경찰이 알려 준 병원으로 향했다. 운전을 하면서 가는 내내 울었던 기억이 났다. 병원에 도착해서 허겁지겁 응급실로 뛰어 들어가며 딸의 이름을 크게 불렀다. 시끄럽던 응급실이 삽시간에 조용해졌고, 기다리고 있던 의사들이 조용히 그의 팔을 잡아끌었다. 그리고 마침내 딸의 죽음을 직접 목격했다. 이마 위쪽은 부서졌고, 옷은 피와 뇌수로 얼룩져 있었다. 처참한 상태였지만 얼굴은 마치 잠든 것처럼 평온했다.

딸의 죽음을 직접 눈으로 확인한 기태는 그대로 무너져 버렸다. 다리에 힘이 풀려서 주저앉자 남자 간호사가 부축해서 밖으로 데리고 나왔다. 그 후에 수많은 일들이 폭풍처럼 스쳐 지나갔다. 딸 윤지가 다니던 고등학교의 교장과 담임이 찾아와서 고개를 조아렸고, 경찰들도 나타났다. 혼란스럽던 기태의 귓가에 딸의 죽음에 관한 여러 가지 얘기들이 들려왔다. 어떤 것들은 질문 형태로 다가왔고, 어떤 것들은 스치는 바람처럼 속삭임으로 들렸다.

장례를 치르고 싶었지만 경찰에서 조사할 게 더 있다면서 말리는 바람에 답답한 시간을 보내야만 했다. 그렇게 기태는 며칠 동안 직장 대신 병원에서 유령처럼 배회했다. 그러다가 두 형사들과 만난 것이다. 기태와 시선이 마주치자 안영섭이 입에 물고 있던 담배를 빼면서 연기를 내뿜었다. 그리고 조심스럽게 물었다.

"학교 관계자는 만나 보셨습니까?"

"네, 교장 선생님과 담임 선생님이 오셨더라고요."

"들은 얘기가 좀 충격적이지는 않으셨는지……."

말끝을 연기처럼 흐린 안영섭은 기태의 시선을 피했다. 교장과 담임이 한 얘기는 기괴하고 끔찍했다. 참담한 심정의 기태가 아무 말도 하지 않자 안영섭이 슬쩍 화제를 돌렸다.

"바리스타가 원래 직업이셨죠, 커피 만드는?"

"맞습니다. 직장 생활을 잠깐 하다가 적성에 맞지 않아서 때려치우고 커피 만드는 일을 했습니다. 파주에 있는 카페에서 꽤 오래 일했죠."

얘기하지는 않았지만 기태는 그곳에서 아내를 만났다. 카페를 드나들던 단골손님이었는데, 어느 날 정신을 차려 보니까 데이트를 하고 있었다. 결혼을 하고 그다음 해에 윤지가 태어났다. 원래도 몸이 안 좋았던 아내는 윤지를 낳고 더 안 좋아졌다. 결국 윤지가 초등학교를 졸업하던 날 세상을 떠났다. 아내는 산소호흡기로 마지막 호흡을 하며 기태의 손을 꼭 잡았다. 말은 없었지만 딸을 잘 부탁한다는 뜻이라는 건 기태도 어렵지 않게 알 수 있었다.

다행스럽게도 딸 윤지는 구김살 없이 자라났다. 학원 한번 제대로 보내 준 적 없지만 성적은 상위권이었고, 잘 웃는 아이였다. 그래서 중학교 담임 선생님은 가정 환경이 이렇게 어려운 줄은 꿈에도 몰랐다고 얘기하기도 했다. 기태가 추억에 잠겨 있는데 안영섭의 질문이 귓가를 파고들었다.

"따님이 최근 이상한 행동을 하거나 뭔가를 숨기려고 하지는 않았습니까?"

"최근이라……."

말꼬리를 길게 끈 기태는 담배를 한 모금 피우면서 생각에 잠겼다.

"없었습니다. 올해 고3이라 내년에 대학에 가야 하는데 지거…… 뭐라더라."

생각이 안 나서 고민하는 기태를 본 안영섭 형사의 동료가 끼어들었다.

"지거국이요? 지방 거점 국립대."

"맞아요. 거길 가면 등록금 문제를 해결할 수 있다고 했어요. 딸과 헤어지는 게 아쉽긴 했지만 서울에 있는 대학교 등록금을 구해 줄 처지는 아니었거든요."

아내가 죽고 나서 그동안 틈틈이 모은 돈으로 드디어 카페를 오픈했다. 밤새 오픈 준비를 하고 피곤에 지쳤지만 몰려드는 손님을 보면서 행복감에 빠졌다. 하지만 그것도 잠시였다. 코로나로 인해 거리를 다니는 사람들의 발길이 뚝 끊겼다. 덕분에 1년 만에 카페 문을 닫게 되었고, 그 와중에 막대한 빚을 지고 말았다.

좌절한 기태를 위로해 준 것은 딸 윤지였다. 사람은 살다 보면 실패할 수 있다면서 중요한 건 어떻게 일어나느냐라고 했다. 어른스러운 말로 아빠를 위로해 주는 윤지를 보면서 기태는 좌절감을 추슬렀다. 그리고 닥치는 대로 일을 하면서 빚을 갚아 나갔다. 그 와중에도 윤지는 정말 공부를 잘했다. 멍하니 또 생각에 잠겨 있던 기태에게 안영섭이 물었다.

"윤지 양이 친구들과 오피스텔에서 공부방을 한다고 하지 않았습니까?"

"맞습니다. 돈이 좀 있는 부모를 둔 친구가 오피스텔을 하나 빌려서 사는데, 거기 모여서 공부한다고 했어요. 다른 친구들 공부도 봐 주고, 자기도 공부를 한다고요."

여러모로 이해가 안 가긴 했지만 지방에 며칠씩 일을 다녀야 하는 처지라서 말릴 수도 없었다. 안영섭은 동료 형사와 잠깐 눈빛을 교환하더니 조심스럽게 입을 열었다.

"그럼 전혀 모르셨습니까?"

윤지가 죽은 후 수백 번 받은 질문이었다. 그리고 항상 답변은 똑같았다.

"네, 전혀, 꿈에도 생각하지 못했습니다."

"그 오피스텔이 성매매에 사용되었다는 걸 모르셨군요."

처음 들었을 때는 믿기지 않았고, 지금도 믿을 수 없었다. 기태가 아무런 대답도 하지 않자 안영섭이 조심스럽게 말을 이었다.

"저…… 부검 결과가 나왔는데요."

기태가 담담한 표정으로 바라보자 안영섭이 담배 연기와 한숨을 같이 토해 냈다.

"윤지 양의 시신에서 마약 성분이 검출되었습니다."

"네? 윤지가 마약 중독자라는 얘깁니까?"

날 선 기태의 물음에 안영섭이 난감한 표정을 지었다.

"검사 결과가 그렇게 나와서 저희는 그냥 통보해 드리는 것뿐입니다."

"정말 믿어지지 않습니다. 우……."

딸이 영화나 드라마에서나 봤던 그런 마약에 중독된 상태라는 사실이 믿기지 않는 기태는 땅이 꺼져라 한숨을 쉬며 덧붙였다.

"정말 착한 아이였어요. 한 번도 짜증이나 화를 낸 적이 없었죠."

"따님이 오피스텔에 대해서 무슨 얘기를 한 적이 없었나요?"

어느 틈엔가 수첩을 꺼낸 안영섭의 물음에 기태는 고개를 저었다.

"그냥 집이 부자인 친구가 얻었다고만 했어요. 한번 가 보고 싶었는데 시간이 없어서……. 거기서 마약을 한 겁니까?"

기태가 조심스럽게 묻자 안영섭은 동료 형사를 바라봤다. 그가 가볍게 헛기침하고는 입을 열었다.

"마약도 마약이지만 성매매를 한 징후가 포착되었습니다."

쇠망치로 머리를 한 대 맞은 것 같은 충격에 기태는 가까스로 입을 열었다.

"서, 성매매요? 우리 윤지가 말입니까?"

"네. 그 오피스텔에 성 매수를 한 남성들이 드나들었습니다. 조사 중에 윤지 양과 성매매를 했다고 자백했고요."

"그럴 리가……."

안영섭의 말이 믿기지 않는 기태가 담배를 떨어뜨렸다. 그리고 두 손으로 얼굴을 감쌌다. 그런 기태를 보며 안영섭은 최대한 차분하게 말했다.

"그리고 따님이 성매매를 하려는 남성들에게 마약을 권유했다고 합니다."

머리가 점점 어지러워진 기태는 정신을 잃지 않기 위해 아랫입술을 깨물었다.

"성매매에 마약이라고요?"

기태는 그럴 리가 없다면서도 형사들이 아무런 증거 없이 말하지는 않았을 것이라 생각했다. 그런 기태의 속마음을 알아차렸는지 안영섭이 얘기했다.

"이게 명백한 증거가 있는 상황이라서요. 아버님께서는 전혀 모르셨습니까?"

"네, 계속 지방으로 일을 다니느라 집에는 일주일에 하루 이틀 정도만 들어갔거든요. 윤지는 공부방인가 하는 곳에 계속 있다고 했고요."

딸은 연락하면 항상 공부방이라고 했다. 그곳이 공부방이 아니라 다른 용도로 사용되었다는 사실을 듣긴 했지만, 기태는 여전히 공부방이라고 부를 수밖에 없었다. 가볍게 헛기침을 한 안영섭이 수첩을 접고 바지 주머니에서 휴대폰을 꺼내더니 사진을 한 장 보여 줬다.

"혹시 이 친구를 본 적이 있습니까?"

화면에는 윤지와 같은 학교 교복을 입은 남자아이의 얼굴이 보였다. 바가지 머리의 헤어스타일에 눈이 약간 몰려 있다는 점을 빼고는 길거리에서 흔히 마주칠 수 있는 평범한 고등학생의 얼굴이었다. 잠깐 기억을 더듬어 본 기태는 고개를 저었다.

"처음 봅니다. 누굽니까?"

"죽은 따님과 같은 반 학생입니다. 정경섭이요."

"이 친구가 왜요?"

"공부방이라고 불리는 오피스텔의 실질적인 주인이자 또래 포주로 추정됩니다."

"또래 포주요?"

"같은 연령대의 아이들을 협박이나 여러 가지 방식으로 성매매시키는 아이를 또래 포주라고 부릅니다."

"이 아이가 우리 윤지에게 성매매를 시켰다는 겁니까?"

기태의 목소리가 높아지자 안영섭이 휴대폰을 바지 주머니에 도로 넣으며 대답했다.

"협박을 받은 건지 자발적이었는지는 알 수 없습니다. 다만, 오피스텔을 실질적으로 관리한 건 이 친구였습니다."

"관리라고요?"

"텔레그램으로 고객들을 모으고 가상 화폐를 받았습니다. 요즘 마약 거래도 이런 식으로 합니다."

"믿기지가 않네요. 믿고 싶지도 않고."

괴로움을 못 이기고 두 손으로 얼굴을 감싼 기태에게 안영섭이 말했다.

"저희도 조사 중입니다. 사실, 오피스텔에서 고등학생이 성매매를 한다는 첩보를 입수했을 때만 해도 설마라고 생각했거든요."

상황은 점점 명백해졌다. 착하고 공부 잘하는 딸은 사라지고 마약에 중독된 채 성매매를 한 딸만 남은 것이다. 좌절감에 짓눌린 기태에게 안영섭이 물었다.

"혹시 따님이 이상한 메시지를 받거나 누굴 만난다고 한 적은 없었습니까?"

"친구들이 별로 없다고 했어요. 시간이 남으면 책을 읽으면서 혼자 시간을 보냈고요. 돈을 펑펑 쓰지도 않았어요."

"정경섭이 따님에게 따로 돈을 준 흔적은 발견되지 않았습니다. 일방적으로 착취한 거 같습니다."

"협박을 받은 걸까요?"

기태의 물음에 안영섭이 고개를 저었다.

"따님이 그곳에 관해 얘기했던 것 중에 특별히 기억나는 건요?"

"없었습니다. 얼마 전에 통화하면서 물어본 적이 있었는데 딱히 문제가 있다는 말은 하지 않았어요."

기태는 대답을 하면서 초라함과 창피함을 느꼈다. 바쁘다는 핑계로 딸이 어떤 삶을 살아왔는지 전혀 눈치채지 못했다. 절망스러워하는 기태를 보면서 안영섭과 동료 형사의 표정 역시 어두워졌다. 담배를 끄고 꽁초를 재떨이용 쓰레기통에 던진 안영섭이 말했다.

"증거가 명백해서 따님이 살아 있었다면 체포되어서 조사를 받았을 겁니다. 하지만 사망한 상황이라 더 이상 조사는 없을 겁니다. 이제 장례는 치르셔도 됩니다."

"죽은 게 다행이라는 뜻입니까?"

덮은 수첩을 안주머니에 넣으며 안영섭이 대답했다.

"그런 뜻으로 들렸다면 죄송합니다. 그냥 상황을 말씀드린 겁니다.

"한 가지 궁금한 게 있습니다."

"말씀하십시오."

"그 오피스텔이 강남에 있는 걸로 알고 있습니다만."

"맞습니다."

"그런데 우리 윤지가 어떻게 강원도의 월령까지 가서 죽은 겁니까? 그것도 절벽에서 떨어져서요."

딸의 죽음에서 가장 이해가 가지 않는 부분이었다. 딸은 차멀미를 하는 편이고, 내성적인 성격이라 수학여행도 가지 않으려고 했다. 그런데 어떻게 그 멀리까지 가서 죽었는지 정말 이해가 가지 않았다. 주저하던 안영섭이 입을 열었다.

"추측이긴 하지만, 협박을 받은 거 같습니다."

"협박이요? 누구한테 말입니까?"

"우리는 정경섭으로 추정하고 있습니다."

"정경섭이라면 그 또래 포주 말입니까?"

"네. 현재 체포 영장이 나왔는데 도주 중입니다."

"고등학생이 말입니까?"

"요즘 고등학생이 얼마나 대단한지 모르시죠? 우리 때와는 완전 달라요. 휴대폰도 버리고, 잠수 타 버렸어요."

"그 친구가 제 딸을 죽였을 수도 있는 겁니까?"

"따님이 돌아가신 장소는 국도로 접근할 수 있는 외진 곳이라 CCTV나 블랙박스로 확인이 되지 않습니다. 그래서 정경섭이 직접 갔는지 아니면 따님이 혼자서 가서 뛰어내렸는지 알 수 없는 상태입니다."

"제 딸이 자살했다면 거기까지 가지는 않았을 겁니다."

확신에 찬 기태의 말에 안영섭이 난감한 표정을 지었다.

"사실 자살하는 사람의 심리는 굉장히 복잡합니다. 남편을 출근시키고 바로 화장실 수건걸이에 목을 매는 주부도 있고, 엄마 아빠에게 학교 간다고 하고 가방 메고 나와서 곧장 아파트 옥상으로 올라가서 뛰어내리는 학생도 있죠. 따님의 시신을 부검한 결과 누가 떠밀었다고 볼 만한 증거는 나오지 않았습니다."

"그럼 윤지가 거기까지 자기 발로 가서 스스로 뛰어내렸다는 겁니까?"

"어디까지나 가능성에 대해 말씀드린 겁니다. 저희는 이제 남은 흔적을 찾아서 추측해야 할 뿐이고요."

"성매매를 하고 마약 중독자라니. 저는 도저히 믿을 수가 없네요. 우리 윤지는 정말 성실하고 착한 아이였습니다. 그런 아이가 어느 날 갑자기 세상을 떠났는데 어떻게 왜 죽었는지 아무것도 밝혀진 게 없군요."

"저희도 최선을 다해서 조사 중입니다. 또래 포주인 정경섭이 잡히면 어떤 상황인지 밝혀질 겁니다."

답답함에 얼굴을 찡그린 기태에게 안영섭이 지갑에서 명함을 꺼내 건넸다.

"궁금한 게 있으면 저에게 연락해 주십시오. 아는 대로 대답해 드리죠."

"고맙습니다."

기태와 서로 묵례를 한 안영섭은 동료 형사와 함께 돌아섰다. 멀어져 가는 그들의 뒷모습을 보던 기태는 텅 빈 한숨과 함께 일어났다. 피곤함이 몰려와 손가락으로 눈을 비볐다. 일단 집에 가서 한숨 자고 다음 일을 생각해 보기로 했다.

차가 세워진 병원 뒤쪽 주차장으로 터덜터덜 발걸음을 옮겨 낡고 오래된 사륜구동 코란도 쪽으로 갔다. 차는 진즉에 바꿔야 했지만 그럴 여유가 없었다. 그렇다고 지방에 일을 하러 가야 하는데 폐차시킬 수도 없었다. 머릿속이 복잡해진 채로 기태는 운전석 문을 열었다. 그때, 자동차 뒤쪽에서 부스럭거리는 소리가 들렸다. 기태는 소리가 난 방향으로 고개를 돌렸다.

뒤쪽은 화단이 조성되어 있어서 잘 보이지 않았다. 잘못 들었거나 길고양이가 발소리를 듣고 도망친 것이라고 생각하고는 운전석에 올라타려고 할 때였다. 뒤쪽 화단에서 아주 작은 목소리가 들렸다.

"아저씨."

놀란 기태가 돌아보자 화단 사이로 누군가 쪼그리고 앉아 있는 게 보였다. 앳된 얼굴에 바가지 머리를 하고 있었는데 어디선가 본 얼굴이었다. 기태는 순간 누군지 알아차렸다. 교복 차림이 아니고 머리가 약간 길어지긴 했지만 바로 딸에게 성매매를 시켰다고 한 정경섭이었다.

"너!"

기태가 떨리는 목소리로 소리치자 상대방이 화단을 나오면서 손가락을 세워서 조용히 하라는 손짓을 했다.

"짭새들이 듣겠어요. 조용히 좀 해 주세요."

화가 머리끝까지 난 기태는 정경섭의 멱살을 잡았다.

"너 여기 어떻게 온 거야?"

"아저씨 만나러요. 윤지 장례식장에서 만날 수 있을 거라고 생각했어요."

"내 얼굴은 어떻게 알았는데?"

멱살을 잡은 기태의 물음에 정경섭이 대답했다.

"예전에 윤지가 같이 찍은 사진을 보여 준 적 있어요. 그리고 1학년 운동회 때 윤지랑 같이 달리셨잖아요. 그때 먼발치서 봤어요."

"이 새끼! 내 딸한테 무슨 짓을 한 거야?"

"무슨 짓을 한 게 아니라 무슨 짓을 당했어요."

"뭐라고?"

"윤지에게 무슨 일이 일어났었는지 궁금하면 저를 좀 숨겨 주세요."

"내가 왜 그래야 하지? 경찰한테 넘기면 내 딸이 어떻게 죽었는지 밝혀낼 수 있는데."

"짭새들은 윤지가 왜 죽었는지 못 밝혀낼 거예요."

"네가 죽였지?"

기태는 정경섭의 머리통을 부숴 버리고 싶은 충동을 느꼈다. 분노로 눈알이 터질 것 같던 기태에게 정경섭이 어이없다는 표정으로 말했다.

"제가 윤지를 왜 죽여요? 윤지를 죽인 놈들은 따로 있다고요."

"뭐? 그게 누군데?"

목소리가 약간 차분해진 기태의 물음에 정경섭이 쥐어짜 내는 목소리로 대답했다.

"진모태랑 패거리들이요."

"진모태? 그게 누군데?"

"모, 목 좀 놔주세요. 숨 막혀 죽겠어요."

그제야 정신을 차린 기태는 정경섭의 멱살을 잡은 손의 힘을 뺐다. 코란도에 기댄 채 숨을 몰아쉬던 정경섭이 주변을 돌아봤다.

"가면서 얘기해요."

"가다니? 어디로?"

"아저씨 집이요. 거기가 제일 안전할 거 같아서요."

기태가 당돌한 녀석이라고 생각하며 노려보는데 정경섭이 먼저 조수석에 탔다. 그러자 운전석 문을 연 기태가 말했다.

"날 속이거나 이상한 얘기를 하면 바로 경찰서 앞에 세운다."

"그러면 윤지를 죽인 범인들을 끝끝내 못 찾을 거예요."

"범인들? 한 놈이 아니었어?"

"출발하세요. 가면서 얘기할게요."

여전히 미덥지 않았지만 일단 얘기를 들어 보기로 했다. 무엇보다 형사들이 해 준 얘기가 믿기지 않았기 때문이었다. 시동을 건 기태는 서서히 차를 출발시켰다. 조수석에 앉은 정경섭은 몸을 바짝 낮춘 채 주변을 살폈다. 병원 주차장을 완전히 빠져나오자 한숨을 내쉰 정경섭이 똑바로 앉았다. 그 모습을 본 기태가 물었다.

"윤지랑 같은 반이라며?"

"네. 1학년 때도 같은 반이었고, 2학년 때는 옆 반이었어요."

"윤지한테 네 얘기 들은 적 없는데?"

"저도 우리 엄마 아빠한테 윤지 얘기 한 적 없어요. 왜 어른들은 우리들이 학교에서 있었던 일들을 시시콜콜 다 얘기할 거라고 생각하는 거죠?"

"우리 때는 그랬으니까."

"세상이 겁나 바뀌었다고요. 어른들만 그걸 모르고 있죠."

"그래서 고3이 성매매를 하고 마약 밀매를 한 거야?"

기태의 목소리가 심상치 않다고 느낀 정경섭이 손으로 바가지 머리를 넘기며 대답했다.

"나쁜 짓을 한 건 변명하지 않겠어요. 하지만 우린 시키는 대로 했을 뿐이라고요."

"우리?"

날 선 기태의 물음에 정경섭이 고개를 끄덕거렸다.

"네. 저와 윤지는 살아남으려면 어쩔 수 없었어요."

"살아남다니? 학교가 무슨 전쟁터라도 돼?"

"전쟁은 겪어 보지 못했지만 아마 더하면 더했지 덜하지는 않을 거예요."

뭔가 한마디 하려던 기태는 정경섭의 침울한 표정을 보고는 입을 다물었다. 그리고 사거리에서 신호가 걸리자 다른 질문을 했다.

"그래서 뭐가 어떻게 된 건지 말해 봐. 공부방이라고 부른 그 오피스텔에서 무슨 일이 벌어진 거야."

"진모태, 그 새끼가 모든 일의 배후예요. 그 새끼가 오피스텔을 얻었고, 윤지한테 성매매시켰어요."

"형사들은 네가 했다고 믿던데?"

"저는 허수아비 바지 사장이었어요. 어, 도마뱀의 꼬리 같은 존재죠."

"오피스텔 계약할 때 부모님 동의서도 받았을 거 아냐."

"법정 대리인도 가짜를 준비해 뒀죠. 그 새끼, 아주 치밀한 놈이에요."

"그러면 경찰에 자수해서 다 밝히면 되잖아."

그때 신호가 바뀌어서 기태는 액셀러레이터를 밟았다. 상태가 좋지 않은 코란도가 앞뒤로 크게 흔들리다가 앞으로 나갔다. 바로 옆을 스쳐 지나가는 배달 오토바이를 힐끔 바라본 정경섭이 말했다.

"지금 자수하면 제가 다 뒤집어써요. 그리고 윤지도 자살한 걸로 묻힐 거고요."

"그러니까 진모태인가 뭔가 하는 새끼가 우리 윤지를 죽였다 이거지?"

"네."

"왜 죽인 거지?"

"너무 많이 알고 있어서요. 그리고 몰래 도망치려고 했거든요."

"그래서 입을 다물게 하려고 죽였다는 거야? 형사 얘기로는 조사 결과 자살했다고 하던데."

정경섭이 코웃음을 쳤다.

"그 얘기를 안 믿으니까 저를 태운 거 아닌가요?"

기태는 더 이상 따지지 못하고 잠시 생각하더니 입을 열었다.

"다 털어놔 봐라, 하나도 남김없이."

"작년이었어요, 시작된 건."

"뭐가?"

"진모태가 어느 날 찾아와서는 끝내주는 사업이 있다고 했어요. 잘만 하면 빌딩을 살 수 있다고 하면서 말이죠."

"고등학생이 무슨 사업이고 빌딩이야?"

"대학교 졸업하고 직장에 들어가면 언제 집 살 수 있는데요? 우리도 그런 것쯤은 잘 알아요."

당돌한 정경섭의 대꾸에 할 말을 잃은 기태는 핸들을 세게 움켜잡았다. 시선이 자연스럽게 백미러로 향했다. 거기에는 윤지와 찍은 사진과 주사위 모양의 목걸이가 대롱대롱 매달려 있었다. 기태의 시선을 따라 주사위 모양의 목걸이를 쳐다보던 정경섭이 입을 열었다.

"처음에는 계획을 듣고는 너무 겁이 나서 못 한다고 했다가 강당에서 두 시간 넘게 존나게 두들겨 맞았어요. 그래서 어쩔 수 없이 시키는 대로 했죠."

"윤지도 그렇게 협박을 받은 거냐?"

고개를 끄덕거린 정경섭이 침울한 표정을 지었다.

"정말 하기 싫어하는 눈치였어요. 하지만 뭔가 단단히 약점을 잡혔는지 시키는 대로 하더라고요."

"약점?"

누구보다 착하게 살았던 딸이 어떤 일로 약점을 잡혔고, 그것 때문에 성매매를 해야만 했다는 사실이 뼈가 시리게 아파 왔다. 고통스러워하는 기태의 표정을 살피던 정경섭이 조심스럽게 입을 열었다.

"표면적으로 오피스텔을 관리한 건 저였어요. 하지만 저는 그냥 바지 사장이었다고요."

"넌 진모태와 그 패거리가 시키는 대로 한 거고?"

"네. 그러다가 지난달에 일이 터졌어요."

"무슨 일?"

"윤지가 저에게 드디어 그곳을 빠져나갈 수 있는 방법을 찾았다고 했거든요."

"빠져나갈 수 있는 방법?"

"네. 뭐냐고 물어봤더니 조금만 기다리라고 하더라고요. 그리고 그날 저녁에 걔들이 왔어요."

"와서 뭘 했는데?"

"윤지를 끌고 갔어요. 고객이 부른다고 하면서 반강제로 말이죠."

"그게 끝이었니?"

기태의 물음에 정경섭이 우울한 표정으로 고개를 끄덕거렸다.

"네. 윤지가 끌려 나가고 분위기가 이상해서 오피스텔을 살펴봤는데……."

잠깐 말을 잇지 못하던 정경섭이 한숨과 함께 덧붙였다.

"도청 장치가 있더라고요. 그걸로 윤지가 하는 말을 엿들었던 거죠."

"그다음은?"

"윤지 다음이 제 차례일 거 같아서 바로 오피스텔을 빠져나왔어요. 그리고 TV로 윤지가 죽었다는 소식을 들었어요."

"그놈이 얼마나 대단해서 경찰에 신고할 생각도 못 하고 있는 거야?"

"진모태 그 새끼는 정말 미친 또라이 새끼예요."

"미친 또라이?"

"진짜 한번 보시면 무슨 얘긴지 알 거예요. 화가 나면 선생님도 패는 놈이라니까요. 그런데도 학교에서 안 잘리고 선생님들도 꼼짝 못 해요."

"어떻게 그럴 수 있지?"

"빽이 장난 아닌 거 같아요. 어떤 빽인지는 모르지만 그 정도 영향력이 있는 거죠."

"빽?"

"생각해 보세요. 제가 무슨 돈이 있어서 강남에 있는 오피스텔을 얻을 수 있었겠어요. 가상 화폐들도 제 수중에 없어요. 걔들이 다 가져갔다고요."

"그런데 그걸 경찰이 모른다고?"

"짭새들도 못 믿어요. 오피스텔에 남자들이 그렇게 드나들었는데 낌새도 못 알아차렸잖아요. 지금도 저만 잡으려고 하는 거고요. 제가 지금 잡혀 들어가면 다 뒤집어쓸 거예요. 그리고 윤지도 그냥 자살한 걸로 처리될 거고요."

"그렇다면 그놈들이 윤지를 죽인 증거를 찾아야겠구나."

"쉽지 않을 거예요. 철저한 놈들이라서요."

"증거가 없으면 나도 널 도울 수 없단다."

그때, 둘이 탄 코란도 옆에 경찰차가 나란히 달렸다. 놀란 정경섭이 바짝 몸을 낮췄다. 하필이면 같이 신호가 걸리는 바람에 나란히 멈춰 섰다.

"마침 바로 옆에 경찰차가 있네. 제대로 얘기 안 하면 저 경찰들 부른다."

기태의 말에 정경섭이 고개를 저었다.

"그러지 마세요, 아저씨."

"방법을 얘기해 봐, 그럼."

몸을 바짝 낮춘 정경섭이 떨리는 목소리로 말했다.

"생각해 둔 게 있긴 해요."

"어떤 거?"

"윤지 손님 중에 기자가 한 명 있어요."

"기자?"

"네, 그 새끼한테 찾아가서 기사를 쓰게 하면 상황을 바꿀 수 있을지 몰라요."

"그게 가능할까? 경찰도 어쩌지 못한다며?"

"여차하면 미성년자랑 성매매한 걸 터트리겠다고 하면 돼요. 증거는 제가 가지고 있어요. 지금은 그 방법밖에는 없어요, 아저씨."

정경섭의 얘기를 들은 기태는 핸들을 손가락으로 두드리면서 생각에 잠겼다. 신호가 바뀌었는지 옆에 있던 경찰차가 사라졌다. 뒤쪽에서 어서 가라는 클랙슨 소리가 들렸다. 기태는 자동차를 출발시키며 정경섭에게 물었다.

"그 기자는 어떻게 하면 만날 수 있는데?"

"제가 그 새끼 연락처를 알아요. 아저씨가 전화해서 인터뷰하겠다고 하면 만나 줄 거예요."

"네가 직접 하지 그래?"

"어른들은 미성년자 말을 믿지 않아요. 그런데 저랑 대화하려고 하겠어요. 아마 바로 짭새 부를걸요."

"그러니까 내가 연락해서 인터뷰하자고 하고, 네가 나타나서 누가 배후인지 털어놓겠다고?"

"네. 그래서 제가 아저씨를 만나려고 숨어 있었던 거예요."

"그 기자 연락처가 어떻게 되는데?"

기태의 물음에 정경섭이 환하게 웃었다.

2 장

"인생을 살아간다는 건 끊임없이 쌓이는 먼지를 닦아 가는 일."

~ 천명관 ~

남자는 낮게 콧노래를 부르며 운전했다. 이틀 전에 받은 대포차라서 익숙하지 않은 상태였지만 나름 잘 굴러갔다. 산길로 접어든 도로는 주변의 높은 산들 때문에 한낮임에도 불구하고 몹시 어두웠다. 그는 쓰고 있던 선글라스를 벗어서 조수석에 던져 놨다.

"여기쯤인가?"

사람을 묻는 것은 쉽기도 했고, 어렵기도 했다. 일단 발견되지 않을 곳에 묻어야 했기 때문에 장소 선정이 가장 중요했다. 기껏 파묻었는데 몇 년 후에 등산로가 생긴다든지 하면 아무래도 발각될 위험성이 컸다. 시신만 발견되지 않으면 살인 사건으로 전환이 되지 않고 실종으로 처리된다. 대한민국의 법률은 시신이 발견되어야 살인이 성립되기 때문이다. 가장 안전하고 효율적인 방식이다.

그래서 묻을 장소에 신중을 기해야만 했다. 대한민국에서 사람을 묻기 가장 좋은 장소는 뭐니 뭐니 해도 강원도다. 내륙의 산악 지대는 사람도 적어서 제격이기 때문이다. 국도로만 잘 가면 카메라도 피할 수 있다. 이런저런 장점 때문에 남자는 아침 일찍 서울을 떠나 강원도로 향했다. 혹시나 해서 휴게소도 들르지 못하는 바람에 배가 고팠지만 일을 제대로 처리하는 게 우선이었다.

"전문가는 이런 것도 참을 줄 알아야 해. 안 그래?"

남자의 혼잣말을 듣기라도 했는지 트렁크에서 쿵쿵 소리가 났다. 남자는 아랑곳하지 않고 다시 콧노래를 흥얼거렸다. 남자가 운전하는 차는 내비게이션에도 나오지 않는 임도로 접어들었다. 일반 도로가 아니라서 좁고 가팔랐지만 남자는 능숙하게 운전했다. 구불구불한 임도를 한참 달린 끝에 마침내 목적지에 도착했다. 브레이크를 건 남자가 백미러로 얼굴을 한번 살펴보고는 운전석에서 내리더니 트렁크를 열었다.

거기에는 머리가 피범벅이 된 뚱뚱한 중년 남자가 사각팬티만 입고 케이블 타이로 손과 발이 묶인 채 누워 있었다. 입에도 재갈을 물려 놨는데, 이빨로 끊으려고 했는지 침과 피가 범벅이었다. 남자는 손을 뻗어서 재갈을 풀어 줬다. 막혔던 숨을 헉헉 몰아쉬는 그에게 남자가 물었다.

"『고래』라는 소설 읽어 봤어?"

예상 밖의 질문이었는지 사각팬티를 입은 남자는 눈만 껌벅거렸다. 그러자 남자는 혀를 차며 말했다.

"거기에 '인생을 살아간다는 건 끊임없이 쌓이는 먼지를 닦아 가는 일'이라는 문장이 있어. 너는 먼지투성이 삶을 살았고, 그걸 닦아 낼 생각이 없잖아. 그래서 내가 처리해 주려고."

사각팬티를 입은 남자가 누운 채 눈을 부라렸다.

"내가 누군 줄 알고 헛소리야?"

"알지. 이름 도금석, 금석파 두목, 아니 이제 전 두목이지. 월령 출신으로 열다섯 살 때 사고 치고 서울로 올라와서 사거리 주차장파 꼬붕으로 시작해 지금은 강남의 클럽 세 개와 빌딩 두 개, 그리고 가상 화폐 채굴장과 작업장을 몇 군데 가지고 있지. 하지만 그 과정에서 상대 조직은 물론 부하들도 가혹하게 처리했고, 그 결과 원한들이 쌓였어. 칼침 당한 부하에게는 치료비도 안 주면서 서른 살 어린 애인한테는 명품 핸드백 수천만 원을 펑펑 썼지. 이 정도면 아주 잘 아는 거 아냐?"

남자가 줄줄이 얘기하자 도금석은 살짝 눈을 내리깔았다.

"결국 견디다 못한 부하들이 반란을 일으켰지."

"부하? 어떤 놈이?"

"안 일으킨 놈을 찾는 게 더 어려울걸. 어쨌든 그들은 깔끔하게 처리하기 위해 누군가에게 의뢰했어. 그 의뢰인은 나에게 다시 연락을 했고 말이야."

비로소 어떻게 돌아간 상황인지 알아차린 도금석이 피식 웃었다.

"이것들이 진짜 뒤통수를 쳐?"

"그러게 왜 혼자만 다 독차지했어? 부하들에게 이번 일만 성공하면 한몫 떼어 준다고 했다가 모른 척 쌩깐 게 한두 번이 아니잖아. 거기다 동업자들도 어떻게든 제치려고만 했고."

"이봐, 건달은 원래 그렇게 사는 거야. 남의 것 빼앗고, 내 것 안 빼앗기면서 말이야."

도금석의 말을 들은 남자는 혀를 차면서 트렁크에서 그를 일으켜 세웠다.

"그런 마인드로 사니까 오늘 같은 엔딩을 맞이하는 거야. 그러니까 다른 사람 원망하지 말라고."

맨발로 땅에 선 도금석은 주변을 돌아보곤 짧게 한마디 했다.

"월령이군."

"맞아. 태어난 고향으로 돌아왔어. 먼지로 돌아가기에 가장 의미 있는 곳이지."

바닥에 피가 섞인 침을 뱉은 도금석이 남자를 바라봤다.

"처음 보는 얼굴인데?"

"대부분 내 얼굴을 몰라."

"나는 곧 죽을 사람이니까 얼굴을 보여도 상관없다는 건가?"

남자가 피식 웃으며 말했다.

"말 시켜서 시간 끌 생각 하지 마. 넌 어제 새로 사귄 애인 만나러 가서 사라진 거니까."

"그년도 한패였어?"

"비슷해."

"어쩐지……. 그년이 준 술을 마시고 정신을 잃은 거구만."

"그래, 그때 유리 테이블이 깨질 정도로 심하게 부딪쳐서 머리가 그 꼴이 된 거야. 그 여자도 너한테 개인적인 원한이 있었나 봐."

"그랬군. 어쨌든 난 그냥 사라지기에는 거물이야."

도금석의 대답에 남자는 입고 있는 양복의 안주머니에서 잭나이프를 꺼냈다. 그리고 움찔한 도금석 앞에 무릎을 꿇고 발에 감긴 케이블 타이를 풀어 줬다.

"물론이지. 그래서 실종 신고도 부하들이 할 거야. 그러면 경찰들이 조사에 나서기로 되어 있어."

잭나이프를 도로 품속에 넣은 남자는 타고 온 차의 뒷문을 열고 삽을 꺼냈다. 그런 남자를 보던 도금석이 물었다.

"조사에 나선다고?"

"그럼, 조사에 나선 경찰은 몇 가지 사실을 알아내. 우선 부하들의 반발에 겁을 낸 네가 슬슬 튈 준비를 하고 있었다는 걸 말이야."

"뭐라고?"

파랗게 질린 도금석의 얼굴을 본 남자가 피식 웃었다.

"빌딩과 채굴장을 팔아서 몇백억 원을 챙긴 다음에 해외로 밀항을 한 증거가 속속들이 발견될 거야. 그리고 네가 탄 승용차가 서해의 어느 외딴 항구에서 발견될 것이고 말이야. 그 항구는 중국으로 밀항하려는 사람들이 종종 드나드는 곳이지."

"그딴 걸로 속일 수 있을 거 같아?"

"믿으라고. 경찰은 시작하기 전에 윗선에서 대충 하라는 언질을 받을 거야. 기자들 몇 명은 전화 몇 통을 받을 거고."

"무슨 전화?"

"네가 검찰에 소환된다는 정보를 먼저 입수하고 돈을 가지고 밀항했다고 말이야. 부하들이 익명으로 배신감을 토로하는 내용의 인터뷰가 마지막을 장식할 거야."

씩 웃으며 얘기를 마친 남자는 삽날로 도금석을 꾹 찔렀다.

"오른쪽 산속으로 가."

"거기에 파묻을 거야?"

고개를 끄덕거린 남자가 대꾸했다.

"명당자리를 봐 놨어."

발걸음을 옮기며 도금석이 말했다.

"얼마를 받는지 모르겠지만 두 배를 주지. 아니, 세 배. 어때?"

"약속은 우리의 영혼을 얽는 행위지."

남자의 대답을 들은 도금석이 얼굴을 찡그렸다.

"그건 또 무슨 소리야?"

"『그때의 나에게 해 주고 싶은 이야기』라는 책에 나오는 문장이야. 나는 영혼을 걸고 약속하는 사람이지. 그러니까 돈으로 날 유혹할 생각은 하지 마."

"뭐, 억만장자라도 돼? 돈 벌려고 사람 죽이는 거 아니야?"

"너도 사시미로 사람 쑤셔 봤지? 칼이 살을 파고들고 근육을 자를 때의 손맛을 기억해?"

잠시 고민하던 도금석이 고개를 끄덕거렸다. 그러자 남자가 대답했다.

"내가 이 일을 하는 건 돈 때문이 아니야. 사고 싶은 책을 살 정도의 돈은 모았으니까."

"그럼?"

"나와의 약속이지. 성실히 최선을 다하는 거."

"미친 소리 집어치우고 날 풀어 줘. 그럼 너를 내 후계자로 키워 주지."

도금석의 말에 남자는 고개를 저었다.

"쓸데없는 소리 그만하고 걸어. 입을 좀 다물고 나무 냄새를 맡아 봐. 도시에서는 절대로 맛볼 수 없는 거잖아."

"씨발!"

도금석이 돌아서서 덤벼들려고 하자 남자는 여유롭게 피하면서 발을 걸었다. 팔이 뒤로 묶인 도금석은 그대로 앞으로 넘어지면서 신음 소리를 냈다. 그런 도금석을 일으켜 세운 남자가 말했다.

"삽으로 대가리를 찍고 끌고 가지 않은 건 말이야. 너에 대한 마지막 예우야. 그러니까 얌전히 가라고."

포기한 도금석은 잠자코 걸었다. 절벽과 접한 커다란 독수리 모양의 바위 아래에 도착한 도금석은 걸음을 멈췄다. 거기에 땅을 파 놓은 구덩이가 보였기 때문이었다.

"그렇게 명당은 아닌데?"

"왜? 햇빛도 잘 들고 앞에 강도 흐르는데."

"이렇게 죽을 줄은 몰랐는데 말이야."

"원래 죽는 건 그래. 어서 들어가서 누워."

"산 채로 묻히는 거야?"

"의뢰인의 특별한 부탁이야."

남자는 삽을 든 채 응시했다. 차가운 눈빛을 본 도금석은 체념한 채 구덩이 쪽으로 걸어갔다. 그러자 남자는 양복 안주머니에서 휴대폰을 꺼내서 도금석의 모습을 찍었다.

"웃어 봐. 저승 갈 때는 가더라도 말이야."

그때, 독수리처럼 생긴 바위 너머에서 나뭇가지가 부러지는 소리가 들렸다. 남자가 무심코 그쪽을 바라보는 사이 도금석이 반대쪽으로 뛰었다. 남자가 들고 있던 삽을 던져서 도금석의 다리를 맞혔다. 앞으로 쓰러진 도금석이 몸을 돌려서 소리쳤다.

"사람 살려!"

도금석이 소리치자 달려온 남자가 떨어진 삽을 집어 들고 내리쳤다. 어깨에 맞은 도금석은 고통스러운 비명을 지르며 몸부림을 쳤다. 남자는 삽을 던지고 도금석의 입을 틀어막았다. 그리고 반항하는 도금석의 머리를 주먹으로 내리쳤다. 하지만 도금석은 실낱같은 기회를 잃어버리지 않으려는 듯 머리를 흔들면서 계속 소리쳤다. 남자는 그런 도금석의 가슴에 나이프를 꽂았다. 핏발 선 눈으로 남자를 노려보던 도금석의 눈이 파르르 떨리다가 멈췄다.

"젠장."

도금석에게서 칼을 뽑아내고 한숨을 쉰 남자가 소리가 난 쪽을 쳐다봤다. 소리의 주인공은 사슴이었다. 귀를 쫑긋 세운 사슴은 인간들이 벌이는 일을 이해하지 못하겠다는 표정을 지으며 풀을 씹어 먹었다. 어처구니가 없어진 남자는 옆에 있던 돌을 집어서 던졌다. 사슴은 돌이 떨어지기도 전에 도망쳐 버렸다. 사슴이 사라지자 남자는 미리 파 놓은 구덩이까지의 거리를 살펴보고는 짜증을 내며 피투성이가 된 도금석을 끌고 갔다.

남자는 땀을 뻘뻘 흘리며 도금석의 시신을 끌고 와서 독수리를 닮은 바위 아래 구덩이에 밀어 넣었다. 뱃살을 출렁거린 도금석의 시신이 구덩이 아래로 굴러떨어지면서 마른 먼지를 피워 올렸다. 양복 상의를 벗은 남자는 와이셔츠 단추를 풀고 소매를 걸었다. 그리고 가지고 온 삽으로 흙을 퍼서 뿌렸다. 도로 삽을 내려놓은 남자가 양복 상의에 넣어 둔 휴대폰을 꺼냈다.

"깜빡할 뻔했네."

남자는 구덩이 옆에 서서 축 늘어진 도금석의 시신을 가운데 놓고 사진을 찍었다. 그런 다음 다시 삽을 들고 구덩이에 흙을 퍼 넣었다. 능숙한 솜씨로 일을 끝낸 남자는 삽으로 땅을 두드리고 발로 밟아 줬다. 주변의 풀들도 조금 잘라서 구덩이 위에 뿌렸다. 주위를 살짝 살펴본 남자는 흡족한 표정을 지었다.

"이 정도면 완벽하군."

아까 찍은 사진까지 포함해서 두 장의 사진을 의뢰인에게 전송하고 옆에 벗어 놓은 양복 상의를 집어 들던 남자가 갑자기 들려오는 말소리에 바짝 엎드렸다. 아까와는 달리 두런거리는 사람들의 말소리가 들렸기 때문이었다. 땀으로 범벅이 된 양복 차림에 바지에 흙이 잔뜩 묻어 있는 것도 모자라서 삽까지 들고 있는 모습을 보면 누구라도 의심할 게 뻔했다. 남자는 삽을 내려놓고 그 옆에 엎드렸다. 잠시 후, 나무 사이로 한 무리의 등산객들이 모습을 드러냈다. 알록달록한 등산복에 모자를 쓴 사람들이 쉴 새 없이 떠들면서 아래로 내려갔다.

"선생님 덕분에 이런 곳도 알게 되었네요."

앞장선 누군가의 말에 다들 맞장구를 치느라 바빴다. 다행히 그들은 독수리 바위 쪽은 쳐다보지 않고 아래로 내려갔다. 차를 세워 둔 곳과는 다른 방향으로 내려가는 것을 확인한 남자가 안도의 한숨을 쉬려던 찰나, 걸음을 멈춘 여자 목소리가 들렸다.

"어, 저 바위 독특하게 생겼네요."

그 말을 들은 다른 등산객들이 일제히 발걸음을 멈췄다. 그러고는 독수리를 닮았다는 둥, 꼭대기에 툭 튀어나온 게 부리 같다는 둥 얘기를 주고받았다. 이러다가 가까이 와서 구경이라도 하겠다고 하면 들키는 건 시간문제였다. 일생일대의 위기를 맞은 남자는 긴장할 때마다 외우는 윤동주의 「서시」를 중얼거렸다. 다행히 선생님이라는 남자의 목소리가 그를 구원했다.

"막걸릿집 예약해 놨어요. 주인 할머니 성격이 고약해서 늦으면 국물도 없어요."

그러자 아쉽다는 말과 함께 발소리들이 다시 멀어졌다. 「서시」의 마지막 구절을 외운 남자는 천천히 일어났다. 옆에 놓인 양복 상의를 입고 도금석을 파묻은 땅을 바라봤다. 위에 뿌린 흙 때문에 약간 어색해 보이지만 시간이 지나서 풀이 자라나면 눈에 띄지 않을 것이다. 남자는 옷에 묻은 흙을 털고 등산객들이 내려간 반대 방향으로 내려갔다. 스산한 바람이 방금 전까지 살아 있던 누군가가 묻힌 땅 위를 스쳐 지나갔다.

*

약속 장소는 서울 시내가 내려다보이는 북한산 중턱의 카페였다. 평일 낮에는 오는 사람이 적었기 때문이다. 주차장에 차를 세운 기태는 옆자리에 앉은 정경섭에게 말했다.

"여기 맞아?"

"네. 2층 구석 자리에 있을 거라고 했어요."

　정경섭의 대답을 들은 기태는 카페로 향했다. 통유리창이 둘러싼 1층으로 들어가자 귓가를 스치는 가벼운 음악이 들렸다. 바리스타였던 기태는 생각보다 깔끔한 카운터와 머신을 보고는 안심했다. 정경섭이 말했다.

"일단 커피 주문해서 올라오세요. 저는 먼저 올라갈게요."

　주변을 살핀 정경섭의 말에 기태는 아이스 아메리카노를 주문하고 잠깐 기다렸다가 가지고 올라갔다. 2층 역시 통유리로 되어 있어서 주변이 잘 보였다. 데이트하러 온 커플과 아줌마들이 간간이 보일 뿐 넓은 카페 안의 자리는 상당수 비어 있었다. 모서리의 테이블에 앉아 있던 정경섭이 손을 들었다.

"여기예요, 아저씨."

　정경섭의 맞은편에는 빼빼 마른 남자가 앉아 있었다. 살짝 벗겨진 이마에 안경을 썼다. 180센티미터에 달하는 키에 건장한 체격을 자랑하며 강인한 인상을 주는 기태와는 완전히 다른 생김새였다. 커피를 가져온 기태가 앉자 노트북을 펼쳐 놓고 있던 상대방은 키보드 위에 올려진 명함을 건넸다.

"오준혁입니다. 박윤지 양 아버님 박기태 씨죠?"

"맞습니다."

"따님의 죽음에 대해서 하실 얘기가 있다고 들었습니다만."

기태가 대답 내신 고개를 끄덕거리자 정경섭이 나섰다.

"대박으로 큰 사건이에요. 짭새나 다른 기자들은 겁이 나서 물지 못한다고요."

깍지 낀 손으로 턱을 괸 오준혁 기자가 대답했다.

"일단 얘기를 좀 들어 보고 기사를 쓸지 안 쓸지 결정할게."

기태는 마른침을 삼키고 어제 내내 준비했던 이야기를 속으로 생각하면서 입을 열었다.

"제 딸은 협박과 감금을 당한 상태였습니다. 자살한 것도 아니고 말입니다."

턱을 괴고 있던 오준혁 기자의 손이 키보드로 향했다. 그리고 계속 얘기하라는 눈짓을 보냈다. 일이 잘 풀릴 것 같다는 기대감에 기태는 희망에 찬 표정으로 얘기를 시작했다.

"제 딸 윤지는 착한 아이였습니다."

"그런데 어쩌다 마약 중독에 성매매를 하게 된 겁니까?"

칼날 같은 질문에 기태는 정경섭을 힐끔 보고는 들은 얘기를 해 줬다.

"같은 학교에 다니는 친구들의 협박 때문이었습니다. 이 친구도 같이 협박을 받아서 어쩔 수 없이 오피스텔을 관리했고요."

정경섭을 일별한 오준혁 기자가 다시 기태를 바라봤다.

"흥미롭네요. 계속 말씀해 주시죠."

희망을 품은 기태는 어제 정경섭에게 들었던 얘기를 하기 시작했다. 안경을 끌어 올린 오준혁 기자가 노트북의 키보드를 치는 소리가 계속 이어졌다.

3 장

"사월은 가장 잔인한 달."

~ T. S. 엘리엇 ~

컴퓨터 앞에 앉아서 계속 새로고침을 하고 있던 기태는 반쯤 졸고 있었다. 그러다가 바뀐 화면에서 윤지의 이름을 발견하고는 눈을 번쩍 떴다. 그가 떨리는 손으로 마우스를 클릭했다. 마침 화장실에 들어갔다가 나온 정경섭이 기태의 뒷모습을 보고는 한걸음에 달려왔다.

"뉴스 떴어요?"

정경섭의 호들갑을 뒤로한 채 기사를 읽던 기태는 그대로 굳어 버리고 말았다.

"뭐야, 이거?"

어제 인터뷰한 것과 정반대의 기사가 포털 사이트에 올라온 것이다. 기사에서 기태는 딸이 마약에 중독된 채 성매매한 것에 대해서 아무것도 모르고 있다가 뒤늦게 알아차린 아빠로 묘사되었다. 딸의 억울함을 주장하지만 감정적이고 명확한 물증이 없는 상태라는 것을 아주 길고 상세하게 설명하고 있었다. 한마디로 딸에게 무관심했던 아빠가 뒤늦게 난리법석을 부리는 상황처럼 묘사한 것이다.

기자는 딸을 잃은 것은 이해하지만 학교와 경찰의 조사 결과를 불신하는 자세를 보이는 것이 과연 옳은 것인지에 대해서 꼬집었다. 그리고 아무래도 아빠가 딸의 죽음에 흔들려서 주모자로 지목된 학생에게 속은 것 같다는 식으로 마무리했다. 기사 아래에는 댓글이 수백 개가 달렸는데, 대부분 기태를 쓰레기 취급하면서 딸 윤지를 모욕하는 내용이었다.

참담한 심정이 된 기태는 두 손으로 얼굴을 가렸다. 그런 기태의 어깨 너머로 모니터를 들여다보던 정경섭 역시 화를 냈다.

"속았다. 이런 기레기 새끼가!"

화가 난 기태가 주먹으로 모니터를 내려치려는 찰나, 갑자기 빌라 현관문이 요란한 소리와 함께 열렸다. 활짝 열린 문 앞에는 지난 번 병원에서 만난 안영섭과 동료 형사들이 있었다. 그들을 본 정경섭이 외쳤다.

"씨발! 그 기레기 새끼가 경찰에 찔렀어!"

정경섭은 도망갈 곳을 찾았지만 형사들이 더 빨랐다. 그를 낚

아챈 동료 형사가 미란다 원칙을 고지하는 동안 안영섭이 의자에서 일어나려는 기태의 팔을 잡았다.

"그대로 계십시오."

"이거 놔요."

"범죄 피의자를 숨겨 준 공범으로 체포할 수도 있습니다."

"내 딸을 죽인 놈이 따로 있다고!"

기태의 절규에 안영섭은 수갑이 채워진 정경섭을 힐끔 보면서 대꾸했다.

"이런 새끼한테 속지 마시고 따님 장례나 잘 치르십시오. 이런다고 따님이 돌아오지는 않아요."

"뭐라고? 너!"

기태가 일어나려고 하자 안영섭이 어깨의 쇄골을 힘껏 눌렀다. 뼈가 부러질 것 같은 고통을 참는 기태에게 안영섭이 말했다.

"봐주는 건 이게 마지막이라고. 딸이 죽은 게 무슨 훈장이야? 그러게 평소에 잘 돌봐 줬어야지. 좋게 좋게 얘기까지 해 줬는데 이렇게 뒤통수를 치면 당신한테도 좋을 게 없어. 그러니까 잘 처신하세요, 박기태 씨."

기태를 의자에 내팽개친 안영섭이 수갑이 채워진 정경섭에게 다가가 뒤통수를 때렸다.

"너 때문에 집에도 못 들어가고 개고생했어. 어서 가자."

형사들에게 둘러싸여 끌려가던 정경섭이 의자에 앉아 있는 기태를 향해 외쳤다.

"아저씨! 살려 주세요. 저 이렇게 끌려가면 죽어요! 아저씨!"

조용히 하라는 형사들의 외침에 정경섭의 말이 파묻혀 버렸다. 하지만 낙담한 기태는 아무 대꾸도 할 수 없었다.

그 후, 기태에게는 죽음보다 깊은 지옥이 펼쳐졌다. 이번 사건의 기사들이 퍼지면서 인터넷 여론을 중심으로 기태는 성매매한 딸의 죽음을 이용해서 돈을 뜯어내려는 파렴치한으로 낙인찍혔다. 게다가 죽은 딸 윤지는 고등학생 신분으로 성매매를 한 것도 모자라서 마약까지 한 불량 학생이 되어 버렸다.

방송에선 박사나 변호사라는 타이틀을 가진 사람들이 나와 고등학생들이 공부방으로 꾸민 오피스텔에서 성매매와 마약을 했다며, 돌아가면서 비난을 했다.

기태가 사는 집 앞에는 기자와 유튜버들이 진을 쳤다. 특히 유튜버들은 딸을 팔아먹은 죄인을 잡겠다고 후원을 부탁하기도 했고, 현관문을 발로 차거나 화장실 창문으로 침입하려고 시도하기도 했다. 그러던 와중에 며칠 만에 연예인이 음주 운전을 하다가 사람을 친 사건이 화제가 되면서 모든 것들이 묻혀 버렸다. 세상 어디에도 기태의 편은 없었고, 윤지는 장례식도 제대로 치르지 못하고 발인을 해야만 했다.

화장된 딸의 유골이 든 항아리는 며칠째 집에 있었다. 잘 마시지도 못하는 술을 연거푸 마신 기태는 취하면 거실에 널브러져서 잠을 잤고, 깨면 다시 술을 찾았다. 그러다가 우연찮게 인터넷으로 소름 끼치는 뉴스를 접했다. 미성년자를 성매매시킨 혐의로 조사를 받던 고등학교 3학년 정보 군이 불구속 수사를 받는 중에 자택 뒷산에서 스스로 목을 매었다는 내용이었다. 아주 짧은 단신이었고 당사자는 가명 처리되었지만, 기태는 누군지 대번에 알아차렸다.

"경섭이구나."

처벌에 대한 두려움으로 자살한 것으로 보이며, 그에 따라 관련 조사는 모두 중단되었다는 것이다. 경섭이가 끌려가기 전에 했던 말을 떠올린 기태는 무력감에 숨이 막혔다.

잠시 후, 기태는 이대론 안 되겠다는 생각에 인터넷에서 딸의 죽음과 관련된 내용들을 검색했다. 많은 기사들 어디에도 경섭이가 얘기한 진모태의 흔적은 찾을 수 없었다. 건드릴 수 없는 존재라는 경섭이의 말을 떠올린 기태는 한숨을 길게 쉬곤 힘없는 목소리로 유골 항아리를 보며 중얼거렸다.

"이렇게 끝나는 건가."

욕실로 가서 찬물로 세수를 하고 딸의 유골이 든 항아리를 품에 안고 밖으로 나왔다. 다행스럽게도 며칠 동안 극성을 부리던 기자나 유튜버는 보이지 않았다. 낡은 차에 시동을 건 기태는 내비게이션의 도착지에 딸이 죽었다는 월령을 찍었다. 핸들을 잡은 그가 앞을 바라봤다.

"윤지야, 아빠는 아무것도 보이지 않아. 아무것도 안 보여."

그때 휴대폰이 시끄럽게 울렸다. 한 손으로 점퍼 주머니에 넣어 둔 휴대폰을 꺼낸 기태는 안영섭 형사라고 뜬 액정을 보고는 잠시 주저하다가 받았다.

"여보세요?"

[지금 어디십니까? 댁으로 갔는데 안 계시네요.]

"일하러 갑니다, 지방에."

[언제 올라오시죠?]

"며칠 걸릴 겁니다. 왜요?"

[올라오시면 연락 주십시오. 조사를 좀 할 게 있어서요.]

안영섭 형사의 얘기를 들은 기태는 조수석을 힐끔 바라봤다. 딸의 유골이 든 항아리가 거기 있었다. 마른침을 삼킨 기태가 입을 열었다.

"무슨 일로요? 이제 다 끝난 거 아닙니까?"

[정경섭이 자살했어요. 그것과 관련해서 저희와 할 이야기가 좀 있습니다.]

"저는 할 얘기 없습니다."

[심정은 이해합니다만 정경섭 유족들이 당신도 조사해 봐야 한다고 해서요.]

"정경섭이 얘기한 진모태부터 조사해야 하는 거 아닙니까?"

[차근차근 할 겁니다. 그러니까.]

"진모태부터 소환해서 조사하고 불러요. 그럼 가겠습니다."

[이것 보세요. 지금…….]

상대방의 목소리가 높아질 기미가 보이자 기태는 휴대폰을 끄고 뒷자리로 던져 버렸다.

*

LP판으로 샹송을 들으면서 샴페인을 한 모금 마신 남자는 몇 군데를 거쳐서 온 종이 박스를 뜯었다. 안에는 비닐에 싸인 태블릿 PC가 있었다. 모서리의 전원 버튼을 누르자 태블릿 PC가 켜지면서 안내문이 보였다. 안내문을 읽던 남자는 고개를 갸웃거렸다.

"뭘 빼먹은 거 같은데?"

그때, 태블릿 PC에서 음성이 들려왔다.

[안녕하십니까. 저는 인공지능 왓슨이라고 합니다.]

태블릿 PC의 전원 버튼을 도로 끈 남자가 중얼거렸다.

"아직 너랑 얘기할 때가 아닌 거 같아. 나중에 보자."

낯선 것에 대한 거부감도 있긴 했지만 아까부터 맴도는 찜찜함이 원인이었다. 뭔가를 빼놓은 거 같은데 그게 뭔지 알 수가 없었다. 그러다 잠시 후 뭘 빼놨는지 알아차렸다.

"아!"

혹시나 해서 같은 물건을 보관하고 있던 서랍을 열고 이리저리 뒤져 봤지만 거기에도 없었다. 서랍을 세차게 닫은 남자가 중 얼거렸다.

"어처구니가 없네."

어떻게 해야 할지 잠시 고민하고 있는데 다른 서랍에 넣어 둔 휴 대폰이 울렸다. 서랍을 연 그는 소파로 돌아가서 전화를 받았다.

"무슨 일이야?"

[의뢰가 하나 들어왔는데 말이야.]

"방금 하나 털었잖아. 깨끗이 씻을 때까지는 아무 일도 안 해."

퉁명스러운 남자의 말에 상대방이 가볍게 한숨을 내쉬었다.

[일은 간단한데 돈은 많이 준다고 해서 혹시나 하고 연락해 봤어.]

"프로는 루틴이 생명이야. 그게 깨지면 끝이라고."

[알았어. 설교는 그만.]

"이 전화기는 없애."

남자의 말에 상대방이 대꾸했다.

[하여간 철저해. 그러니까 오랫동안 이 바닥에서 살아남았겠 지만 말이야. 다음에 연락할게.]

"당분간은 하지 마. 빨라도 반년 후."

[알았어. 그리고 지난번에 부탁한 인공지능 프로그램이 든 태 블릿 PC 보냈으니까 잘 써 봐.]

"안 그래도 방금 만났어. 잘 쓸게."

통화를 끝낸 남자는 책상 아래 특별 제작한 파쇄기의 뚜껑을 열고 휴대폰을 집어넣었다. 휴대폰은 강철로 된 롤러에 끼어서 납작해졌다. 아래쪽에는 강력한 전자기파가 흘러서 부서진 파편들을 다시 한번 처리했다. 뚜껑을 닫은 남자는 소파로 돌아가 남은 샴페인을 단숨에 마셨다. 옷걸이에 걸린 재킷을 움켜쥔 남자가 말했다.

"철저해야지, 프로는."

*

기태는 월령으로 가는 내내 울고 또 울었다. 하나밖에 없는 딸을 지키지 못했고, 착하디착한 딸의 명예도 지키지 못했기 때문이다. 뭔가 알고 있는 것 같던 친구 경섭이는 자살 같지 않은 자살로 죽었고, 사건은 종결되었다. 이제 할 수 있는 건 하나밖에 없었다.

"기다려라, 윤지야. 아빠가 갈게."

기태는 액셀러레이터를 밟아서 더욱더 속도를 높였다. 과속 단속 카메라가 번쩍거리는 게 보였지만 어차피 돌아갈 생각이 없었던 터라 개의치 않았다. 월령산 초입에 도착한 기태는 텅 빈 도로에 차를 세웠다. 그리고 딸의 유골이 있는 항아리를 안고 산으로 올라갔다. 어두워지기 시작하면서 길이 잘 보이지 않자 마음이 급해졌다. 몇 번이고 미끄러지고 넘어지면서 언덕을 올랐다. 결심한 죽음과 가까워질수록 마음이 차갑게 가라앉은 기태는 딸의 유골이 든 항아리를 꼭 끌어안았다.

언덕 하나를 넘자 임도가 보였다. 그 길의 끝자락에 독수리 모양의 바위가 어둑해지는 세상 속으로 막 숨어 버렸다. 한때 등산이 취미였던 박기태가 종종 찾던 곳이었다. 아내와 함께 왔던 곳이기도 해서 먼저 떠난 가족들을 따라갈 장소로 점찍은 것이다. 목적지를 찾은 기태는 급경사의 임도를 천천히 올라갔다.

독수리 바위는 휘어지는 임도에서 살짝 위쪽에 있었다. 이미 사방이 어둑해져서 어렴풋한 모양새밖에는 보이지 않았다. 쌓인 낙엽을 헤치고 천천히 걸어 올라간 기태는 독수리 모양 바위 앞에 도달해서는 털썩 주저앉았다. 그리고 또 울음을 터트렸다. 딸의 죽음도 그렇지만 살인자들에게 아무런 복수도 하지 못한다는 사실이 너무나 억울하고 원통했던 것이다.

항아리를 끌어안은 채 어두운 하늘을 쳐다보던 기태는 천천히 무릎을 펴고 일어났다. 형사에게 들었던 얘기로는 독수리 바위 근처 절벽 아래에서 딸의 시신이 발견되었다. 독수리 바위 주변을 돌면서 절벽을 찾던 기태는 풀이 듬성듬성 자란 곳을 지나가다가 발끝으로 뭔가를 걷어찼다. 느낌에 돌 같지는 않았다.

"뭐지?"

기태는 손을 뻗어서 낙엽을 헤쳤다. 그러자 검정색 휴대폰이 보였다. 이런 산속에서 뜬금없이 휴대폰이라니. 기태는 휴대폰을 집어 이리저리 살펴봤다. 흔하게 볼 수 있는 모델이고, 스티커나 커버 같은 것도 없었다.

"누가 떨어뜨리고 갔나?"

호기심에 살펴보던 기태의 귀에 발소리가 들렸다. 낙엽을 조심스럽게 밟는 소리를 들은 기태는 휴대폰과 항아리를 챙겨 나무 뒤로 숨었다. 잠시 후, 아래쪽에서 누군가 걸어 올라왔다. 해가 저물어 버려서 얼굴을 알아볼 수는 없었지만 덩치나 어깨너비로 봐서는 안영섭 형사 같았다.

'어떻게 여기까지 왔지?'

기태는 아까 안영섭과 통화한 내용을 곱씹어 봤다. 아무래도 뭔가를 조사한다기보다는 얼마나 알고 있는지를 캐묻는 것 같았기 때문이다.

'혹시 나까지 없애서 입을 다물게 하려는 걸까?'

갑자기 찾아온 죽음의 위기 속에서 기태는 바닥에 엎드린 채 숨을 죽였다. 다행히 어두워진 상태라서 쉽게 찾을 수는 없을 것 같았다. 독수리 바위 근처에 풀이 듬성듬성 난 곳을 이리저리 돌아보던 남자는 주머니에서 작은 랜턴 같은 걸 꺼내더니 주변을 비췄다. 기태가 엎드려 있던 곳도 불빛이 스쳐 지나갔다. 다행히 숨을 죽이고 엎드려 있던 기태를 발견하지는 못했다. 남자는 독수리 바위 쪽으로 더 다가왔다. 쥐고 있던 랜턴을 고쳐 잡느라 잠깐 불빛이 위쪽으로 올라가면서 얼굴이 언뜻 비쳤다.

'어?'

자세히 보지는 못했지만 둥글둥글한 안영섭 형사와는 생김새가 확연히 달랐다. 하지만 갑자기 모습을 드러내는 건 어색할 것 같다는 생각에 기태는 그대로 엎드렸다. 뭔가를 찾는지 한동안 독수리 바위 주변을 돌던 남자는 결국 포기하고 돌아갔다. 어둠 속에 누워 있던 기태는 남자의 발소리가 완전히 사라진 다음에야 천천히 몸을 일으켰다. 주변이 어두워서 절벽이 보이지 않았다. 허탈하게 웃은 기태는 딸의 유골이 든 항아리를 끌어안으며 중얼거렸다.

"그래, 이대로 죽기에는 너무 억울하지? 죽어도 우리 딸 원한은 풀고 죽어야지."

마음을 바꿔 먹은 그는 돌아가기로 했다.

"나까지 죽으면 누가 네 억울함을 밝히겠어. 어떻게든 살아서 네가 당한 억울함을 풀어 주마, 무슨 수를 써서라도."

마치 주문처럼 같은 말을 반복하며 기태는 천천히 산 아래로 내려갔다. 어둠에 잠긴 월령산은 그런 기태를 배웅이라도 하듯 스산한 바람 소리를 냈다.

차를 몰고 집으로 돌아오자 일단 청소를 시작했다. 술병과 쓰레기들을 모아서 버리고, 청소기로 구석구석 민 다음에 걸레로 바닥을 닦았다. 옷가지들도 모두 세탁기에 넣고 돌렸다. 그리고 가장 두려워했던 일을 하기 위해 딸의 방에 들어갔다. 윤지가 금방이라도 현관문을 열고 들어와서는 배가 고프다며 라면을 끓여 달라고 할 것 같아서 차마 손을 대지 못하던 방이었다. 하지만 마음을 굳게 먹고 딸의 방을 치우기 시작했다. 옷들은 쓰레기 봉지에 넣었고, 책과 교과서들은 박스에 넣었다. 그러다가 지친 기태는 소파에 웅크리고 잠을 청했다.

다음 날, 눈을 뜬 기태는 환기를 시키기 위해 거실의 커튼을 열고 기지개를 켰다. 그리고 뭐라도 먹기 위해 부엌으로 갔다가 탁자 모서리에 놓은 휴대폰을 보게 되었다. 독수리 바위에 나타난 남자를 안영섭으로 오해하고 급하게 숨느라 주머니에 넣었다가 그대로 가져온 것이다. 휴대폰 버튼을 눌러 봤지만 배터리가 다되었는지 켜지지 않았다. 기태는 안방에서 충전기를 가져와서 꽂았다. 그리고 충전이 되는 동안 찬장에 넣어 둔 마지막 남은 컵라면을 꺼내 먹었다.

배를 채운 기태는 충전된 휴대폰을 들고 소파에 앉았다. 다행히 패턴이나 잠금장치 같은 게 없어서 그대로 들여다볼 수 있었다. 호기심에 이것저것 살펴보다가 이상한 점을 발견했다.

"이상하네. 저장된 번호가 없잖아?"

저장된 사진도 몇 장밖에 없었다. 기태는 무심코 손가락으로 눌러서 사진을 보다가 깜짝 놀라고 말았다.

"뭐, 뭐야?"

놀랍게도 속옷 차림의 피투성이 남자가 구덩이 앞에 서 있는 것과 피범벅이 된 채 구덩이 안에 누워 있는 게 찍혀 있었다.

"죽여서 파묻어 버린 건가?"

사진을 들여다보는데 피투성이 남자 뒤쪽에 보이는 바위가 낯이 익었다.

"이건 독수리 바위 앞이잖아."

사진 속의 독수리 바위와 어제의 일을 떠올린 기태는 저도 모르게 중얼거렸다.

"휴대폰 주인이었군. 현장에 떨어뜨린 걸 찾으러 온 거야."

기태는 다시 사진을 바라봤다. 피투성이가 된 남자가 낯이 익다는 생각이 들었기 때문이었다. 잠깐 생각하던 기태는 벌떡 일어나며 소리쳤다.

"그 사람이다!"

기태는 안방으로 가서 컴퓨터를 켰다. 그리고 키보드에 손가락을 올리며 이름을 떠올리려 애썼다.

"이름이 뭐였더라? ……도, 도금석?"

포털 사이트의 검색창에 '도금석'이라는 이름을 치자 관련 기사들이 보였다. 기태는 그중에서 가장 최근의 기사를 클릭해서 읽었다.

지난주에 실종된 금석파 두목 도금석 씨의 행방을 수사 중인 경찰은 이틀 전, 서해안의 모 항구에서 도금석 씨가 타고 다니던 BMW 승용차를 찾아냈습니다. 이곳은 중국으로 밀항하려는 범죄자들이 이용하는 곳으로 지난달에도 밀항하려던 40대 남성이 체포되기도 했습니다. 경찰은 도금석 씨가 사업체를 정리해서 자금을 마련한 뒤 중국으로 밀항했을 가능성이 높다고 보고 수사 중에 있다고 밝혔습니다. 도금석 씨의 부하들은 얼마 전부터 사업체를 정리하고 현금을 확보하는 움직임을 보였다면서 배신감을 토로했습니다.

다른 기사들의 내용도 비슷했다. 기사를 클릭해서 살펴보던 기태는 월령산에서 주운 휴대폰의 사진을 다시 들여다봤다.

"아무리 봐도 도금석인데? 월령산에서 죽은 것 같은데 왜 밀항을 했다고 하지?"

그때, 갑자기 들여다보고 있던 휴대폰이 울렸다. 놀란 기태는 휴대폰을 떨어뜨렸다. 바닥에 떨어진 휴대폰은 단조로운 벨 소리를 내다가 꺼졌다. 숨을 헐떡거리던 기태는 컴퓨터 화면과 바닥의 휴대폰을 번갈아 바라봤다.

"그, 그러니까 사람들이 중국으로 밀항한 줄 알고 있는 도금석을 이 휴대폰 주인이 죽이고 땅에 묻었다는 얘기야?"

기태는 온몸에 소름이 쫙 끼쳤다.

"어제 독수리 바위에 나타난 남자는 도금석을 죽이고 묻은 살인자였어."

머리카락이 곤두선 그는 바닥의 휴대폰을 내려다봤다. 부재중 전화라는 메시지가 뜨고 상대방 전화번호가 나왔다. 그걸 본 기태가 중얼거렸다.

"이제 어쩌지?"

*

전화가 연결되지 않자 남자는 휴대폰을 들고 책상 쪽으로 걸어가 쓰레기통 뚜껑을 열었다. 천천히 돌아가는 롤러를 바라보던 남자는 휴대폰을 고쳐 잡고 뚜껑을 닫았다. 그리고 휴대폰을 책상 위에 올려놨다. 원래대로라면 당장 이곳을 청소하고 잠수를 타야만 했다. 하지만 남자는 호기심에 굴복했다.

"궁금하군, 누가 가지고 갔는지."

의자에 도로 앉아 읽고 있던 김언수의 『뜨거운 피』를 펼쳤다. 진즉에 다 읽은 책이었지만 작가의 말에 있는 구절이 너무나 마음에 들어서 다시 읽는 중이었다. 등받이에 몸을 기대고 작가의 말에 있는 그 구절을 나지막하게 읽었다.

"그럴 때마다 나는 그 구암의 지리멸렬한 삶이 그리워진다."

너무나 명쾌한 지리멸렬함에 남자는 흡족해했다.

*

며칠 동안 기태는 지옥을 통과하는 기분이었다. 죽음을 포기한 대가는 혹독했다. 안영섭 형사에게 조사를 받으면서 다시 한 번 얘기하고, 여기저기 인맥을 동원해서 기자들을 만났다. 하지만 다들 기사화에는 난색을 표했다. 이미 흥미가 떨어진 떡밥이라고 노골적으로 대답하는 기자들도 있었다.

답답해진 기태는 변호사를 찾아갔다. 하지만 변호사 역시 경찰이 조사하고 검찰이 기소하지 않으면 그 어떤 범죄도 처벌하지 못한다고 손사래를 쳤다. 딸의 죽음이 처음에는 흥밋거리였다면 지금은 무관심의 대상이 되어 버린 것이다. 혹시나 하고 만나 본 변호사에게 실망스러운 얘기를 들은 기태는 무거운 몸을 이끌고 집으로 돌아왔다. 소파에 앉아 천장을 바라보며 길게 한숨을 쉬었다.

"도무지 방법이 없네, 방법이."

한참을 앉아 있던 기태는 목이 말라서 부엌으로 향했다. 그러다가 며칠 전부터 부엌 탁자에 놓여 있는 휴대폰을 봤다. 바로 버리려다가 혹시나 하는 마음에 놔둔 것이다. 다시 전화는 오지 않았지만 따로 경찰에 신고하지도 않았다. 형사들에게 조사받으면서 생긴 마음의 상처 때문이었다. 냉장고 옆에 있는 정수기에서 물을 한 잔 마시는 내내 그 휴대폰을 바라봤다. 그러다가 어떤 생각이 떠올라 충동적으로 손을 뻗어서 휴대폰을 들었다. 그리고 부재중 전화로 찍힌 번호를 눌렀다. 단조롭고 무거운 벨 소리가 한참 이어졌다.

"그래, 받을 리가 없지."

막 전화를 끊으려고 하는데 벨 소리가 뚝 끊겼다. 그리고 어둠을 닮은 목소리가 들려왔다.

[여보세요.]

놀란 기태가 아무 말도 하지 못하자 상대방이 다시 말했다.

[전화를 먼저 했으면서 아무 말도 하지 않는 건 예의에 어긋나지.]

이러다가 그냥 전화가 끊기고 다시는 연결되지 않을 수도 있다는 생각에 기태는 휴대폰을 고쳐 잡고 다급하게 말했다.

"워, 월령산에서 이 휴대폰을 주웠다."

[아, 당신이 주워 갔군.]

"그래. 내가 주웠고, 휴대폰 안에 있는 사진도 봤어."

[이런, 남의 물건을 함부로 들여다보는 건 아니지.]

"사진 속의 남자가 도금석 맞지?"

기태의 물음에 잠시 침묵을 지키던 상대방이 입을 열었다.

[맞아. 지금 중국으로 밀항해서 사라진 전직 조폭 두목이지.]

"그게 아니고, 독수리 바위 근처에서 죽이고 묻어 버린 거잖아."

[그럴 수도 있지만 더 나아가는 건 별로 추천하지 않아.]

"왜?"

[나는 내 작품이 훼손되는 걸 정말 싫어하거든.]

기태는 상대방의 대답에 살짝 어이가 없었다.

"살인이 작품이라고?"

[이봐, 마음을 열고 생각해 보라고. 그자를 죽이고 밀항한 것으로 꾸미기 위해 많은 사람들이 노력했어. 화룡점정은 바로 나였고 말이야. 그러니까 그게 훼손되면 너는 가혹한 대가를 치르게 될 거야.]

말을 마친 상대방은 소름 끼칠 정도로 차갑게 웃었다. 그러고는 말을 이어 갔다.

[하지만 나는 관대한 사람이기도 하지. 장당 1억.]

"뭐라고?"

기태의 반문에 상대방이 대답했다.

[사진 한 장에 1억씩 주겠다고. 두 장이니까 2억, 현금으로 줄게.]

"비싸군."

[대신 죽을 때까지 침묵을 지켜야 해. 안 그러면 죽음이 일찍 찾아갈 수도 있으니까.]

상대방의 얘기를 들은 기태는 미리 생각했던 말을 꺼냈다.

"돈은 안 받겠어. 대신 조건이 있어. 내가 당신한테 전화한 이유도 이것 때문이야."

[무슨 조건?]

"딸의 복수를 해 줘."

남자는 잠시 생각했다.

[나는 비즈니스를 하지 복수 같은 건 하지 않아.]

"내 조건을 수락하지 않으면 이 사진을 들고 경찰서에 갈 거야. 가기 전에 인터넷에 풀어 버릴 거고."

[죽음을 재촉하는 건 별로 좋은 행동이 아니야.]

"어차피 난 죽은 목숨이나 다름없어. 월령산에 딸의 유골이 든 항아리를 들고 갔었거든."

상대방은 잠시 침묵을 지켰다. 기태는 다시 강한 어조로 말했다.

"죽으려고 하다가 휴대폰을 발견한 거야. 그런데 잠시 후에 네가 올라와서 뭔가를 찾더군."

[이런, 좀 더 꼼꼼하게 찾아볼 걸 그랬네.]

"어쨌든 난 돈은 필요 없어. 대신 딸의 복수를 해 줘. 그러면 비밀을 지켜 줄게."

[딸이 대체 무슨 일을 당했는데 그러는 거야?]

상대방의 물음에 분노를 씹어 삼킨 기태가 대답했다.

"내 딸 이름은 박윤지야."

[잠깐만, 들어 본 이름 같은데? 오피스텔에서 성매매하다가 자살한 여고생?]

"내 딸은 자살했다고 하지만 그렇지 않아. 강제로 성매매시킨 놈들 손에 죽은 거라고."

[보통 이런 건 경찰에서 조사하지 않아?]

"경찰에 끌려간 딸의 동창생도 죽었어. 자살했다고 하는데, 내가 아는 그 녀석은 스스로 목을 맬 놈은 아니야. 나를 만나서 문제를 해결하려고 며칠 동안 숨어다닌 놈이 겁을 먹고 자살할 리는 없어.”

[냉정을 유지하라고.]

“자식이 있어?”

기태의 물음에 상대방은 의외라는 듯 잠깐 침묵을 지키다가 대답했다.

[노코멘트야. 남의 사생활은 함부로 묻는 게 아니지.]

“항아리에 든 딸의 유골을 아직 집에 두고 있어. 분하고 억울해서 미칠 것 같아. 나는 돈이고 뭐고 다 필요 없어. 오직 복수만을 원해.”

[일단 네 말이 사실인지 아닌지도 모르고, 누구에게 복수해야 할지도 알 수 없잖아.]

“진모태, 딸의 친구가 진모태가 배후라고 했어. 딸과 같은 학교를 다니는 놈.”

[그러니까 고3끼리 성매매를 시키고 죽였다는 거야? 요즘 애들 살벌하군.]

“어쨌든 복수를 해 주면 사진은 지워 주고 침묵을 지킬게. 그리고 마지막으로 날 죽여.”

[너를?]

“그게 확실하지 않겠어? 날 찾아와서 죽이면 되잖아. 유서도 미리 써 놓을게.”

기태의 얘기를 들은 남자는 생각에 잠겼는지 침묵을 지켰다.

그러다가 입을 열었다.

[나쁘지 않은 제안이지만 거절하겠어.]

"왜?"

[복수라는 사적인 감정에 휘둘리는 게 싫거든.]

"그럼 이 사진을 인터넷에 풀어 버릴 거야."

[포털에서 금방 지울 거야. 그리고 넌 얼마 안 있어서 자살당할 거고 말이야. 무슨 뜻인지 알지? 나는 이쪽 분야에서 탑티어야. 항상 완벽하게 일을 처리해 왔는데 오점을 남길 수는 없지.]

잠시 말문이 막힌 기태는 용기를 쥐어짜서 대답했다.

"지금 대화 녹음하고 있어. 그런 식으로 나오면 바로 풀어 버릴 거야. 어차피 이래 죽나 저래 죽나 마찬가지라면 말이야."

[이런, 진정하라고, 진정해.]

"딸이 죽었어. 두 번 죽었지. 목숨은 물론이고 죽은 후에도 치욕이 더해졌어. 딸을 핍박하고 죽인 자들은 그림자 속에 숨어 버렸고, 나는 아무것도 할 수 없어. 이런 무력감을 경험해 본 적 있어?"

[그런 건…… 기억나지 않아.]

"살인이 기억을 지우는 건가?"

[아니, 더 선명하게 만들어 주지. 잠을 잘 때 죽은 자들의 아우성을 자장가 삼아서 들어.]

"강심장이군. 그러니까 킬러를 직업으로 삼았겠지만 말이야."

[1억 5천씩, 3억을 주지. 그걸로 딸을 가슴에 묻고 새 출발을

해. 충분한 금액이잖아. 사실 너를 바로 죽이는 게 가장 쉬운 선택이지만 나는 나름대로 철학이 있지. 불필요한 살인은 하고 싶지 않아. 그래서 이러는 거야.]

"나는 오직 복수만을 원해."

[그런다고 죽은 사람이 살아서 돌아오지는 않아. 죽은 땅에서는 오직 라일락만 자라지.]

상대방의 얘기를 들은 기태가 대답했다.

"잔인한 4월에 말이야?"

기태의 대꾸에 상대방이 적지 않게 놀란 목소리를 냈다.

[『황무지』를 아는군.]

"물론이지. 죽은 자의 매장이라는 파트지."

자신 있게 대답한 기태는 시구절을 읊었다.

"사월은 가장 잔인한 달

죽은 땅에서 라일락을 키워 내고

추억과 욕정을 뒤섞고

잠든 뿌리를 봄비로 깨운다."

기태의 낭송을 들은 상대방이 물었다.

[T. S. 엘리엇을 좋아하나?]

"한때는 나도 문학청년이었어. 지금은 아니지만."

한동안 침묵을 지키던 상대방이 말했다.

[기다려 봐. 바로 답해 줄 수 있는 게 아니야.]

"얼마나?"

[오늘 의뢰받고 내일 처리할 수 있는 문제가 아니라고. 네 말대로 빽이 대단하면 뚫어야 할 것들이 많아.]

"기다리지, 복수만 해 줄 수 있다면."

[일단 알아보고 이번 일이 가능하다고 판단되면, 네 딸의 죽음에 연관된 모든 놈들에게 합당한 처벌을 내려 주지. 직접 가담하지 않았어도 전부 처리할 거야. 그게 내가 일하는 방식이거든.]

담담한 상대방의 얘기를 들은 기태는 속으로 울컥했다.

"일단 딸의 친구 얘기로는 진모태라는 놈이 흑막이라고 했어."

[좋아, 그놈부터 시작해 보지.]

"그래, 기다릴 테니까 모든 일이 끝나면 나를 찾아와. 연락처와 주소는 바로 보낼게."

[정말 괜찮겠어?]

"딸의 복수를 위해서 필요한 게 내 목숨이라면 하나도 아깝지 않아. 후회도 하지 않고 말이야."

[사람은 죽음이 앞에 나타나면 다들 나약해져.]

"그럴지도 모르지. 하지만 망설이지 마. 나는 죽어야 하는 죄인이니까."

[왜 그렇게 생각하지?]

상대방의 물음에 기태는 아랫입술을 깨물고는 입을 열었다.

"딸을 지키지 못한 아비는 죽어야지."

[극단적이군.]

"살인자에게 그런 얘기를 듣다니, 웃기는군."

잠깐 침묵이 흐르고 상대방이 말했다.

[시간이 좀 걸릴 거야. 그러니까 건강 관리 잘하라고.]

"알았어."

그걸로 통화는 끝이 났다. 뚜뚜거리는 신호음을 들으며 휴대 폰을 소파 옆에 던져 놓은 기태는 참았던 한숨을 내쉬었다.

*

기태와의 통화를 끝낸 남자는 아랫입술을 깨물었다.

"일이 아주 재미있게 꼬였군. 어쨌든 경찰 손에 넘어가는 걸 막 는 데 성공하긴 했네. 예상 밖의 일을 떠맡기는 했지만 말이야."

가볍게 기지개를 켠 남자는 얼마 전에 받은 태블릿 PC를 켰 다. 지난번에 인사를 했던 왓슨이라는 인공지능이 활성화되자 남자가 지시를 내렸다.

"박윤지라는 여학생의 죽음에 대해서 알아봐 줘. 그리고 진모 태라는 학생도."

[박윤지와 진모태에 대한 정보를 확인해 보겠습니다.]

인공지능 왓슨의 대답을 들은 남자는 아까 마셨던 샴페인 잔 을 들었다.

4 장

"자네들의 심장은 신비로운 이야기를 갈망하지. 하지만 정작 신비로운 것은
그런 것이 세상에 없다는 점."

~ 코맥 매카시 ~

강원도 북쪽의 바닷가는 여름철에는 서퍼들의 천국이다. 하지만 가을이 되면 썰물처럼 빠져나가서 모래사장은 텅 비어 버리곤 한다. 휑한 바닷가에 검정색 픽업트럭 한 대가 도착한 것은 새벽녘이었다. 본격적으로 해가 뜨기 전에 푸르고 조용한 어둠이 파도와 함께 백사장을 휘감았다. 조용히 차에서 내린 남자는 적재 칸에서 서핑 보드를 하나 꺼냈다. 그리고 옆구리에 낀 채 천천히 해변으로 걸어갔다.

곱슬머리에 선글라스를 쓰고 형광색 바지에 검정색 상의를 입은 서핑용 복장 차림의 남자는 중간중간 서서 바다를 바라보거나 머리를 쓸어 올렸다. 해변 가까이 가서 주변을 돌아보며 아무도 없는 것을 확인하고는 바닥을 살펴보다가 줄 같은 것을 하나 찾아냈다. 그걸 당기자 모래에 파묻혀 있던 줄이 쫙 올라왔고, 마지막에 커다란 자루 같은 것에 연결되었다. 자루는 끈으로 주둥이가 묶여 있었다. 남자는 주머니에서 잭나이프를 꺼내서 끈을 자르고 주둥이를 풀었다.

자루 안에는 같은 복장의 남자가 웅크리고 있었다. 손과 발은 케이블 타이로 묶여 있었고, 안대와 재갈까지 채워진 상태였다. 남자가 안대와 재갈을 벗기자 죽은 것 같던 자루 속의 남자가 꿈틀거렸다. 그리고 주변을 조심스럽게 돌아보다가 잭나이프를 든 남자와 눈이 마주쳤다.

"누, 누구세요?"

혀가 풀린 자루 속 상대방의 물음에 잭나이프를 든 남자는 곱슬머리 가발을 벗으며 물었다.

"코맥 매카시라는 작가를 알아?"

"누, 누구요?"

상대방의 대답을 들은 남자는 피식 웃으며 잭나이프를 들이댔다.

"사, 살려 주세요."

남자는 잭나이프로 상대방이 갇혀 있던 자루를 단숨에 뜯었다. 찢어진 자루를 옆으로 던져 버린 남자가 입을 열었다.

"그 작가가 쓴 『핏빛 자오선』이라는 작품이 있지. 미국 서부 시대를 배경으로 하고 있는데 말이야. 뭐랄까, 진짜 잔인하고 찬

란하고, 섬뜩해."

남자가 얘기하는 사이 상대방은 손발을 움직여 보려고 애썼다. 하지만 케이블 타이 때문에 꼼짝도 할 수 없다는 걸 알고는 다시 남자를 올려다봤다. 이해가 안 간다는 상대방의 표정을 본 남자가 귀찮다는 말투로 덧붙였다.

"어젯밤에 클럽에서 신나게 놀고 있었는데 왜 여기 이렇게 있는지 궁금하지?"

"네."

"손발이 묶이니까 아주 얌전해졌네. 네 삼촌뻘 되는 클럽 사장한테도 반말을 하더니 말이야."

"그, 그건."

손가락을 입에 갖다 대고 조용히 하라는 눈빛을 보낸 남자가 다시 입을 열었다.

"『핏빛 자오선』에는 홀든 판사라는 악당이 등장해. 진짜 판사는 아니고, 엄청난 거구에 말도 못 하게 악랄한 악당이지. 여러모로 신비한 존재라 악 그 자체로 보기도 하고, 초인 같은 존재로도 해석돼."

예상 밖의 이야기였는지 상대방이 멍하게 바라보자 남자는 잭나이프를 접으며 말을 이어 갔다.

"그 판사가 소설 속에서 이런 얘기를 해. 자네들의 심장은 신비로운 이야기를 갈망하지. 하지만 정작 신비로운 것은 그런 것이 세상에 없다는 점이라고 말이야."

상대방이 여전히 이해하지 못한다는 표정을 짓자 남자는 한숨을 쉬었다.

"더 궁금한 걸 얘기해 줄게. 어제저녁 클럽에 가서 몇 시간 동안 재미있게 논 기억이 나지? 부산에서 온 여대생들도 만나고."

"마, 맞아."

"술만 마신 거 아니지. 떨도 했고, 해피 벌룬도 썼고 말이야. 그러다가 누군가에게 물뽕이 있다는 얘기를 들어."

"기, 기억나. 누구였더라."

상대방의 대답을 듣고 손가락으로 자신을 가리킨 남자가 말을 이어 갔다.

"그게 바로 나야. 마침 부산에서 온 여대생과 원 나이트를 할 생각이라 약물이 있으면 좋겠다고 생각하고 있던 너는 뒷문으로 몰래 나오지."

"그것도 맞아. 그런데 왜 여기에 있는 거지?"

"나한테 마취당했으니까. 그리고 나는 너처럼 꾸민 다음에 대학교 입학 선물로 받은 픽업트럭을 타고 여기저기 다녔어. 과속 카메라에도 찍히고, 충돌 사고도 내고 말이야."

"왜?"

"알리바이를 만들려고. 한참 신나게 시내를 쏘다니다가 여기로 와. 그리고 파도가 심하게 치는 바다로 서핑을 하러 나갔다가 물에 빠져 죽는 게 앞으로 네가 할 일이야."

"주, 죽는다고?"

상대방의 눈이 커지자 남자는 혀를 찼다.

"그래, 젊고 창창한 나이에 죽는 거지. 약물을 하고 서핑을 한
답시고 바다에 들어간 게 문제였어, 진모태."

진모태라는 이름을 불린 상대방은 갑자기 몸부림을 치며 비명
을 지르려고 했다. 하지만 남자는 손가락을 까닥거렸다.

"소리쳐 봤자 소용없어. 반경 5킬로미터 안에는 아무도 없거든."

"사, 살려 주세요. 우리 아빠 부자예요. 돈이라면 얼마든지 줄
수 있어요."

한쪽 눈을 찡그린 남자는 진모태의 얘기를 듣고는 고개를 저
었다.

"그건 미학적이지가 않아."

"뭐라고요?"

"미학적이지가 않다고. 세상은 잔인하지만 우아해. 핏빛 날갯
짓 같은 거지. 그런데 죽어야 할 사람이 죽지 않는 건 김빠지는
일이야."

"자, 잠깐만! 내가 왜 죽어야 하는데?"

"꼭 듣고 싶어?"

진모태가 고개를 끄덕거리자 남자는 손가락을 하나 접으며 말
했다.

"초등학교 6학년 때 아파트 옥상에서 벽돌을 던져서 지나가는 차를 맞혔지. 차 뒷좌석에는 병원에 가려던 85세의 노인이 있었는데 충격에 심장 마비를 일으켜서 사망했어. 기억나?"

"그, 그건 장난이었어."

"물론 그랬겠지. 판사님도 그 얘기를 듣고 별다른 처벌을 안 했으니까. 중학생 때는 또래 애들이랑 어울려서 가난하고 공부 못하는 아이들을 괴롭혔지. 그중에 다현이라는 아이 기억나? 강다현."

"모, 몰라."

"네 패거리한테 상납하려고 엄마 돈 훔쳤다가 혼이 나서 아파트 옥상에서 뛰어내렸지. 한 언론사 기자가 그걸 기사화하려고 했다가 네 아버지랑 친한 부장한테 빠꾸를 먹었지. 그 후에 네 아버지는 그 기자한테 엄청 대접을 해 줬고 말이야. 고등학교 때도 화려했지?"

"나, 난 잘못한 거 없어."

진모태의 말을 무시한 남자가 손가락을 접으며 말을 이어 갔다.

"중학교 때 같이 사고를 친 놈들과 어울리면서 또래 포주를 했잖아. 같은 학교 학생들을 이용해서. 그리고 문제가 생기자 아버지 빽을 이용해서 빠져나왔지. 그 일로 애꿎은 학생 둘이 죽었어. 박윤지와 정경섭."

이름을 들은 진모태의 표정이 굳어졌다. 그런 진모태의 눈동자를 바라본 남자가 혀를 찼다.

"둘이 죽고 위기를 모면하자 잠깐 공부를 열심히 하는 척을 하다 대학에 들어갔고 말이야."

"너, 누구야!"

진모태의 외침에 남자는 접었던 손가락을 펴면서 대답했다.

"사냥꾼."

"내 아버지가 누군지 알아!"

"잘 알지. 진경백, 부장 검사 출신의 법무 법인 대표."

"아버지가 이 사실을 알면 넌 죽은 목숨이야."

"알 수가 없을 텐데. 아까 한 얘기 잊어버렸어? 너는 술과 약물에 취해서 차를 타고 시내를 쏘다니다가 여기로 와서 서핑을 하다 물에 빠져 죽은 거야. 물론, 차를 타고 다닌 건 나였지만 카메라는 그걸 구분할 수 없지. 자, 이제 가자."

남자는 손을 뻗어서 진모태의 뒷덜미를 잡아 일으켰다. 진모태가 발버둥을 치려고 하자 무릎으로 아랫배를 걷어찼다. 충격을 받은 진모태가 비틀거리며 바닷가로 끌려갔다.

"사, 살려 줘. 시키는 대로 할게. 제발 살려 줘."

"미안, 너에게 개인적 감정은 없어. 세상에는 나쁜 놈들투성이고 너는 그런 놈들 중 하나라 존재감도 별로 없어. 하지만 약속을 했으니까 너는 죽어야 해."

"얼마! 얼마를 받았는데? 아빠한테 전화해서 받기로 한 돈의 열 배를 주라고 할게. 제발!"

모래사장으로 질질 끌려가며 외치는 진모태의 애원에 남자는 잠깐 멈췄다. 그러자 진모태가 필사적으로 말했다.

"우리 아빠 돈 많아. 정말 많다고."

"미안한데, 돈을 받기로 한 게 아니야."

"그럼 뭐? 차? 아빠 차고에 외제 차 많아. 새 차를 사 줄 수도 있어."

진모태의 말을 들은 남자가 대답했다.

"내가 받기로 한 건 목숨이야."

"모, 목숨?"

"그래, 널 죽이면 자기도 죽겠다고 한 사람이 있었거든."

"그, 그놈이 누군데? 어?"

필사적으로 발악하는 진모태의 가슴에 펀치를 한 방 먹인 남자가 말했다.

"그놈이라니, 아버지뻘한테. 역시 넌 싸가지가 없어."

"제, 제발 살려 줘."

파도가 치는 바닷가까지 진모태를 끌고 간 남자는 허리까지 차오르는 물속으로 걸어가서는 그대로 손을 놨다. 물속에 떨어진 진모태는 일어나려고 애를 썼지만 발버둥만 칠 뿐 제대로 움직이지 못했다. 그런 진모태 곁으로 다가간 남자가 혀를 찼다.

"그러게 왜 약 하고 몸도 못 가누는데 서핑을 하러 와."

"꺼, 꺼내 줘! 제발!"

컥컥거리던 진모태가 손을 뻗었다. 하지만 남자는 그가 내민 손을 바라만 봤다. 바닷물 속에서 버둥거리던 진모태의 손이 천천히 아래로 내려갔다. 남자는 진모태가 눈을 부릅뜬 채 숨을 거둔 것을 보고는 천천히 돌아섰다.

모래사장에 던져 놓은 서핑 보드를 챙겨서 되돌아온 그는 진모태의 발목에 가죽으로 된 끈을 묶어서 서핑 보드와 연결시켰다. 때마침 들이닥친 큰 파도가 진모태의 시신과 딸려 있는 서핑 보드를 끌고 갔다. 이제 날이 밝아 오면 새벽잠이 없는 관광객들이 산책 나왔다가 둥둥 떠 있는 서핑 보드를 발견하고 경찰에 신고할 것이다. 그리고 신고를 받은 경찰이 서핑 보드에 발목이 연결된 진모태의 시신을 찾아내면 이번 일은 끝이다.

파도를 맞으며 둥둥 떠 있는 서핑 보드를 지켜보던 남자는 백사장을 따라서 걸어갔다. 며칠 전에 와서 CCTV가 없는 곳을 확인한 상태였다. 하트 모양의 가림막이 있는 흔들의자가 있는 곳에 도착한 그는 바로 옆 모래를 손으로 팠다. 그리고 비닐봉지를 꺼내서 안에 든 조깅용 반바지와 셔츠로 갈아입고 에어팟을 귀에 끼웠다. 입고 있던 옷은 의류 수거용 통에 넣고, 마지막으로 손에 낀 장갑을 벗어서 주머니에 넣었다.

남자는 천천히 해안 산책로에 깔린 나무 데크를 따라 뛰었다. 몇 킬로미터를 뛰자 리조트와 펜션들이 모여 있는 번화가가 나왔다. 쉬지 않고 달린 남자는 서서히 걸음을 늦췄다. 그리고 어느 펜션에 딸린 주차장으로 들어갔다. 거기에는 그가 다른 이름으로 숙박할 때 몰고 온 파란색 차가 있었다. 문을 연 남자는 조수석의 글로브 박스를 열고 안에 있는 휴대폰을 꺼냈다. 주변을 살펴본 그가 조용히 통화 버튼을 눌렀다.

*

잠을 자던 기태는 휴대폰 벨 소리에 눈을 떴다. 침대 옆에 있는 서랍을 열고 안에 있는 휴대폰을 꺼냈다.

"여보세요."

[아침잠을 깨운 모양이군.]

상대방의 말에 기태는 조용히 고개를 들어 거울을 바라봤다. 제멋대로 자란 수염에 헝클어진 머리가 보였고, 피곤에 지친 눈동자가 퀭했다. 가볍게 머리를 흔든 기태가 대답했다.

"1년 만이군. 괜찮아. 네 전화라면 언제 어디서든 받아야지."

[국내에 있는 첫 번째 목표물을 처리했어.]

"누구? 그리고 국내라면 외국에도 누가 있다는 거야?"

[진모태. 며칠 후에 뉴스에 나올 거야. 약에 취해서 서핑을 하다가 물에 빠져 죽은 걸로 말이야.]

"네가 처리한 거야?"

[이번 일에 처리라는 말은 안 어울리는 거 같은데.]

"그럼 뭐라고 불러 줄까?"

[심판이지.]

남자의 대답을 들은 기태는 어처구니가 없었다.

"사람을 죽여 놓고 자살이나 사고로 처리하다니, 대단하군. 너 같은 사람은 영화 같은 데서나 존재하는 줄 알았는데 말이야."

[남자는 게임을 위해서 태어나는 법이니까.]

남자의 대답에 이번에는 기태가 잠깐 생각하다가 중얼거렸다.

"『핏빛 자오선』에서 판사가 한 말이군. 이름이 뭐였더라?"

[홀든 판사.]

"맞아."

[코맥 매카시 좋아해?]

남자의 물음에 기태가 고개를 끄덕거리며 입을 열었다.

"물론, 하지만 『핏빛 자오선』보다 『더 로드』를 좋아해."

[나는 여행을 싫어해. 결말이 정해져 있잖아.]

"『더 로드』에서 주인공들은 여행을 떠나는 게 아니야."

[그럼?]

"죽으러 가는 거지. 결국 그중 한 명은 죽었고, 다른 한 명도 누군가가 나타나지 않았다면 살 수 없었을 거야."

남자가 코웃음을 쳤다.

[몇 달 사이에 염세주의자가 되었군. 그 전에는 분노밖에 안

보였는데.]

"우린 현실감 없는 도시에서 살고 있으니까."

기태의 얘기를 들은 남자는 곧바로 대답했다.

[겨울 새벽의 갈색 안개 밑으로 말이야.]

기태는 허탈하게 웃었다.

"T. S. 엘리엇의 시를 좋아하는 킬러라니, 어색하군."

[그런 킬러에게 자기 목숨을 담보로 자식의 복수를 맡긴 너는 뭘까?]

"핏빛 자오선이지. 오직 핏빛으로만 세상을 볼 수밖에 없는."

[처음에는 하기 싫었는데, 지금은 맡길 잘한 거 같아.]

"왜?"

[항상 돈을 받고 일을 처리했는데, 누군가의 복수를 대신 해 주는 것도 나쁘지 않은 거 같아서 말이야.]

"어떤 방식으로 즐기든 개의치 않겠어. 대신 복수만 철저하게 해 줘. 그럼 나를 죽이러 와도 두 팔을 벌려서 환영할 테니까."

[나를 환영하지는 못할 거야. 예기치 못한 순간에 가서 죽음을 선사하고 떠날 거니까.]

남자의 말을 들은 기태는 텅 빈 한을 쏟아 냈다.

"두렵지만 기다리지. 네가 날 찾아온다면 내 딸의 복수가 끝났다는 뜻이잖아."

[마음이 흔들리는군. 원래 그러지는 않지만 기회를 주지.]

"무슨 기회?"

[지금이라도 포기하고 사진을 없앤다고 약속하면 나도 자네를 찾아가지 않겠어. 진모태 살인에 대한 비용도 청구하지 않을 거고 말이야.]

남자의 제안에 기태는 잠깐 마음이 흔들렸다. 몇 달 동안 살아오면서 삶에 대한 애착이 조금 늘어난 탓이다. 하지만 곧 딸의 죽음을 떠올리고는 고개를 저었다.

"아니, 복수를 마무리하고 나를 찾아와."

[그렇게 하지. 그동안 잘 있으라고.]

남자는 껄껄 웃으며 전화를 끊었다. 통화가 끊긴 휴대폰을 어이없는 표정으로 바라보던 기태는 한 손으로 헝클어진 머리를 긁적거리고는 도로 침대에 누웠다. 잠을 청하려고 애를 썼지만 그럴수록 정신이 더 또렷해졌다. 결국 두 손으로 얼굴을 감싼 채 울었다.

*

사무실 안은 담배 연기가 가득했다. 꽁초가 수북하게 쌓인 재떨이를 힐끔 바라본 권성호는 수염이 덥수룩한 턱을 긁적거렸다. 같은 탁자에는 다섯 명이 넘는 사람들이 앉아서 노트북을 뚫어지게 바라보는 중이었다. 예전에 바둑 기원이었던 사무실은 대낮임에도 어두컴컴했다. '동문 기원'이라는 글씨가 적힌 창문의 시트지 때문이었는데, 아무도 손을 댈 생각을 하지 않아서 모서리가 너덜거린 채 아직 창문에 붙어 있었다. 럭키 스트라이크 담배를 입에 물고 있던 리더가 노트북을 들여다보다가 깍지를 낀 채 다른 사람들을 쳐다봤다.

"다른 건은?"

그러자 참석자들은 약속이나 한 듯 노트북의 모니터를 들여다봤다. 기다리고 있던 권성호가 조심스럽게 손을 들었다.

"걸 그룹 블랙 소나의 멤버 중 한 명이 스폰서와 함께 있다가 남자 친구에게 걸렸다고 합니다. 그래서 남자 친구가 스폰서를 구타하자 경찰에 남자를 스토킹 혐의로 신고했다는 정보 보고가 있었습니다."

보고를 받은 리더가 물었다.

"그 스폰서가 누군데?"

"가상 화폐 투자자로 잘 알려진 제이 남이라고 합니다."

"남정춘 의원의 외아들?"

"맞습니다. 재작년에 경차가 자기를 앞질렀다고 보복 운전을 했던 적이 있었죠."

"말썽꾼이군. 근데?"

"남 의원이 이번에 지역구에 다시 도전한다는 소식이 있어서요."

"가능할까? 같은 당에서 그 지역구 노리는 사람이 많잖아."

"그래서 지역구 공천을 받기 전에 터트리는 게 어떨까 해서요."

"지역구 공천이라······."

리더가 생각에 잠긴 와중에 권성호의 맞은편에 앉아 있던 전직 기자가 손을 들었다.

"경찰청 출입 기자인 제 후배 말로는 제이 남이 아닐 수도 있답니다."

"그럼?"

"동명이인인 프로듀서 제이 남이라고 하던데요?"

"작곡도 하는 친구 말이야?"

"예."

짧게 대답한 전직 기자는 맞은편에 앉은 권성호를 힐끔 바라보며 덧붙였다.

"이 건은 좀 더 확인해 보는 게 좋겠습니다."

"늦으면 소용이 없습니다."

권성호의 항변에 리더는 깍지를 풀면서 대답했다.

"우리가 말이야, 아무리 찌라시라고 해도 국회 의원들이랑 재벌 총수들이 비싼 구독료를 내고 보는 정보지야. 그런데 제대로 확인되지 않은 걸 쓸 수는 없잖아. 좀 기다렸다가 확인이 되면 신도록 하지."

권성호는 뭔가 말을 하려고 하다가 입을 다물었다. 그러자 리더가 노트북을 덮었다.

"다들 수고했어. 오늘 회의비는 내일까지 입금될 거야."

회의가 끝나고 권성호는 좁은 골목길을 천천히 걸었다. 습관적으로 걸음을 멈추고 뒤를 돌아보던 그는 품속에 넣어 둔 휴대폰이 울리자 전봇대 옆에 서서 받았다.

"여보세요."

[오랜만이군. 잘 지내?]

상대방의 목소리에 권성호는 전봇대에 기대선 채 대답했다.

"그럭저럭이요. 어쩐 일이십니까?"

[바쁘지 않으면 오늘 저녁이나 할까 해서.]

"지금이 오후 4시인데요?"

[정확히는 4시 4분이지. 덕수궁 뒤쪽에 있는 목왕으로 7시까지 와. 김영호로 예약해 놨어.]

"본명이 아니라 가명으로 예약하셨네요?"

권성호의 물음에 상대방이 가볍게 웃으며 말했다.

[떨어지는 낙엽도 조심해야 할 때라서 말이야. 나머지는 만나서 얘기하지.]

상대방이 일방적으로 끝낸 통화를 마친 권성호는 휴대폰을 만지작거리다 주머니에 넣고는 전봇대에 붙은 반사경을 바라봤다. 볼록한 거울에 비친 제멋대로 자란 수염에 깡마른 자신의 얼굴을 보니 쓴웃음이 났다. 자신의 신세에 짜증이 난 권성호는 전봇대 아래 있는 애꿎은 쓰레기봉투를 걷어차고는 골목길을 빠져나갔다.

지하철을 타고 시청역에서 내린 권성호는 대한문 옆에 있는 돌담길을 따라 천천히 걸었다. 로터리가 있는 갈림길에서 미국 대사관저가 있는 오른쪽 오르막으로 천천히 올라갔다. 그러다 바리케이드와 함께 서 있는 경찰 버스 옆을 지나간 그는 덕수궁의 담장과 미국 대사관저의 높은 담장이 나란히 서 있는 오르막으로 올라갔다. 고종의 길로 들어가는 입구 맞은편 구세군 본부와 덕수궁의 꺾어지는 담장 사이에 오르막길이 보였다.

오가는 사람들이 극히 드문 그 길 중간에는 조용히 누군가를 만나는 걸 좋아하는 사람들을 위한 고급 음식점이 있었다. '목왕'이라는 나무 간판 앞에 선 그는 심호흡하고 유리문을 열었다. 바로 앞에는 카운터가 있었는데 온갖 나무 조각과 글씨를 새긴 널빤지들이 걸려 있었다. 휴대폰을 보며 카운터에 있던 주인이 고개를 들었다.

"7시, 김영호요."

오래된 수첩을 침을 바르며 넘긴 주인이 말했다.

"16번 방이네요. 오른쪽 계단으로 올라가서 왼쪽 제일 끝입니다."

이미 몇 번 온 적이 있었던 권성호는 곧장 계단을 올라가서 16번이라고 적힌 방으로 들어갔다. 10분 전이라서 아무도 없었다. 입고 있던 재킷을 옷걸이에 걸어 놓고 의자에 앉자 한복 차림의 여종업원이 들어와서 잔과 주전자 그리고 뜨거운 물수건을 자리에 놨다. 잔과 물수건의 숫자를 확인한 권성호가 중얼거렸다.

"둘만 만나는군."

조심성 많기로 유명한 김영호가 단둘이 만나자고 한 이유가 무엇일지를 생각하던 권성호는 복도에서 울리는 발소리에 고개를 들었다. 잠시 후 문이 열리고, 그의 모습이 보였다.

흰 머리가 듬성듬성 섞인 중년의 나이지만 어깨가 떡 벌어진 상대방은 한눈에 봐도 위압적인 모습이었다. 이마에는 깊은 주름이 가로지르는 상처가 있었는데, 경감 시절 조폭이 휘두른 사시미에 난 상처라는 게 그의 주장이었다. 하지만 경찰대학교를 졸업하고 엘리트 코스만 밟았던 그의 경력을 생각하면 과연 그런 일이 있었는지는 알 수 없었다.

잔에 물을 따른 권성호 앞에 앉은 상대방은 뒤따라온 젊은 남자에게 양복 윗도리를 건넸다. 그리고 서류봉투를 하나 건네받으며 귓가에 대고 뭔가를 속삭였다. 고개를 숙인 젊은 남자를 힐끔 본 권성호가 물었다.

"가방 모찌가 신입이군요?"

"물갈이했지. 고인 물은 썩기 마련이니까."

잠시 후, 미리 주문했는지 세트 요리가 나왔다. 상대방은 코스별로 나오는 요리를 별로 좋아하지 않았다. 사람들이 드나들 때마다 대화가 끊기기 때문이었다. 열린 문 너머로 새 가방 모찌가 15호실로 들어가는 게 보였다. 아마 도청을 막는 전파 방해 장치를 가지고 들어간 것 같았다.

"여전히 철저하십니다."

"높은 자리로 올라갈수록 조심해야지. 안 그러면 한 방에 무너진다고."

권성호는 당연하다는 듯 얘기하는 상대방에게 물었다.

"제 휴대폰도 못 쓰는 겁니까?"

"그러니까 녹음 같은 거 하지 마. 서로 믿고 일을 해야지 말이야. 요즘 세상은 위아래도 없고, 의리도 없어졌어. 진짜 강호의 도리가 바닥에 떨어진 지 오래야. 말세야, 말세."

무협지를 좋아하는 상대방은 종종 무협 얘기를 했다. 경찰을 정파, 범죄자와 부패한 정치인들을 '사파'라고 불렀고, 시위를 벌이는 노조와 시민 운동가들은 '마교'라고 칭했다. 정파 중에서는 개방을 좋아했는데 경찰이 진압봉을 쓰는 것처럼 봉을 주 무기로 썼기 때문이다.

물을 시원하게 한 잔 비운 그는 젓가락을 들었다. 무슨 말을 하건 상대방이 먼저 꺼내야 시작된다는 걸 알고 있던 권성호는 잠자코 젓가락을 들었다. 상대방은 그 후로도 한동안 음식 맛이 어떻고 하면서 세상 돌아가는 얘기를 했다. 분위기를 맞춰 주며 건성으로 대답하던 권성호는 상대방이 젓가락을 놓는 소리를 듣고는 그대로 멈췄다. 옆자리에 놓은 서류봉투를 툭 던진 상대방이 말했다.

"거, 좀 열어 봐."

젓가락을 내려놓은 권성호는 잠자코 서류봉투를 열었다. 안에는 종이 뭉치들이 몇 개 있었는데 일상적인 보고서 양식들은 아니었다. 첫 장에 큼지막한 사진과 함께 이름이 적혀 있었다.

"진모태?

대학교 1학년이네요.?"

"며칠 전에 윈드 서핑인가 뭔가 한답시고 차가운 동해바다에 들어갔다가 그대로 저승으로 갔지."

"가을이면 서핑하기 살짝 춥긴한데 사고란 얘긴가요?"

권성호의 물음에 상대방은 고개를 끄덕거렸다.

"사고지. 겉으로는 말이야."

"내막이 따로 있다는 뜻입니까?"

"거, 성미 한번 급해. 다음 장이 부검 보고서야."

종이를 넘긴 권성호는 국과수 마크가 찍힌 부검 보고서를 살펴보며 말했다.

"사인은 익사가 맞지만 부검 결과 다량의 약물이 검출되었군요."

"떨이라고 부르는 대마와 물뽕을 한 거 같아."

"그런 걸 빨고 서핑 보드를 탄답시고 물에 들어갔으니 사고가 나는 게 당연하겠죠."

"부모들은 입을 꾹 다물고 장례를 치렀어. 냄새를 맡은 기자들도 입을 다물게 만들었고."

"안타까운 일이네요. 같이 애도하자고 저를 부르신 겁니까?"

상대방이 권성호를 힐끗 노려보며 말했다.

"너 요즘 찌라시 만드는 애들 따라다닌다며."

툭 내뱉은 상대방의 말에 권성호는 애써 태연함을 유지했다.

"먹고는 살아야죠, 저도."

"야, 한때 정보 경찰의 에이스께서 찌라시가 웬 말이야?"

"해고당해서 퇴직금도 한 푼 못 받은 거 잘 아시잖아요. 그렇게 안타까웠으면 좀 챙겨 주시지 그랬어요."

"야, 원래 문파에서 파문당하면 인연은 끝이야."

"저는 파문당한 게 아니라 쫓겨난 거죠. 줄을 잘못 서서요."

가시 돋친 권성호의 항변에 상대방은 도로 젓가락을 들었다.

"너는 말이야 다 좋은데 윗사람 밥맛을 없게 만들어."

"그래서 밥줄이 끊겨져서 찌라시 만드는 놈들이나 따라다니잖아요."

팽팽한 기 싸움이 이어지자 상대방은 결국 젓가락을 다시 놨다.

"그래, 일 얘기나 하자. 걔 사인 좀 조사해 봐."

"약 빨고 서핑하다가 뒈졌다고 나왔잖아요."

"내가 항상 보고서를 보면 이면을 봐야 한다고 했지?"

"깔끔하지가 않다는 말입니까?"

"우리가 관심을 가지는 모든 죽음은 깔끔하지 않지. 제일 뒤에 메모."

맨 뒷장에 손으로 적은 메모지가 있었다. 권성호는 다른 종이를 옆자리 의자에 놓고 메모지를 들여다봤다.

"사망자는 강남 오피스텔 성매매 사건과 관련이 있는 것으로 추정된다. 그, 고등학생이 또래 포주 했던 거 말입니까?"

상대방은 대답 대신 고개를 끄덕거렸다. 메모지를 들여다보던 권성호는 고개를 갸웃거렸다.

"작년이죠? 제 기억에는 약을 빨고 몸을 팔던 여자애는 죽고, 또래 포주도 조사받다가 목을 맸던데요."

"걔들은 앞잡이들이고, 진짜가 뒤에 있다는 소문이 돌았잖아."

"사진에 이 죽은 애가 배후라는 얘깁니까?"

"몇 놈 더 있어. 같은 고등학교 친구라더군."

"이거야말로 말세네요."

권성호의 말에 상대방이 물었다.

"고등학교 학생들끼리 성매매시키고 죽인 거?"

"아뇨. 그걸 경찰이 알아차리지 못한 게요."

멋쩍게 웃은 상대방은 음식을 보면서 한숨을 쉬었다.

"개판이지, 개판. 어쨌든 냄새가 좀 나서 말이야."

"부모 입장에서는 입을 닫는 게 나은 일인데 뭐가 의심스러운 거죠?"

"그게 말이야."

어색하게 목을 한번 꺾은 상대방이 목덜미를 만지작거리며 덧붙였다.

"죽던 날 새벽에 근처 클럽에서 떨이랑 물뽕을 하고, 자기 픽업트럭을 타고 나갔어."

"음주 운전에 약물까지 더했군요."

"여기저기 살짝 들이받고 부딪치면서 해변으로 갔고, 거기서 서핑용 보드를 가지고 바다 쪽으로 간 게 마지막이야. 반나절 있다가 해변을 산책하던 사람이 빈 서핑용 보드가 떠 있는 걸 보고는 신고했지."

"흑막이 있다는 뜻입니까?"

권성호의 물음에 상대방은 목덜미를 주무르며 대답했다.

"없어, 겉으로는."

"뭔가 의심스러운 구석은 있군요."

"역시 우리 권 선수가 예리해. 이건 절대 문서로 남길 수 있는 문제는 아닌데 말이야."

잠깐 뜸을 들인 그가 입을 열었다.

"전문가의 냄새가 좀 나."

"어떤 전문가요?"

"그림자."

상대방의 대답을 들은 권성호는 눈살을 찌푸렸다.

"그자가 다시 움직인다는 얘깁니까?"

"그놈은 항상 움직였을 거야. 우리가 눈치를 못 채서 그렇지."

"그렇긴 하죠. 한창 열을 올렸을 때도 꼬리밖에 못 잡았으니까요. 그런데 이번에는 어떻게 흔적을 찾았습니까?"

"픽업트럭을 CCTV가 잘 보이는 가로등 근처 편의점 불이 환하게 켜진 곳에 세워 놨어. 그리고 차에서 내린 다음에 천천히 서핑용 보드를 들고 해변으로 갔지. 해변 쪽에는 CCTV가 없고, 주차된 차도 없어서 블랙박스도 없었어."

"그런데요?"

"편의점 옆 주차장에 버스 한 대가 세워져 있었거든. 버스는 차고가 높아서 일반 승용차보다 좀 더 멀리 볼 수 있어. 그런데 그 버스 영상에 재미난 게 찍혔어."

"뭐가요?"

"죽은 애 아버지가 그랬는데 말이야. 지난주에 전동 바이크를 타다가 자빠져서 한쪽 발이 불편했대. 그런데 영상에서는 멀쩡하게 걸어 다녔어."

상대방은 두 손가락으로 걸어가는 모습을 흉내 냈다.

"본인이 아닌 것 같다는 말씀입니까?"

"픽업트럭은 애초에 블랙박스가 없었고, 시내를 싸돌아다닐 때도 어두워서 얼굴이 명백하게 식별되지 않았어."

상대방의 설명을 들은 권성호는 손가락으로 이마를 두드리고는 천천히 입을 열었다.

"수법을 보니 그림자 같긴 하군요. 변장 기술이 귀신 같아서 그의 진짜 얼굴은 아무도 모른다고 하던데……."

"문자 그대로 '신출귀몰'이지. 오죽했으면 원래 국제적으로 활동하던 스파이였다는 소문이 있었겠어. 내가 알기로도 국내에서 이런 식으로 일하는 놈이 또 없지."

"그렇다면 그림자가 진모태를 납치한 다음에 그로 변장해서 다녔을 수도 있겠군요. 그러다가 해변으로 가서 CCTV가 없는 곳에서 진모태를 작업했고요. 자살로 위장해서 말입니다."

"맞아. 체내에서 약물이 검출되는 바람에 진모태의 부모는 경찰에 신고할 엄두를 못 냈어. 거기다 전적도 화려하니까. 우리 경찰들은 알다시피……."

두 손을 활짝 펼친 상대방이 덧붙였다.

"신고가 들어오지 않으면 아무것도 할 수 없는 존재고 말이야."

"그래서 저를 호출하신 겁니까, 청장님?"

상대방은 직책이 불리자 얼굴을 찡그렸다.

"그렇게 부르지 말랬지."

"어떻게 그 자리까지 오르셨는데 아깝지 않습니까, 경찰청장님?"

화를 억누른 경찰청장이 권성호를 노려봤다.

"진짜 밥맛 떨어지게 말이야. 어쨌든 알바 좀 해. 요즘 돈 없다며."

"그렇긴 한데, 함부로 먹을 수는 없죠. 탈이 나면 진짜 크게 날 거 같은데요."

"이제 그런 거 따질 상황이 아니지 않아?"

경찰청장의 비꼬는 물음에 권성호는 자리에서 일어나려고 했다.

"식사 잘했습니다, 청장님."

경찰청장은 자리에서 일어나 문으로 걸어가려는 권성호의 팔을 잡았다.

"앉아. 식사는 다 해야지. 음식 남기면 벌 받아."

"다른 벌을 이미 많이 받아서 이 정도는 감당할 수 있습니다."

"그래, 뭘 해 주면 되는데? 앉아서 얘기해."

도로 자리에 앉은 권성호가 말했다.

"전부 다요. 하나라도 빼먹으시면 저는 런할 겁니다."

"좋아. 일단 의뢰한 쪽은 진모태의 부모야."

"아까는 입을 다물었다면서요."

"그건 겉으로만 그런 거고, 속으로는 범인을 잡으려고 이를 갈고 있어."

"누군데요?"

"아빠는 부장 검사 출신의 로펌 대표. 엄마는 집에서 살림을 하고 있지만 집안 빽이 만만치 않지."

"그래서 이를 갈 수 있었군요. 강남 오피스텔 건도 그래서 빠져나간 거고요."

"아니라고는 할 수 없지. 세상이 다 그렇잖아."

"강호도 그렇습니까?"

"거기라고 별수 있겠어? 장문인 아들이랑 조카들이 다 해 처먹는 거지.”

“안타깝네요. 강호는 깨끗하기를 바랐는데.”

“어쨌든 이런저런 이유로 부탁을 거절할 수 없는 상황이야. 하지만 공식적으로는 할 수 없지.”

“당연하겠죠. 보아하니 강남 오피스텔 사건의 진짜 배후 같던데요?”

“패거리 중 한 명이야. 걔네 엄마 말로는 자기 아들은 착한데 친구를 잘못 사귀어서 그런 거래.”

“그놈의 친구 타령은 언제 없어질까요?”

“아마 안 없어지겠지. 아무튼.”

말을 끊은 경찰청장은 주머니에서 휴대폰과 카드를 꺼냈다.

“이 휴대폰으로 나한테 보고해. 비용은 카드로 쓰고.”

휴대폰과 카드를 챙긴 권성호가 물었다.

“얼마나 들어 있습니까?”

“일단 5백.”

“5백 더 넣어 주십시오.”

“너무 많아.”

“어차피 돈은 죽은 애 부모한테 받을 거잖아요. 좀 베풀고 살아요. 강호에서는 장문인이 다 먹여 살리던데요.”

“그러다 배신당하고 뒤통수 맞은 장문인이 한둘인 줄 알아? 아무튼 잘 처리해 봐. 그러면 좋은 소식이 있을 거야.”

"설마 복직시켜 주시는 겁니까?"

"파문당한 주제에 염병하네. 내년 총선 있잖아."

"있죠. 아주 치열할 거라고 하잖아요."

"그쪽으로 적당한 자리 하나 알아봐 줄 테니까 염려 마."

경찰청장의 얘기를 들은 권성호가 물었다.

"이번에는 믿어도 됩니까?"

그러자 경찰청장이 헛기침을 요란하게 하고는 권성호를 노려봤다.

"믿지 않으면 다른 방법이 있어?"

"없긴 하죠."

"그럼 믿어. 죽든 살든 그 방법 밖에는 없으니까."

경찰청장의 얘기를 들은 권성호가 손가락을 하나 폈다.

"그리고 하나 더 필요합니다."

"뭐?"

"블루 코드요."

경찰청장이 얼굴을 찌푸렸다.

"그게 왜 필요한데?"

"그럼 궁금한 게 있을 때마다 이걸로 청장님한테 물어볼까요? 얘기 들어 보니까 엉킨 실타래가 장난 아닐 거 같은데요."

의자의 등받이에 기댄 경찰청장이 잠깐 권성호를 바라보다가 말했다.

"오늘 중에 코드 보내 줄게. 그걸로 헛짓거리하지 마."

"믿으십시오. 그 방법밖에 없으면 믿으셔야죠."

"알겠으니까 빨리 조사해서 보고해. 어디부터 할 거야?"

"일단 죽은 진모태부터 살펴보죠. 그다음에 친구들도 찾아보고요."

"관련자들 연락처는 폰으로 보낼게. 싹싹 살펴봐."

"그렇게 하겠습니다."

권성호의 대답을 들은 경찰청장은 의자에서 일어났다.

"저녁때 약속이 있어서 먼저 일어날게. 후식 챙겨 달라고 할 거니까 먹고 가."

문을 열고 나가는 경찰청장에게 권성호가 한마디 했다.

"음식 남기면 벌 받는다면서요?"

하지만 경찰청장은 아무 대꾸 없이 문을 닫고 나갔다. 안녕히 가시라는 종업원의 목소리가 문밖에서 들렸다. 젓가락을 들고 남은 음식을 먹던 권성호는 종업원이 가져왔던 쟁반을 들어올렸다. 쟁반 바닥에는 동전처럼 생긴 녹음 장치가 붙어 있었다. 잠시 후 문이 열리고, 조금 전에 왔던 종업원이 들어왔다. 녹음 장치를 떼서 주머니에 넣은 권성호가 말했다.

"누님, 고마워요."

"그럼, 우리 동생 챙겨 줘야지. 후식 가져다줄까?"

"네. 통장으로 섭섭지 않게 넣어 드릴게요."

"아이고, 고마워."

오늘 식사를 한 사람이 경찰청장이라는 걸 알았다면 아무리 많은 돈을 줘도 도청 장치를 붙여 주진 않았을 것이다. 하지만 가명으로 예약해서 누군지 몰랐기에 성공할 수 있었다. 물론, 따라온 가방 모찌가 도청 방해 장치를 가동했겠지만 권성호가 붙여 놓은 건 이탈리아제 최신형으로 도청 방해 장치를 무력화시킬 수 있었다. 후식을 기다리던 권성호는 휴대폰으로 정보 경찰들의 보고 내용을 들여다볼 수 있는 블루 코드와 관련자들 연락처가 문자로 오는 걸 확인하고는 서둘러 남은 음식을 먹었다. 잠시 후, 후식이 들어왔다.

*

일을 마친 기태는 한잔하자는 동료들의 얘기에 손사래를 쳤다. 자식이라도 보러 가느냐는 누군가의 말에 분위기가 싸늘해졌다. 기태는 애써 웃으며 서둘러 자리를 떴다. 아마, 기태가 멀어지면 사정을 아는 사람이 낮은 목소리로 딸의 죽음에 대해서 언질을 줄 것이다. 그 얘기를 들은 상대방의 눈이 동그래지는 것까지 상상하자 머리가 어지러웠다. 빠르게 돌아가는 세상 속에서 딸의 죽음은 그대로 잊혀 버렸다. 하지만 기태의 가슴에 남은 상처는 여전히 사라지지 않았다. 오히려 시간이 지날수록 더 커졌다.

애써 두통을 참은 기태는 작업용 도구가 들어 있는 가방을 둘러맨 채 서둘러 공사장 밖으로 나왔다. 충청도에 있는 다세대 빌라의 타일 작업을 하러 어제부터 내려와 있었다. 머물던 여관에서 짐을 챙겨 버스 터미널까지 터덜터덜 걸어갔다. 시내버스와 시외버스가 함께 출발하는 터미널은 사람들이 잘 드나들지 않으면서 쇠락한 흔적이 역력했다. 로비에는 플라스틱 의자들이 주르륵 있었고, 노인들 몇 명이 드문드문 앉아 있었다. 의자 앞 커다란 TV에서는 뉴스가 한창 나오는 중이었다.

매표구에는 무인 판매기를 이용하라는 종이가 붙어 있었다. 한숨을 쉰 그는 옆에 있는 무인 판매기로 가서 동서울 터미널로 가는 표를 샀다. 무인 판매기가 뱉어낸 버스표를 집은 기태는 시간을 확인하고 먼저 화장실에 가기로 했다. 의자들이 있는 공간을 지나 화장실로 가던 그가 발걸음을 멈췄다. TV에서 뉴스가 나오고 있었다.

[사고 소식입니다. 어제 동해안의 해안가에서 시신으로 발견된 열여덟 살 진모 군의 사인이 익사로 밝혀졌습니다. 해양 경찰은 진모 군이 새벽에 혼자서 서핑을 하러 입수했다가 심장 마비로 인해 물에 빠졌고, 그대로 익사했다고 발표했습니다. 특별한 타살 증거가 없는 상태고, 진모 군의 부모가 서둘러 장례를 치르기를 원해서 조사를 중단했다고 밝혔습니다. 다음 뉴스입니다.]

뉴스는 순식간에 지나갔지만 기태는 한동안 꼼짝도 못 하고 그 자리에 서 있었다. 남자에게 전화를 받았을 땐 실감이 나지 않았는데 뉴스를 보니 현실이라는 것이 와닿았다. 딸을 괴롭히고 죽인 다음에 누명을 씌운 놈이 드디어 죽었다. 사고라고 나왔지만 누가 어떻게 죽였는지 알고 있었던 기태는 눈물을 흘리지 않기 위해 아랫입술을 꽉 깨물었다. 하지만 도저히 참을 수 없어 서둘러 화장실로 발걸음을 옮겼다.

화장실에 들어간 기태는 눈물을 감추기 위해 세면대의 물을 틀고 세수를 했다. 세수를 하면 할수록 눈물이 더 나왔다. 딸의 복수를 했다는 기쁨과 죽음이 한 발자국 더 가까워졌다는 두려움이 함께 묻어 나온 것이다.

*

남자는 옷장을 열었다. 안에는 일에 필요한 다양한 옷들이 걸려 있었다. 양복은 물론이고, 각종 작업복에 군복과 경찰복 같은 제복들도 있었다. 남자는 제일 끝에 있는 하얀색 티셔츠에 두툼한 형광색 조끼, 그리고 주문 제작한 챙이 긴 야구 모자를 골랐다. 통이 넓은 청바지를 꺼내서 입고 작업할 때 항상 신고 다니는 아디다스 운동화를 꺼냈다. 신발까지 신은 다음, 작업에 필요한 몇 가지 장비들도 챙겨서 슬링백에 넣었다.

마지막에 태블릿 PC를 챙겨서 밖으로 나온 남자는 차에 타고 시동을 걸었다. 새로 장만한 대포차였는데, 전 주인이 담배를 피웠는지 니코틴 냄새가 코끝을 스치는 게 유일한 단점이었다. 살짝 얼굴을 찡그린 남자는 차를 출발시켰다.

　　신호에 걸리자 조수석에 던져 놓은 태블릿 PC를 켰다. 거기에는 인공지능 왓슨이 조사한 이번에 해치울 목표물에 대한 정보가 들어 있었다. 남자는 목표물에 대해서 다시 한번 살펴봤다. 일이 사소한 부분에서 이상하게 틀어질 수 있기 때문에 징그러울 정도로 철저해야 했다. 그렇게 틈틈이 자료를 보는데 갑자기 휴대폰이 울렸다. 전화가 올 곳은 한 군데밖에 없었다. 재빨리 이어폰을 끼운 그가 목소리 톤을 살짝 올렸다.

　　"안녕하세요, 기자님."

　　[오늘 보는 겁니까?]

　　"그럼요. 어제 확인 문자도 보내 드렸잖습니까? 하하."

　　[제가 좀 알아봤는데, 윈즈 테크놀로지라는 회사가 족보가 좀 흐릿하네요.]

　　남자는 속으로 투덜거렸다. 가짜 홈페이지를 만드는 데 적지 않은 돈을 들였는데 상대가 이상한 점을 눈치챈 것이다.

　　"아이, 우리 족보 있는 회삽니다. 대놓고 활동을 못 해서 그렇죠."

　　[찌라시 쪽에 물어봐도 아는 사람들도 없고.]

　　"우린 족보 없는 찌라시랑은 일 안 합니다. 혹시, 운청동이나 대광일보 쪽 라인으로 확인하신 겁니까?"

[어딘지는 따로 얘기할 필요가 없을 거 같은데요.]

잡아떼긴 했지만 그쪽으로 파고든 게 분명했다. 남자는 도로를 주시하면서 힘주어 말했다.

"우린 여의도 쪽 라인입니다. 블루 페이퍼 만들던 내곡동 회사원들이 주축이고요. 마구잡이로 일하는 찌라시들과는 달라요. 회원들이 돈 주고 가입해서 보는 정보지입니다. 비밀 유지는 기본이고요. 보여 드린 홈페이지도 일반 공개는 안 된 겁니다."

잠시 침묵이 흘렀다. 머리를 굴리는 게 분명했다. 예상 밖의 답변이 나올 수도 있긴 했지만 남자는 느긋하게 기다려 봤다. 잠시 후, 역시 예상했던 대답이 들렸다.

[그래요. 일단 만나서 얘기합시다.]

"행사장으로 가고 있는 중입니다. 몇 시에 도착하십니까?"

[10분쯤 늦을 겁니다.]

"그럼 도착해서 연락드릴게요."

[알았어요.]

"잠시 후에 뵙겠습니다."

통화가 끝나고 신호음이 들렸다. 남자는 피식 웃었다.

"그래, 의심스럽겠지. 그런데 돈이 욕심나지. 거절하기에는 너무 큰 금액이잖아."

누군가에게 말을 걸듯 혼잣말을 한 남자는 고개를 절레절레 저었다.

"아무튼 이런 새끼들은 구제 불능이야."

목표를 사냥하기 위해서는 많은 걸 조사해야만 했다. 오준혁 기자의 행태는 문제가 많았다. 남자가 목숨을 구해 줘서 해외로 도피시킨 해커가 찾아낸 사실들은 어마어마했다. 뇌물과 접대를 받고 기사를 써 준 것까지는 넘어가려고 했다. 하지만 그는 박윤 지의 성매매 고객 중 한 명이었다. 게다가 박윤지가 그의 신분을 알고 도움을 요청했는데 오히려 그 사실을 진모태에게 알려 주기까지 했다. 그래서 처음에는 사냥 목록에 올려 두지 않았다가 나중에 추가했다. 원래 계획을 고수하는 것을 선호하는 남자에 게는 이례적인 일이었다.

행사장에 도착한 남자는 멀찌감치 차를 세우고 걸어갔다. 행 사장에 투입된 안내 요원으로 위장했는데 차를 몰고 나타나는 건 누가 봐도 어색했기 때문이었다. 남자는 챙이 긴 모자를 푹 눌러쓰고 형광색 조끼를 걸친 채였다. 입구에는 풍선으로 만든 문 모양의 장식들과 레드 카펫이 깔려 있었다.

쓰레기 소각장으로 오랫동안 사용되다가 리모델링을 거쳐서 문화 센터로 거듭난 것을 기념하는 행사였다. 지역 유지와 국회 의원들이 한쪽 구석에 모여서 사진을 찍고 있었다. 그 옆에선 붉 은색 조끼와 모자를 착용한 부녀회 회원들이 커피를 나눠 주는 중이었다. 대대적인 행사를 하느라 수많은 사람이 드나들고 있었기 때문에 사냥을 하기 꽤 적합했다.

남자의 경험상 어떨 때는 사람이 많은 장소가 사냥에 유리했다. 흔적이 빨리 오염되기 때문이다. 거기다 사람이 많은 장소에서 살인이 벌어질 것이라고는 생각하지 않기 때문에 목격자 대부분이 사고라고 생각해 버렸다. 그런 선입견은 현장에 도착한 경찰이나 구급대원에게도 그대로 전염되어서 현장은 더 엉망이 되었다. 남자는 이번에도 행사가 한창인 문화 센터의 구조를 떠올리면서 미리 생각해 둔 동선대로 움직였다.

청바지와 하얀색 티셔츠에 형광색 조끼를 입은 남자의 모습은 영락없이 행사 안내 요원처럼 보였다. 걸어가던 남자는 접이식 의자 위에 있던 경광봉까지 챙겼다. 그리고 천천히 주변을 살펴보면서 목적지로 향했다. 행사 준비가 한창이라 아무도 그에게 눈길을 주거나 관심을 기울이지 않았다.

"어이! 어디 가는 거야."

탁하고 불쾌한 목소리가 갑자기 옆구리를 찌르고 들어왔다. 고개를 옆으로 돌리자 배가 불룩하고 머리숱이 적은 중년의 남자가 보였다. 목에는 행사 관계자가 차는 커다란 목걸이를 하고 있었다. 고개를 살짝 숙인 남자가 당황한 것처럼 말했다.

"박광옥 팀장님 지시로 아이를 찾고 있습니다."

"아이?"

상대방의 물음에 남자는 손으로 키를 표시하면서 대답했다.

"여섯 살 여자아이인데요. 엄마가 잃어버렸나 봐요. 저보고 찾아보라고 하셔서."

우물쭈물하면서 말을 얼버무리자 상대방은 짜증 난다는 표정으로 중얼거렸다.

"제정신이야? 이런 데서 자기 새끼를 잃어버리고 말이야."

"후문 쪽에서 아이가 혼자 있다는 신고가 들어와서요. 빨리 가서 확인해 봐야 할 것 같습니다."

상대방이 얼른 가보라는 손짓을 하자 남자는 어정쩡하게 인사를 하고는 서두르는 척을 했다. 후문으로 가던 남자는 슬쩍 비상계단 쪽 문을 열고 들어갔다. 국회 의원의 일정에 맞추느라 서둘러 오픈하는 바람에 CCTV가 아직 설치되지 않은 곳이 많았다.

여유롭게 계단을 올라가던 남자는 조끼 안쪽에 끼워 둔 와이셔츠를 펼쳐서 입었다. 그리고 옆에 끼워 둔 파란색 넥타이를 탁탁 털어서 펼친 다음 목에 걸었다. 입고 있던 형광색 조끼는 중간에 계단참에 있는 소화전을 열고 안에다가 쑤셔 넣었다. 거기에 모자까지 벗자 오픈 행사를 구경 온 동네 주민 정도는 돼 보였다.

비상계단을 다 오른 남자는 숨을 몰아쉬면서 문을 열었다. 그러자 거대한 공간이 나타났다. 천장에는 커다란 크레인과 집게가 보였고, 아래쪽엔 콘크리트로 만든 어마어마한 소각로가 보였다. 높이가 아파트의 10층 정도는 되는 것 같았다. 남자는 수

거한 쓰레기들을 집게로 집어서 소각로 아래로 떨어뜨렸다.

'기대지 마시오'라는 팻말이 어지럽게 붙은 난간 옆을 지나 크레인을 조종하는 조종실 근처까지 갔다. 녹슨 크레인에는 하얀색 페인트로 '안전 제일'이라는 글씨가 적혀 있던 흔적이 보였다. 살짝 아래쪽을 내려다본 남자는 왜 그런 글씨를 써 붙였는지 이해가 되었다.

크레인 근처에 서 있는데 잠시 후 문이 열리는 소리가 들렸다. 뚜벅거리는 발걸음 소리와 함께 오준혁 기자가 모습을 드러냈다. 남자는 난간에 기대서 휴대폰을 보는 척했다. 오준혁 기자가 옆으로 다가오며 물었다.

"강종철 씨 맞습니까?"

남자는 고개를 돌리고는 천천히 대답했다.

"반갑습니다, 오 기자님."

"그런데 왜 하필 이런 곳에서 보자고 한 거요?"

마땅찮은 표정을 지은 오준혁 기자가 얼굴을 찡그린 채 '안전 제일'이라고 적힌 크레인을 힐끔 바라봤다. 남자는 두 팔을 살짝 벌리면서 대답했다.

"왜요? 고소 공포증이라도 있으십니까?"

"그런 건 아닌데, 여긴 쓰레기 소각장이라서 말이오."

"지금은 문화 센터로 탈바꿈하지 않았습니까?"

"그렇긴 해도 쓰레기 냄새가 여전히 나는 것 같아서."

"그러게요. 냄새가 좀 나긴 하네."

활짝 웃은 남자에게 오준혁 기자가 얼굴을 찡그리며 말했다.

"지금 날 놀리는 거요?"

"그럴 리가요. 말씀드렸다시피 우리는 은밀히 일하는 쪽이라서 냄새가 나도 어쩔 수 없어요. 조용히 얘기하기에는 딱이잖아요."

"정말 내가 정보를 넘기면 건당 백만 원씩 주는 거요?"

"물론이죠. 내년에 선거들이 있어서 라인을 보강하라는 윗선의 지시가 있었거든요."

"요즘 워낙 사기꾼들이 많아서."

오준혁 기자는 의심스러운 눈빛으로 남자를 힐끗 봤다.

"거기다 돈을 직접 받는 것도 불안하시죠?"

남자의 물음에 오준혁 기자는 헛기침을 하는 것으로 대답을 대신했다. 빙그레 웃은 남자는 휴대폰을 꺼내서 흔들었다.

"걱정 마세요. 우린 가상 화폐로 지불하니까. 아무도 모를 거고, 못 찾아낼 겁니다."

"자신만만하시네. 요즘 그러다 다친 사람들을 너무 많이 봤는데."

의심스러워하는 오준혁 기자를 보면서 남자는 껄껄 웃었다.

"우리가 어떻게 돈을 지불하는지 보여 드리겠습니다. 휴대폰 좀 잠시 주시죠. 비번 풀어서."

너무나 자연스러운 남자의 말에 오준혁 기자는 별다른 의심 없이 패턴 암호를 푼 자신의 휴대폰을 건넸다. 휴대폰을 건네빈은 남자는 두 손가락으로 살짝 잡았다. 그리고 인터넷 창에서 빠르게 단축 주소를 입력해서 해킹용 앱을 깔았다. 앱이 제대로 깔리는 것을 본 남자는 다시 휴대폰을 건네주는 척했다. 그러다가 상대방이 손을 내미는 걸 보고는 휴대폰을 바닥에 떨어뜨렸다. 쿵 소리를 내며 떨어진 자신의 휴대폰을 바라본 오준혁 기자가 화를 냈다.

"뭐 하는 거야!"

"뭐 하긴, 내가 할 일을 하는 거지. 당신은 이제 자살할 거야."

예상 밖의 대답에 놀란 오준혁 기자가 어처구니없다는 표정을 지었다.

"뭐라고?"

"못 들었어? 다시 얘기해 줄까? 너, 자살할 거라고. 여기서."

"너, 너 뭐야!"

"나? 그런 걸 뭘 알려고 그래, 곧 갈 사람이."

"가, 가긴 어딜 가. 다, 당신 지금 나한테 장난치는 거지?"

남자의 웃던 얼굴이 굳어졌다.

"나 이런 장난칠 정도로 한가한 사람 아니야. 자, 그럼 자살한 이유도 알려 줄게. 기레기 짓을 해서 모은 돈을 가상 화폐에 투자했다가 한 번에 날린 거야. 너무 상심이 커서 자살한 거지. 여기에서 뛰어내려서."

"내, 내가 왜 자살해야 하는데? 난 자살할 생각 없어."

오준혁 기자가 떨리는 목소리로 따졌다.

"알 만한 사람이 왜 이렇게 눈치가 없어. 당연히 이건 자살을 가장한 타살이지. 하지만 네 죽음은 자살로 묻힌다는 얘기야."

손가락을 까닥거린 남자가 한 걸음 다가갔다.

"가, 가까이 오지 마."

"네 휴대폰에 적지 않은 정보들이 들어 있어서 말이야. 기획사 대표에게 접대받은 거부터 건설업체 상무에게 성 접대 받은 거, 공무원들 약점 잡아서 삥 뜯은 거에, 게다가 미성년자 성매매 단골 고객이더군. 내가 이런 너를 어떻게 그냥 둘 수 있겠냐고."

남자의 얘기를 들은 오준혁 기자는 한 걸음 뒤로 물러났다.

"너, 뭐 하는 놈이야! 뭐 하는 놈인데 나한테 이러는 거야!"

"나? 알 필요 없다니까. 그래, 그냥 사냥꾼이라고 해 두자."

남자의 말에 오준혁 기자가 핏대를 세웠다.

"벌건 대낮에 사람을 죽이려고 하다니, 미친놈이지 뭐가 사냥꾼이야?"

"여긴 대낮에도 어두운 밤과 다를 게 없는 곳이야. 올라오는 동안 누구 본 적 있어? 그리고 저기 들어온 철문까지 네가 도망치는 게 빠를까? 아니면 내가 따라잡는 게 빠를까?"

오준혁 기자는 대답하지 못했다. 바위같이 차가운 남자의 표정과 감정이 느껴지지 않는 남자의 말투에서 살의를 느낀 것이다. 겁에 질린 그는 쥐어짜 내는 듯한 목소리로 얘기했다.

"난 죽어야 할 정도로 잘못한 거 없어. 그냥 뇌물 받고 접대 받은 게 무슨 죽을죄야?"

"물론 너는 그렇게 생각하겠지? 그런데 네가 뇌물 받고 쓴 가짜 기사 때문에 고통을 받은 사람들은 죽는 것보다 더 힘들었어. 펜은 칼보다 강하다 몰라? 네 기사가 사람을 난도질한 거야. 그중에는 정말 죽은 사람도 있고."

"누, 누구? 누구 때문에 나한테 이러는 거야. 내가 가서 싹싹 빌고 사과할게. 어?"

"늦었어."

"누, 누군데?"

"박윤지 기억나?"

남자의 물음에 오준혁 기자는 고개를 갸웃거렸다.

"누, 누구였더라."

"기억도 안 나면서 무슨 사과를 한다고 그래."

남자가 한 걸음 더 다가오자 오준혁 기자는 손사래를 쳤다.

"아! 지금 기억났어. 그 오피스텔 성매매 여고생이잖아."

"맞아. 그 아이 아빠와 인터뷰했으면서 엉뚱한 기사 실었지."

"교, 교차 검증해서 쓴 거야. 진짜로."

오준혁 기자의 변명에 남자는 코웃음을 쳤다.

"그 교차 검증이 접대와 뇌물이었어? 진모태와 다른 진범 부모들이 얼마나 찔러 줬고, 어디로 데려가서 계곡주를 마시게 해 줬는지도 말해 줄까? 아! 네가 박윤지랑 성매매를 했던 사이라는 것도 알고 있어.”

“그, 그걸 어떻게?”

“어떻게 알았냐고? 그건 상상에 맡길게. 서로서로 죄를 묻어 주는 건데 그걸 입 다물 리가 있겠어? 어쩌면 네가 제일 나쁜 놈일지도 몰라.”

“나는 그냥 기사를 다른 방향으로 쓴 것뿐이야!”

“뭐야, 혹시 지금 언론의 자유를 외치는 거야? 뻔한 걸 왜 변명하고 있어. 너는 돈을 벌기 위해서 나쁜 짓을 한 거잖아. 나쁜 놈들 쉴드 쳐 줬잖아. 너의 직업을 이용해서 말이야.”

“무, 무슨 말도 안 되는 소리야.”

남자가 혀를 찼다.

“다 알고 있으니까 이제 그만해라. 윤지 아빠와 인터뷰하고, 바로 진모태랑 다른 학생들 부모 찾아가서 돈을 요구했잖아. 그걸 받고 원하는 대로 엉터리 기사를 써 줬고 말이야. 덕분에 그 사건은 바지 사장인 애가 죄를 뒤집어쓰고 자살당한 걸로 끝났어. 어때? 이 정도면 죽을 만하지 않아? 그래, 아무리 생각해도 죽음밖에 답이 없어.”

남자의 비아냥 섞인 대답에 덜덜 떨던 오준혁 기자가 아랫입술을 깨물었다.

“나만 그런 것도 아니고 다 그렇게 살잖아. 너도 결국 니를 죽이는 걸로 돈을 받은 거 아니야?"

오준혁 기자의 발악에 남자는 피식 웃으면서 대답했다.

"나는 재능 기부야. 그럼 됐지?"

얼떨떨해하는 오준혁 기자의 멱살을 잡은 남자는 그를 들어서 난간 너머로 던져 버렸다.

"으악!"

소각장 아래로 떨어지는 오준혁 기자의 처절한 비명 소리를 들은 남자가 가볍게 웃었다.

"물론 무료 봉사하는 건 아니지."

옷매무새를 살핀 남자는 바닥에 떨어진 오준혁 기자의 휴대폰을 쳐다봤다. 아까 깔아 둔 해킹 앱을 통해서 누가 봐도 자살이라고 추정할 자료들이 차근차근 심어졌다. 마지막으로 가진 돈을 모두 가상 화폐에 투자했다가 잃어버려서 죽고 싶다는 내용의 메시지가 만들어졌다. 20분 정도 후에 가까운 친구 한 명에게 보내질 예정이었다. 그 친구는 경찰에 신고할 것이고, 위치추적을 통해 경찰이 이곳에 도착할 것이다. 그리고 소각로 아래로 떨어져서 온몸이 으깨진 오준혁 기자를 발견하고 휴대폰을 수거할 것이다.

가족과 친구들은 자살할 친구는 아니라고 하겠지만 경찰은 오준혁 기자의 휴대폰을 통해 엄청난 손실을 입은 것으로 추정할 것이고, 거기에 담긴 온갖 지저분한 비밀들은 경찰의 캐비닛에 들어가거나 혹은 비싼 돈을 받고 거래될 것이다. 터지면 곤란한 정보들이 많아서 경찰과 검찰은 윗선으로부터 대충 수사하고 덮으라는 회유와 압박을 번갈아 가면서 받게 될 것이다.

남자는 올라왔던 비상계단을 통해 1층으로 내려갔다. 소각로 쪽에서는 끔찍한 사건이 벌어졌지만 1층은 전혀 딴 세상이었다. 주최 측에서 행사를 위해 고용한 공연단이 전통 악기를 다루는 국악 공연을 하고 있었다. 해금 소리가 낭랑하게 울려 퍼지는 가운데 단체로 견학을 온 초등학교 학생들이 까르르 웃는 소리가 들렸다. 짝의 손을 잡고 걸어가는 어린 초등학생 아이에게 가볍게 웃어 보인 남자는 후문 쪽으로 걸어갔다. 아까, 그를 불러 세웠던 관계자가 후문 쪽에 서서 관람객들을 지켜보고 있었지만 모자와 형광색 조끼를 벗어 버린 남자를 알아보진 못했다. 사람들 틈에 끼어서 나간 남자는 CCTV가 있는 곳을 피해 주차장 쪽으로 돌아갔다.

*

성수기가 지난 가을의 해변은 허전하고 쓸쓸하다. 강릉역에서 렌트한 차를 타고 해변에 도착한 권성호는 수제 햄버거 가게 겸 클럽의 주차장에 차를 세운 다음 천천히 차에서 내렸다. 낯선 존재를 느낀 갈매기들이 낮게 날아오르며 끼룩거렸다. 그쪽을 쳐다본 권성호가 가볍게 웃었다.

"너희들 줄 새우깡 없어."

놀랍게도 그의 말을 알아들은 것처럼 갈매기들은 바닷가로 날아가 버렸다. 멀어지는 갈매기들을 보면서 가게 안으로 들어간 권성호는 어두침침한 실내에서 가볍게 울려 퍼지는 음악 소리를 들었다. 야자수 모양의 네온사인이 있는 벽 쪽 테이블 옆에 서 있는 남자가 보였다. 뽀빠이 바지를 입은 그는 비만에 가까울 정도의 몸매에 토실토실한 얼굴을 가지고 있었다. 홀에는 긴 머리의 여자도 있었는데 전자담배를 피우고 있었다. 권성호는 다가오는 남자에게 미소를 지으며 신분증을 보여 줬다.

"반갑습니다. 아까 연락한 서울경찰청 소속 권성호라고 합니다."

"정인기라고 합니다. 이쪽은 저랑 같이 클럽을 운영하는 김루미고요."

긴 머리를 부분적으로 파랗게 염색한 게 보였다. 거기다 코에 코찌까지 하고 있어서 멋지다기보다는 거부감이 느껴졌다. 하지만 필요한 걸 얻으려면 미소가 필요하다는 사실을 알고 있는 권성호는 미소를 풀지 않았다.

"안녕하세요."

행주를 가지고 테이블을 닦고 있던 김루미는 말없이 고개를 까닥거렸다. 정인기가 그런 김루미를 바라보다가 권성호에게 하소연하듯 말했다.

"죽은 친구라서 말하기 뭐하지만 살아서나 죽어서나 골칫거리네요."

"이해합니다. 조사하는 우리도 마찬가지예요. 그러니까 최대한 빨리 끝내시죠."

권성호의 대답에 정인기는 한숨을 푹 쉬었다.

"그러니까 그날 처음 온 친구였어요. 나이도 어려 보여서 민증 검사를 하려고 했더니 잃어버렸다고 하더라고요. 어차피 단속도 잘 안 나오는 곳이고, 오자마자 제일 비싼 술을 시켜서 그냥저냥 넘어갔죠. 그때 돌려보냈어야 했는데……."

권성호는 말끝을 잇지 못하는 정인기에게 물었다.

"그때 진모태를 지켜보거나 감시하는 듯한 사람이 있었습니까?"

"진짜 많이 받은 질문인데요."

잠깐 뜸을 들인 정인기가 김루미를 바라봤다. 그러자 김루미가 벽으로 가서 스위치를 내렸다. 클럽 안의 불이 다 꺼지고 사이키 조명만 몇 개 남아서 빙빙 돌았다.

"그날을 포함해서 보통 클럽 안의 조명은 이 정도입니다. 그러니까 누가 누구를 지켜보는지 전혀 알 수 없어요."

어느 정도 짐작했지만 막상 얘기를 듣자 살짝 짜증이 났다. 진모태를 죽인 살인자는 이런 걸 모두 감안해서 계획을 짠 게 분명했다. 권성호가 멍한 눈으로 바라보자 정인기는 한쪽 눈을 찡그렸다.

"거기다 그 친구 태도가 정말 마음에 안 들었어요. 돈이 많아 보이긴 했지만 어린놈이 엄청 거들먹거렸죠. 술에 취한 다음부터는 여자들에게 들이댔고요. 루미한테도 추근거려서 죽빵 한 대 날리려고 했어요."

권성호는 죽은 진모태의 몸에서 대마초 성분이 나온 걸 알고 있었다. 그 얘기는 이곳에서 대마초를 구해서 피웠다는 뜻이었다. 그런데 술에 취해서 행패를 부렸다는 식으로 얼버무리는 게 어처구니없었다. 하지만 필요한 정보를 얻기 위해서는 넘어가는 수밖에는 없었다.

"그렇게 행패를 부리다가 언제 사라졌습니까?"

"12시쯤이요. 11시쯤에 들어온 여대생들에게 집적거리다가 잘 안 되니까 투덜거리면서 뒷문으로 나가는 걸 봤습니다. 그리고 돌아오지 않았고요."

"안에서는 특별한 일은 없었습니까?"

"시비를 걸고 다니긴 했지만 싸움이 나거나 그러지는 않았습니다. 그랬으면 경찰을 불렀을 겁니다."

"알겠습니다. 뒷문은 주차장으로 연결되나요?"

"그렇습니다."

정인기가 앞장서자 권성호는 그를 뒤따라갔다. 검정색으로 칠해진 뒷문을 열자 주차장이 보였다. 바닥에는 콘크리트가 아닌 자갈이 깔려 있고, 노끈으로 대략 구획을 정리한 형태였다. 권성호는 진모태의 픽업트럭이 어디 주차되어 있었는지 알고 있었지만 모른 척하고 정인기에게 물었다.

"진모태의 차는 어디에 있었습니까?"

"입구 바로 옆이요. 저깁니다."

정인기가 손으로 가리킨 곳을 보면서 후문 위에 달린 CCTV를 바라봤다. 문 쪽으로 고정되어 있어서 주차장 입구 쪽에 있던 진모태의 픽업트럭은 바퀴만 보였다.

"그러고 나서 별일은 없었습니까?"

"네, 저는 남은 술을 키핑해 놓고 새벽에 문을 닫고 들어갔죠. 그런데 다음 날 오픈 준비하는데 사방에서 연락들이 어마어마하게 오는 겁니다. 그날 오후에는 구청부터 다들 몰려왔고요. 죽은 친구가 금수저였나요?"

"비슷합니다."

"한 대 칠까 했는데 참길 잘했네요."

위에 붙은 CCTV의 각도를 확인한 권성호는 피식 웃는 정인기의 목을 잡고 벽에 밀어붙였다. 체격은 훨씬 컸지만 이런 상황 자체를 겪어 보지 못한 정인기는 삽시간에 제압당했다. 무릎으로 허벅지를 꾹 누른 권성호는 얼굴이 새빨개진 정인기에게 윽박질렀다.

"보자 보자 하니까 우리가 바보 멍청인 줄 아네. 죽은 진모태 몸에서 떨 성분이 나왔어. 그걸 어디서 빨았겠어?"

"우, 우린 몰라요."

"우리? 너 말고 공범이 있었구나. 누굴까?"

"이, 이러지 말아요."

"아하, 저기서 담배 피우던 여자애지? 코뚜레 한 애 말이야."

"아, 아니에요."

얼굴이 발개진 정인기가 필사적으로 아니라고 했다. 손가락으로 조용히 하라고 손짓한 권성호가 입을 열었다.

"죽은 애 빽이 좀 어마어마해."

"그, 그런 거 같더라고요."

"부모가 지금 자식 죽은 거에 연관이 있는 놈 누구든 걸리면 가만 안 놔둔다고 했거든. 그래서 경찰에서 재고 있어."

"뭘 잽니까?"

"어떤 놈을 넘겨줄까 하고 말이야. 이제 보니까 적임자가 딱 나왔네. 어?"

"우, 우리가 왜?"

"왜냐고? 그 새끼가 떨을 하고 해롱해롱하다가 새벽에 바다로 뛰어들었다가 심장 마비가 온 거잖아. 이 대목에서 누가 가장 나쁜 놈일까? 떨을 준 놈이겠지."

권성호는 손가락으로 클럽을 가리키며 말했다.

"떨을 피운 건 바로 여기고."

그리고 다시 정인기의 뺨을 꾹꾹 눌렀다.

"떨을 판 놈도 여기 있네."

"아, 아닙니다. 우린 떨 같은 거 안 팔아요."

정인기의 말을 들은 권성호는 피식 웃었다.

"영화나 드라마 보면 맨날 경찰이 무능력하고 늦게 출동하고 뇌물 먹고 그러잖아. 왜 그런 줄 알아?"

"왜, 왜요?"

"짭새가 떠서 해결되면 재미가 없잖아. 그렇다고 가상이랑 현실을 구분하지 못하면 곤란하지."

"우린 정말 아무것도 모릅니다."

"야! 인디언 기우제 알아?"

멱살을 살짝 놓으며 묻는 권성호에게 정인기가 떨떠름한 표정을 지었다.

"뭔데요, 그게?"

"예전 아메리카 원주민들이 비가 안 오면 지내는 제사야. 그들이 기우제를 지내면 반드시 비가 와. 왠지 알아?"

겁에 질린 표정의 정인기가 고개를 젓자 권성호가 말했다.

"비가 올 때까지 제사를 지내거든. 경찰들도 인디언 기우제를 지내. 어떻게? 털어서 나올 때까지."

비로소 무슨 뜻인지 알아차린 정인기는 사색이 되었다.

"우린 정말 억울합니다."

"먼저, 마약반이 올 거야. 털어서 아무것도 안 나오면 여성정

소년계 쪽에서 올 거야. 여기 온 애들 중에 미자, 그러니까 미성년자가 있었을까? 없었을까? 미성년자한테 술을 팔면 영업 정지가 얼마나 나오더라?"

손가락을 접어 가며 얘기하던 권성호가 으름장을 놨다.

"다음은 관청에서 나올 거야. 허가 사항대로 했는지 안 했는지 아주 완전히 꼼꼼하게 볼 거고, 위생 점검도 자주 하겠지. 영업 정지를 당해도 월세는 그대로 나가니까 손해가 아주 막심하겠네. 안 그래?"

권성호의 협박에 정인기는 결국 포기하는 표정을 지었다.

"사실대로 말씀드리면 봐주시는 겁니까?"

"말하는 내용 봐서."

멱살을 잡았던 손을 놓은 권성호가 다리를 살짝 벌리고 서서 노려봤다. 그러자 정인기는 구겨진 옷깃을 펴면서 구부정하게 시선을 내리깔았다.

"사실, 부산에서 온 여대생들 중 한 명한테 질척거렸어요. 자기 스타일이라나 뭐라나."

"그래서?"

"어떻게 돌아가나 지켜보는데 누가 다가와서 저한테 말을 걸었어요."

"뭐라고?"

"진모태를 잠깐 뒷문으로 나오게 해 달라면서 돈 한 무더기를 주더라고요. 5만 원짜리로요."

살짝 긴장한 권성호가 물었다.

"그놈이 누군데."

"아까 보셨다시피 클럽 안이 어두워서요. 거기다 모자까지 쓰고 있어서 얼굴을 보지 못했습니다. 그냥 턱이 갸름하고 어깨가 넓은 남자라는 정도만요."

"키는?"

잠깐 생각하던 정인기가 입을 열었다.

"저보다 살짝 컸으니까 175는 넘었을 겁니다."

"그자가 왜 돈을 주고 진모태를 뒷문으로 유인하라고 한 거지?"

"저도 궁금해서 물어봤는데 대답을 안 했어요. 그 대신."

"그 대신?"

정인기가 마른침을 삼켰다.

"돈다발을 보여 주면서 이게 대답이라고 했어요. 그런데 정말 무서웠어요."

"돈을 준 놈이?"

"네. 제가 강남에서도 클럽 가드를 해 봤고, 여기서도 산전수전 다 겪어 봤는데요. 그런 놈은 처음이었어요."

"어땠는데?"

"그냥 그림자 같았어요."

"그림자? 어두워서?"

"그렇다고 생각했는데, 지금 생각해 보면 본능적으로 두려웠던 거 같아요. 그 사람한테서 죽음이 물씬 느껴졌거든요."

횡설수설하는 것 같기도 하고 얼이 빠진 것 같기도 한 상대방의 말에 권성호는 가볍게 웃었다.

"지랄하네. 그래서 돈 받고 진모태를 밖으로 유인해 준 거야?"

"네. 돈이 문제가 아니라 시키는 대로 안 하면 제가 죽을 거 같았어요. 짐승들도 본능적으로 그런 거 느끼잖아요."

"뭐라고 하면서 유인한 건데?"

권성호의 물음에 마른침을 삼킨 정인기가 대답했다.

"물뽕이 있다고 했어요."

"물뽕?"

"네, 그거 한 방울이면 여자가 정신을 잃으니까 차에 태워서 나가면 된다고 했죠."

"그랬더니 홀딱 넘어갔군."

"당장 달라고 해서 뒷문 밖에 파는 사람이 왔다고 했어요. 그게 전붑니다."

"그 남자는?"

"돈다발을 주고 홀연히 사라졌어요. 정말 그림자처럼 사람들 틈에 스며들더라고요."

"유령도 아니고, 씨발."

가볍게 욕설을 내뱉은 권성호는 주차장 쪽을 다시 돌아봤다.

그가 다시 정인기에게 물었다.

"그림자가 몰고 온 차는?"

"모, 모르죠. 언제 들어왔는지도 모르는데요. 그런데 여기 주차장에 차를 대진 않았을 거예요."

"어떻게 알아?"

"그날은 저녁 일찍부터 차가 들어찼거든요."

정인기의 대답을 들은 권성호는 뒷문 위에 설치된 CCTV의 각도를 확인했다. 권성호의 시선을 본 정인기가 말했다.

"저기에는 아무것도 안 찍혔어요. 이 동네 경찰이 진즉에 가져가서 확인했다고요."

권성호는 정인기의 말을 무시한 채 머릿속으로 동선을 그려봤다.

"뒷문에 있던 그놈이 밖으로 나온 진모태를 제압해서 어디로 갔을까?"

고개를 들어서 다시 CCTV의 위치를 확인한 권성호는 벽에 바짝 붙어서 걸어갔다. CCTV는 물론이고, 주차된 차들의 블랙박스에도 잡히지 않을 사각지대였다. 그 끝에는 주차장을 구획해 놓은 그물망이 걸려 있었다. 허리를 굽혀서 살펴보던 권성호는 벽을 따라서 그물망 끝이 주르륵 잘려 있는 걸 발견했다. 그 틈으로 몸을 비집고 나가면 바로 주차장 밖의 골목이었다. 양옆에 전봇대가 있긴 했지만 CCTV는 없었고, 1차선이라 주차가 금지된 곳이었다.

"여기로 나오면 차도 없고 CCTV도 없는 사각지대로 나오는 거네."

권성호를 따라 나온 정인기는 잘린 그물망을 보고 화를 냈다.

"어떤 새끼야? 이게 얼마짜린데!"

뒤도 돌아보지 않고 골목길을 가로질러 간 권성호는 맞은편에 있는 차고 앞에 멈췄다. 쇠사슬이 걸려 있지만 손으로 뺄 수 있는 수준이었고, 차 한 대는 너끈히 들어갔다.

"물병을 사겠다고 나온 진모태를 제압하거나 약물로 기절시켜서 여기로 끌고 온 다음 차에 숨겨 놨군. 그리고 진모태인 척하고 픽업트럭을 타고 시내로 가서 이리저리 사고 치면서 CCTV에 찍힌 다음에 해변으로 간 거야. 거기서 역시 CCTV가 없는 곳에서 진모태를 처리했겠군."

머릿속으로 그날 밤의 동선을 그려 낸 권성호는 빈 차고를 바라봤다.

"완전 전문가 솜씨야."

뒤에 서 있던 정인기가 주저하면서 물었다.

"뭐가 전문가 솜씨라는 겁니까?"

"진모태를 끌고 종적을 감춘 놈."

"저는 전혀 아는 게 없습니다. 얼굴도 기억이 안 나요. 진짜입니다. 진짜로요."

당장이라도 울 것 같은 정인기를 짜증스러운 표정으로 보던 권성호는 다시 빈 차고를 바라봤다. 그가 고개를 옆으로 기울이며 중얼거렸다.

"반가워, 그림자."

*

밤보다 더 어두운 낮을 보내고 있던 기태는 침대 옆에 놓아둔 휴대폰이 울리자 벌떡 일어났다. 조심스럽게 통화 버튼을 누르자 차가운 남자의 목소리가 들렸다.

[국내에 있는 두 번째 목표물이 제거되었어.]

"누구?"

[네 딸을 이용해서 돈을 받아먹은 기자. 그것 말고도 죽을 죄를 많이 졌더라고.]

"오준혁? 이번에는 어떻게 처리한 거야?"

[기레기 짓 해서 모은 돈을 가상 화폐에 투자했다가 빈털터리가 되었어. 그래서 충격을 받고 홧김에 뛰어내린 거지.]

"스스로 뛰어내린 건 아니지?"

[내가 좀 도와줬어. 추락하는 건 날개가 없는 법이니까.]

"고, 고마워."

[그런 얘기 듣자고 전화한 거 아니야.]

"그럼?"

기태의 물음에 남자의 목소리가 들렸다.

[마지막 타깃이 바로 너라는 걸 잊지 말라고 전화한 거야.]

마른침을 삼킨 기태가 대답했다.

"물론이지. 딸의 복수가 다 끝나면 내 목숨은 언제든 가져가도 좋아."

[그래, 그때까지 건강하게 잘 지내라고. 뉴스는 오늘쯤 나올 거야.]

전화를 끊을 기미가 보이자 기태는 서둘러 물었다.

"궁금한 게 있어."

[뭔데?]

"왜 사람을 죽이는 거지?"

전화기 너머로 코웃음 소리가 나더니 남자가 내뱉듯이 말했다.

[맹수는 사냥할 운명을 타고났으니까.]

말이 끝나자마자 전화가 끊어졌다. 한숨을 쉰 기태는 원래 쓰던 휴대폰으로 뉴스를 검색했다. 딸의 죽음을 모욕한 가짜 기사를 쓴 오준혁 기자가 취재차 들른 문화 센터 행사장에서 돌연 투신자살을 했다는 내용의 속보가 짤막하게 떠 있었다. 남자의 말대로 가상 화폐에 투자했다가 실패해서 큰 손실을 본 것이 원인인 것 같다는 내용이었다. 마지막에는 오준혁 기자 친구의 인터뷰가 나왔는데 누구보다 성실하고 기자 정신이 투철했다는 말을 하고 있었다. 그 글을 읽은 기태는 저도 모르게 피식 웃고 말았다.

"어이가 없네."

오준혁 기자의 사망 소식을 알리는 기사의 댓글 내용도 비슷했다. 주로 그의 기사 때문에 피해를 입은 사람들이 '속 시원하다'라고 적거나 천벌을 받았다는 내용의 글을 올렸다. 같은 내용의 기사를 몇 개 더 검색한 기태는 도로 잠을 청했다. 두 번째 복수가 이뤄졌다는 기쁨과 함께 죽음이 조금 더 가까워졌다는 생각에 좀처럼 잠이 오지 않았다.

*

한강의 밤은 화려했다. 다리 아래 켜진 조명은 강변을 대낮처럼 밝게 만들었다. 트랙을 따라 조깅하는 커플과 돗자리를 깔고 앉은 가족들 사이로 비둘기가 한가롭게 날았다. 다리 아래 광장처럼 넓은 공간에서는 중국 무술 동호회 회원들이 모여서 한창 연습하는 중이었다. 벤치에 앉아서 지켜보던 권성호는 옆에 누군가 앉는 기척에 고개를 돌렸다. 점퍼 차림의 경찰청장이 팔짱을 끼고 다리를 꼰 자세로 앉아 무술 연습을 하는 사람들을 보고 있었다. 잠시 지켜보던 권성호가 물었다.

"솜씨가 어떻습니까?"

"형편없지. 몸에 기가 안 느껴져."

"그래도 열심히 하잖아요."

권성호의 얘기에 경찰청장이 피식 웃었다.

"내가 말이야, 가장 싫어하는 말이 '최선은 다했다'와 '열심히 는 했다'는 거야. 먹고살기 위해서 최선을 다하지 않고 열심히 하지 않는 놈이 어딨어. 그런데 그걸 방패 삼아 실패를 덮어 버리는 건 사파나 하는 짓이야."

"정파는 안 그럽니까?"

"그런 짓을 하면 정파가 사파로 타락하는 거지."

"아무튼 무협지를 너무 많이 보셨다니까, 우리 청장님은."

"무협지가 어때서? 스웨덴 한림원 놈들이 김용에게 노벨 문학 상을 안 준 건 진짜 인종 차별이야."

그 말을 듣고 한바탕 웃는 권성호에게 경찰청장이 물었다.

"조사는?"

"어제 진모태가 죽은 곳에 다녀왔습니다. 떨을 팔았던 클럽 주인을 만났어요."

"알아낸 건?"

"전문가가 작업한 겁니다."

바짝 긴장한 경찰청장이 그를 바라봤다.

"전문가의 향기가 느껴져?"

"샤넬 넘버 5처럼 강하게 느껴집니다."

"그 정도 레벨의 전문가가 아직 남아 있다고? 역시, 그림자인가."

"그런 거 같습니다. CCTV 동선을 미리 파악하고, 클럽 주인을 시켜서 진모태를 밖으로 유인했어요. 그리고 사고사로 위장한 거죠."

"이거 골치 아파지는데."

"걔 부모 때문에요? 어디까지 아는데요?"

"세상 모든 부모에게 자기 자식은 착한 놈이지. 문제는 나쁜 친구를 사귄 건데 말이야. 그런데 알고 보면 그놈이 바로 나쁜 친구였다 이거지. 어쨌든 걔네 부모는 진짜 빡쳐 있어. 하나밖에 없는 외아들이었으니 말이야. 누구든 걸리면 작살내겠다고 벼르고 있는 중이야."

"사고사를 가장한 타살인 걸 알면 난리 나겠네요."

"당장 법무부 장관이나 대통령을 찾아가서 바짓가랑이를 붙잡고 늘어질걸. 그 후폭풍은 우리가 고스란히 뒤집어쓰게 될 거고."

"그럼 이쯤에서 덮는 건 어떻습니까?"

"시마이하자고?"

경찰청장의 물음에 권성호가 고개를 끄덕거렸다. 다리 밑 광장에서 중국 무술 동호회 회원들이 쌍절곤과 곤봉을 들고 열심히 몸을 움직였다. 그들이 내뱉는 기합 소리에 길 가던 사람들이 발걸음을 멈췄다. 검정색 셔츠를 입은 동호회 회원이 쌍절곤 시범을 보이자 박수가 터져 나왔다. 그걸 지켜보던 경찰청장이 권성호를 바라봤다.

"너무 일찍 발을 빼는 거 아닐까?"

"금방 발을 빼려고 저를 고용하신 거 아닙니까?"

"시간은 돈이잖아. 보통은 어떻게든 튈려고 없는 증거를 찾아와서 일을 질질 끄는데 말이야."

"그러기엔 너무 위험합니다."

딱 잘라 말한 권성호에게 경찰청장이 물었다.

"어떻게 위험한데?"

"클럽 주인이 그랬어요. 그 사람 분위기가 마치 죽음의 그림자 같았다고요. 실제로 작업한 현장을 보니까 소름이 돋았습니다."

"그 정도야?"

"네, 저도 소문만 들었는데 직접 눈으로 보니까 겁이 좀 나더라고요."

권성호의 대답을 들은 경찰청장이 짜증을 냈다.

"몇 합 정도는 겨뤄 보고 얘기해야지, 그림자만 보고 물러난다고?"

"고수는 풍기는 냄새가 다르다고 청장님이 그러셨잖아요."

경찰청장은 고개를 저었다.

"지금은 몸을 사릴 상황이 아니야. 좀 더 파 봐."

"정 그러면 실탄 권총이라도 주십쇼. 이러다가 제가 쥐도 새도 모르게 작업당할 거 같아요."

"말이 되는 소리를 해라. 대한민국에서 총소리 나면 진짜 골치 아파지는 거 몰라?"

"이러다 더 골치 아파질 수 있어요."

권성호의 말에 경찰청장의 얼굴이 일그러졌다.

"뭔 소리야?"

권성호는 대답 대신 품속에서 휴대폰을 꺼내 경찰청장에게 보여 줬다.

"어제 오준혁 기자가 투신자살했어요. 취재차 갔던 문화 센터에서요."

"자살하기에는 별로 적합한 장소가 아닌데?"

"쓰레기 소각장을 개조한 곳입니다. 죽은 곳은 쓰레기를 태우던 소각로였고요."

"오준혁이면 기레기 중에 기레기니까 딱 맞는 장소네. 그런데 왜 자살했지?"

휴대폰을 돌려주며 하는 경찰청장의 물음에 권성호가 대답했다.

"휴대폰에 가상 화폐에 투자했다가 손실을 크게 봐서 상심했다는 유언장이 있었습니다."

"그 새끼라면 더블로 뛰어서 손실을 메꿨을 텐데, 왜?"

"오준혁이 강남 여고생 오피스텔 성매매 사건 기사를 쓴 적이 있어요. 죽은 박윤지의 아버지 박기태를 만나서 인터뷰한 기사였는데 내용이 가관이었거든요."

"그 새끼 방식이지. 취재를 해 놓고 가해자한테 찾아가서 딜을 하는 거."

". 블루 코드로 살펴봤더니 죽은 여고생의 고객 중에 오준혁도 있더라고요. 그러니까 그 여고생의 죽음과 관련된 사람들이 차례대로 죽고 있어요. 그것도 전문가의 손에 말이죠."

둘의 대화는 중국 무술 동호회에서 내지르는 기합 소리 때문에 끊겨 버렸다. 이번에도 기가 느껴지지 않는다고 투덜거린 경찰청장이 말했다.

"너나 나나 진흙 구덩이에 한쪽 발이 빠진 상태야. 이럴 때는 어떻게 해야 되겠냐?"

"경공술로 빠져나와야죠."

권성호의 대꾸에 경찰청장이 코웃음을 쳤다.

"지랄하네. 천천히, 조심스럽게 균형을 잃지 않고 발을 빼야 해. 안 그러면 쓸려 들어가니까."

"그래서 어떻게 발을 천천히, 조심스럽게 균형을 잃지 않고 뺄수 있습니까?"

잠깐 생각하던 경찰청장이 대답했다.

"일단 되든 안 되든 파 봐야지. 끝을 봐야 탈출구가 나오잖아."

"상대는 저승사자 같은 놈이라고요. 앞으로 줄줄이 자살이나 사고사로 죽어 나갈 건데 지금처럼 조사하면 그림자도 못 찾습니다."

"고만 좀 징징거리고 돈줄을 찾아봐. 그런 전문가라면 고용하는 데 돈이 많이 들 거 아니야."

"못해도 강남 아파트 한 채 정도는 줘야 할 겁니다."

"그럼 관련자들 중에 그 돈을 줄 법한 사람을 찾아서 뒤져 봐. 그런 거 잘하잖아."

"이번 사건에서 돈을 써서라도 일을 벌일 사람은 딱 한 명입니다."

경찰청장이 천천히 입을 열었다.

"죽은 여고생 아버지?"

"네, 박기태요."

"돈이 그 정도 있나?"

"없어요. 지금도 지방에 노가다 다니는 거 같던데요. 블루 코드로 보니까 이미 계좌 조회를 하셨잖아요."

권성호의 물음에 경찰청장이 고개를 끄덕거렸다.

"그 아저씨는 빈털터리 맞아. 딴 사람은?"

"있을 리가 없잖아요. 혹시나 하고 일찍 죽은 엄마 쪽도 파 봤는데 사정이 비슷해요."

"골 때리네, 진짜."

경찰청장이 난감한 표정을 짓자 권성호가 잠깐 고민하다가 말했다.

"일단 위장 신분으로 박기태를 감시해 보겠습니다. 그리고 그 사건 나머지 관련자들도 좀 파 보고요."

"박기태는 오케이. 그런데 그쪽은 건드리지 마. 골치 아파."

손사래를 친 경찰청장에게 권성호가 강경하게 나갔다.

"사건을 해결하려고 저를 부르신 거 맞습니까? 이것도 안 되고 저것도 안 되면 저보고 어떻게 하라고요?"

"씨발, 상황이 그렇잖아. 진모태 친구들은 지금 눈치채고 다 잠수 타거나 특급 경호를 받고 있어."

"놈은 그것까지 계산에 넣었을 겁니다."

"어쨌든 돈줄부터 확인해. 그리고 고만 좀 징징거려. 어째 넌 예나 지금이나 똑같냐."

짜증을 낸 경찰청장이 몸을 일으켰다. 따라서 일어난 권성호가 옷매무새를 추스르고는 경찰청장을 바라봤다.

"혹시 청장님과 엮인 건 아니죠?"

발걸음을 멈춘 청장이 대꾸했다.

"떨어지는 낙엽도 조심하고 있는 중이라고 했잖아."

"그런데 이렇게 나서는 걸 보면 아무래도 약점이 잡히신 것 같아서요."

경찰청장이 질린 표정으로 고개를 절레절레 저었다.

"미친 놈, 조사나 똑바로 해."

5 장

"아마도 이 세상은 또 다른 행성의 지옥일지도 모른다."

~ 올더스 헉슬리 ~

기태는 집으로 가기 위해 언덕길을 오르다 잠시 걸음을 멈췄다. 지난달까지 분식집이었던 곳에 새로 카페가 오픈한 것이 눈에 들어왔다. 하얀색 간판에 금색으로 호라이즌이라고 적힌 카페는 기태가 좋아하는 스타일이었다.

"요란한 인테리어 없이, 딱 필요한 것만 갖췄네."

벽은 페인트만 칠했고, 천정도 모두 뜯어내서 배관을 드러냈다. 의자와 테이블, 그리고 벽에 붙어 있는 그림 몇 개가 전부였다. 시원한 통유리창을 통해 바깥을 보면서 혼자서 차를 마실 수 있는 공간이 보였다. 안쪽의 오픈형 주방에는 반질반질하게 닦아 놓은 머신과 각종 도구들이 잘 정돈되어 있었다. 주인으로 보이는 스냅백을 쓴 젊은 남자가 입구 옆에 세워 둔 작은 칠판에 메뉴를 적는 중이었다.

"에스프레소, 사케라또, 블렌딩한 오늘의 커피, 카푸치노."

메뉴를 하나씩 눈으로 읽어 내려가던 기태는 갑자기 목이 메었다. 딸 윤지가 떠올랐기 때문이다. 자기가 크면 아빠가 운영하는 카페에 아르바이트로 써 달라고 했었다. 그러겠다고 했지만 결국 약속을 지키지 못했다. 돌아오지 못하는 딸을 생각하니 눈시울이 뜨거워졌다.

한숨을 쉰 기태는 카페 주인이 돌아보기 전에 얼른 발걸음을 옮겼다. 계속 쏟아져 나오는 한숨을 내쉬면서 걸어가는데 내려오던 누군가와 눈이 마주쳤다. 기태는 짧게 깎은 머리에 갈색 점퍼 차림을 한 상대방의 눈을 피하며 옆으로 크게 돌아서 과외 알바를 구하는 전단지가 붙은 전봇대 쪽으로 지나갔다. 그렇게 스쳐 지나가려는데 갑자기 상대방이 그의 이름을 불렀다.

"박기태 씨?"

무심코 고개를 돌린 기태와 그의 눈이 마주쳤다. 남자는 성큼성큼 다가오더니 명함을 내밀었다.

"오늘의 이슈 신문사에 근무하는 권성호 기자라고 합니다. 인터뷰를 좀 했으면 하는데요."

기태는 상대방이 건넨 명함을 구겨서 던져 버렸다.

"기레기한테는 할 말이 없습니다."

"심정은 이해합니다. 하지만 저를 믿어 주시면……."

화를 낼 기운도 없던 기태는 처연한 눈빛으로 권성호를 바라봤다.

"딸이 죽고 수많은 기자들이 전화를 했었죠. 자기한테 진실을 밝혀 주면 그대로 실어 주겠다고 했지만 약속을 지킨 곳은 하나도 없었어요. 아무리 얘기하고 얘기해도 자기 입맛대로만 실어 줄 뿐이었지요. 그래서 이제 기자들 얘기는 믿지 않기로 했어요."

"저는 그 사람들과 다릅니다."

"그 얘기도 똑같이 했어요. 자기는 다르니까 믿어 달라고. 그런 놈이 더 악랄하게 왜곡된 기사를 썼더라고요. 몸을 판 딸을 이용해서 돈을 뜯어내려는 파렴치한 아버지라고 말입니다. 그러니 이제 그만 돌아가세요."

한숨을 쉰 기태가 발걸음을 떼려고 하자 권성호가 앞을 가로막았다.

"저를 한 번만 믿어 주시면 안 되시겠습니까?"

기태는 앞을 막은 권성호 기자를 노려봤다. 차가운 눈빛에 권성호가 주춤거리자 기태가 입을 열었다.

"사람들은 자기들만의 지옥이 있어요. 기자 양반에게는 어떤 지옥이 있습니까?"

주저하던 권성호 기자가 조심스레 말을 했다.

"예전에 기사를 잘못 써서 인터뷰했던 사람이 자살을 기도한 적이 있었죠. 그 일이 있은 후 한동안 기사를 쓰지 못했습니다."

"그런데 왜 다시 기자가 된 거죠?"

"잘못했으니까요."

눈빛을 바꾼 권성호 기자가 덧붙였다.

"그러니까 그 잘못한 것을 고쳐야죠. 그런 마음으로 기레기 소리 듣지 않으려고 노력하고 있습니다."

기태는 상대방의 진심이 느껴진 듯 고개를 끄덕였다.

"미안합니다. 하지만 심하게 데여서 인터뷰를 할 생각은 없습니다. 이해해 주십시오."

"저 같아도 그럴 겁니다. 사실 저는 이번 사건을 조사하다가 의문점들이 생겨서 왔습니다."

"어떤 의문점이요?"

"포주 노릇을 했다가 자살한 학생이 바지 사장이었다는 소문을 들었거든요."

"그, 그걸 어떻게?"

놀란 박기태에게 권성호 기자가 어깨를 으쓱거렸다.

"귀가 큰 편이라서요. 확인하고 싶어서 이리저리 찔러 보는 중입니다."

"아무도 관심이 없는 일인데요."

"그러게요. 그런데 제가 일하는 신문사가 워낙 작아서 남들이 관심 가지지 않는 일에 관심을 가집니다. 저도 제가 취재하는 걸

터치 받지 않는 조건으로 일하고 있는 거고요.”

마음이 누그러진 기태는 구겨진 명함을 줍더니 펴서 주머니에 넣었다.

“명함은 잘 받아 두겠습니다. 하지만 인터뷰는 도저히 못 하겠네요.”

“며칠만 기다려 주시겠습니까?”

“왜요?”

“제가 조사한 걸 조만간 기사로 쓸 예정입니다. 제 명함에 있는 연락처로 전화를 주시면 번호를 저장해놨다가 제가 쓴 기사를 보내드리겠습니다. 인터뷰는 그 다음에 하시죠.

웃음으로 대화를 마무리한 권성호가 돌아서서 내리막길을 걸어갔다. 그가 가는 모습을 보던 기태는 구겨진 명함을 꺼내서 살펴봤다. 그리고 명함에 있는 전화번호를 눌렀다.

권성호는 천천히 내리막길을 걸어가는 척하다 전봇대 뒤에 숨어서 위쪽을 올려다봤다. 명함을 보고 있던 기태가 느린 걸음으로 올라가는 걸 본 그는 곧장 휴대폰을 꺼내서 한번 믿어보겠다는 문자 메시지를 확인했다. 첫 번째 단계를 잘 넘긴 그는. ‘박기레기’라고 저장된 번호를 눌렀다. 잠시 신호음이 울리고, 상대방이 전화를 받았다.

[아이고, 어쩐 일이신가, 전직 정보 경찰 아저씨가?]

피식 웃은 권성호가 휴대폰에 대고 하를 냈다.

"기레기가 아주 간이 배 밖으로 나왔구나. 내가 전직이라고 네가 돈 받고 기사 쓴 사실이 사라져?"

[그게 언제 적 얘긴데 그래.]

말은 그렇게 했지만, 상대방이 분명 자세를 고쳐서 전화를 받고 있다고 권성호는 확신했다.

"그 알량한 신문사 기자 자리도 날려 줄까? 나 요즘 특명 받고 일하는 중인데?"

[누구? 블루 라인이야? 아님.]

"너같이 입이 가벼운 놈한테는 안 알려 줘."

[그럼 왜 전화한 거야?]

박기태가 집으로 들어가는 걸 확인한 권성호가 말했다.

"기사 하나만 올려 줘."

[야, 지금 청탁하는 거야?]

"아니, 협박하는 거야. 과천에서 네가 성 접대 받은 영상도 있는데, 화질 끝내줘. 샘플 보여 줄까?"

[에이씨, 그걸로 다니던 신문사 짤렸는데 뭘 또 우려먹어.]

"진하게 우려먹어야지. 시경 캡 때 나 괴롭혔던 거 기억나?"

[그땐 다 그랬던 거고, 그래야 마와리 도는 애들한테 기를 좀 펼 수 있었다고.]

상대방의 얘기를 들은 권성호가 코웃음을 쳤다.

"어쨌든, 우리가 의리에 죽고 사는 사이는 아니잖아. 그러니까 시키는 대로 해. 귀찮게 하면 인터넷에 올려 버리고 인연 끊을 수 있으니까."

[알았어. 어차피 코딱지만 한 언론사라 보는 사람도 없어. 어떤 건데?]

"내가 내일까지 써서 보내 줄 거니까 토씨 하나 바꾸지 말고 올려."

[이상한 기사 아니지? 요즘 편집장이 쪼아 대고 있다고.]

얘기가 길어질 것 같자 권성호는 전화를 끊어 버렸다. 상대방은 자기를 무시했다고 화를 내겠지만 약점을 잡힌 이상 시키는 대로 할 수밖에 없을 것이다. 통화를 끝낸 권성호는 가벼운 발걸음으로 거리를 걸었다.

*

런던 필하모닉의 실황 음반을 들으며 책을 읽던 남자는 고풍스러운 테이블 위에 올려놓은 태블릿 PC 화면이 반짝거리는 걸 봤다. 인공지능 왓슨이 다음 목표물에 대한 조사를 마친 것 같았다. 책을 덮은 남자는 손을 뻗어서 태블릿 PC를 집었다. 그리고 그 옆에 놓여 있던 얼음을 넣은 상그리아가 든 유리잔도 잡았다. 남자는 상그리아를 한 모금 마시고는 태블릿 PC 화면을 보면서 중얼거렸다.

"한요셉이라."

그가 보고 있는 것은 '한★요셉'이라는 주소를 가진 인스타그램이었다. 화려한 파티 사진과 고급 승용차 사진들이 주르륵 이어졌고, 값비싼 명품들도 보였다. 중간중간 연예인들과 찍은 사진들도 있었다. 한 장씩 사진을 넘기던 남자가 중얼거렸다.

"완전 관종이군."

이미 인스타 셀럽으로 자리매김하고 있는 그의 프로필에는 '미래의 셀럽 스타'라는 글귀가 적혀 있었다. 죽은 박윤지와 정경섭과 같은 고등학교 출신이자 금수저 집안의 불량 학생으로, 진모태와도 가깝게 지냈던 인물이다. 공부방으로 꾸민 성매매 오피스텔의 실질적인 배후 중 한 명으로 추정되었다. 진모태의 부모가 법조계라면 한요셉은 4선을 한 국회 의원 집안이었다. 큰아버지가 대를 이어 국회 의원으로 활동 중이다.

한요셉의 아버지는 큰아버지의 사업을 대신해 주는 역할을 했다. 관련 자료들은 이미 찾아 놓은 상태라서 마지막으로 한요셉의 SNS를 살펴보는 중이었다. 그가 타깃을 정하고 작업에 들어갈 때 가장 먼저 보는 것도 바로 SNS였다. 거기에는 그의 취향과 동선을 포함한 사생활을 유추할 수 있는 자료들이 너무나 많았다. 클럽에 푹 빠져 있는 그는 자신의 위치와 정보를 드러내는 데 여념이 없었다.

"이런 귀중한 정보를 알아서 공개하다니, 참 멍청해."

상그리아를 다시 한 모금 마신 남자는 태블릿 PC의 음성 인식 버튼을 눌렀다. 브로커가 구해 준 인공지능 왓슨은 여러모로 유용했다. 특히, 오랜 시간 검색을 해야 할 목표물에 대한 정보를 빠른 시간에 찾아냈고, 대화를 통해 최적의 방법을 제공해 줬다. 음성 인식 기능이 활성화되었다는 표시를 본 그가 천천히 입을 열었다.

"한요셉 패거리 뒤치다꺼리한 기술자에게 접근할 수 있는 방법은?"

인공지능 왓슨은 잠시 생각하다가 대답했다.

[위협적인 방문이 최적의 해결 솔루션입니다.]

"찾아가서 협박하라 이 말이군."

[기술자라는 직업의 특성을 분석해 보면 뇌물이나 기타 다른 방법은 효과가 없을 것으로 판단됩니다.]

"돈으로 매수하는 건?"

[거칠게 살아온 사람이라 의도를 의심할 겁니다. 그리고 제압 당하지 않은 상태에서 돈을 건네면 자신이 우위라고 여기고 거래를 하거나 뭔가를 숨길 가능성이 상당히 높습니다. 따라서 돈을 건네는 건 차라리 제압 이후가 낫습니다.]

"상대방이 혹시 경찰에 신고하면?"

[음지에서 불법적인 일을 하고 있으니까 피해를 입었다고 해도 경찰에 신고하지는 못할 것으로 추정됩니다.]

"내가 혼자서 제압할 수 있을까?"

[기술자는 폭력을 선호하지 않는 것으로 추정됩니다. 부하들은 거친 편이지만 훈련이 잘되어 있다는 건 확인되지 않습니다. 거기다 인원도 많지 않을 것으로 추정되고요.]

"너무 낙관적으로 보는 거 아니야?"

[관련 데이터를 분석한 결과입니다. 물론 책임을 지지는 못합니다만.]

얘기를 듣고 생각에 잠겨 있던 남자가 물었다.

"신고할 확률은?"

잠시 분석하던 인공지능 왓슨이 대답했다.

[0.0002퍼센트입니다.]

"나에게 진실을 털어놓을 확률은?"

[질문을 할 때의 상황에 따라 다르겠지만 26퍼센트로 추정됩니다.]

"나한테 왜 진실을 털어놓을 것으로 분석되지?"

[같은 어둠의 존재니까요.]

왓슨의 대답을 들은 남자가 피식 웃었다.

"그 인간과 나는 동료 의식 같은 게 없어."

[대신 철저한 이익 관계가 있죠. 기술자는 자신의 아지트가 들켰다는 것에 충격을 받을 것이고, 기습당한 일이 외부에 알려질 경우 일어날 여러 가지 피해들을 계산할 겁니다. 합리적인 사고

를 할 줄 안다면 당신에게 털어놓고 비밀을 지켜 달라는 조건을 걸 겁니다.]

"만약 상대방이 냉정하지 않다면?"

[그건 제 계산 범주에 들어가 있지 않습니다.]

손가락으로 탁자를 두드리며 생각에 잠겨 있던 남자는 곧 결론을 내렸다.

"알겠어. 최적의 타이밍과 장소, 그리고 예측할 수 있는 위협에 대해서 얘기해 줘."

왓슨이 잠시 데이터를 분석하다가 말했다.

[방문은 평일 오후가 좋을 거 같습니다.]

"새벽이나 밤중이 아니라?"

[취침 중이거나 피곤한 상태에서 갑자기 중요한 결정을 내리게 되면 오판할 확률이 높습니다. 거기다 아지트이지 숙소는 아니라서 기술자가 없을 수도 있고요.]

"침투 루트는?"

[3층의 오래된 상가라서 설계도나 지면도를 구하기 어렵습니다. 다만, 외부의 형태로 유추해 보면 기술자의 사무실은 3층에 있을 확률이 높습니다.]

답변을 한 인공지능 왓슨이 기술자가 있는 3층 건물의 3D 투시도를 360도 회전시키며 보여 줬다. 물론 추측의 공간이긴 했지만, 확보 가능한 자료를 모두 모아서 보여 준 것이기 때문에 실제와 비슷할 가능성이 무척 높았다. 출입문과 비상구의 위치를 눈으로 살펴본 남자가 물었다.

"적중률은?"

[98퍼센트로 추정됩니다.]

"1층과 2층은?"

[1층은 비어 있고, 2층은 당구장이 영업 허가를 받았고 간판도 있지만 실제로 영업을 하는 것 같지는 않습니다. 2층에 인력사무실이 하나 있는데 그곳은 영업 중입니다. 기술자와 깊은 연관이 있는 사무실로 추정됩니다.]

"변장하고 침투해서 상대방이 눈치채기 전에 제압해야겠군."

[현재로서는 그게 최상의 솔루션입니다.]

"기술자는 언제 그곳에 있을까?"

[텔레그램을 해킹해서 미팅 약속을 잡도록 하겠습니다. 그곳에서요.]

"가능해?"

[문장을 만들어 봤습니다.]

태블릿 PC 화면에 왓슨이 기술자에게 보낼 메시지가 떴다.

"무기는 뭐가 좋을까? 일단 총은 피하는 게 좋겠지?"

[네, 사용하지 않는 게 좋겠습니다. 충돌이 벌어질 경우 근접전이 될 확률이 높고, 상대방이 칼과 야구 방망이 같은 것을 사용할 확률이 높습니다. 제가 추천드리는 무기와 방어구는 다음

과 같습니다.]

메시지 아래 뜬 이미지를 본 남자가 중얼거렸다.

"너클과 전기 충격봉이라."

[칼은 선택 사항으로 넣었습니다. 피를 보면 흥분해서 지나치게 공격적이 될 수 있다는 점을 감안했습니다.]

"야구 방망이나 칼을 쓰면 안 될까?"

[사무실이 좁은 편이라 야구 방망이는 오히려 걸리적거릴 겁니다. 무게가 있어서 휘두를 때 동작이 크기도 하고요. 칼은 피를 보게 될 경우 상대방이 쓸데없이 흥분할 확률이 높습니다.]

"좋아. 기술자에게 텔레그램 메시지 보내. 약속 잡히면 나한테 알려 주고."

[알겠습니다. 그리고 30분 후에 다음 일정을 위해 움직이셔야 합니다.]

"벌써 그렇게 되었나?"

아쉬운 생각에 남자는 벽시계를 바라봤다.

[이제 29분 남았습니다.]

아직 다 읽지 못한 책을 테이블 위에 올려놓고, 태블릿 PC를 충전기에 꽂았다. 심호흡을 하고 일어난 그는 책장으로 걸어가 꽂혀 있는 책들 중에 하나를 살짝 건드렸다. 그러자 책장이 좌우로 열리면서 다른 공간이 나타났다. 그곳으로 들어선 남자는 가지고 있는 또 다른 신분으로 탈바꿈했다.

*

전자레인지에서 삐빅거리는 소리가 나자 멍하게 앉아 있던 기태는 천천히 일어났다. 안에 든 즉석 국을 꺼내서 테이블로 돌아왔다. 미리 데워 놓은 햇반과 편의점에서 사 온 김치 옆에 즉석 국을 놓고 숟가락을 무겁게 들었다. 그때, 테이블에 올려놓은 휴대폰이 부르르 떨렸다. 밝아진 화면에 메시지가 떴다. 숟가락을 놓은 기태가 휴대폰을 들었다.

저는 약속을 지켰습니다. 권성호 기자.

메시지에 걸린 링크를 누르자 인터넷 신문의 기사가 떴다. 제목을 본 기태는 입을 다물지 못했다.

'강남 성매매 여학생의 죽음은 과연 보이는 그대로일까?'

기사 본문이 아주 마음에 드는 건 아니지만, 기존의 기사들과는 다른 관점이었다. 강남의 오피스텔에서 성매매하던 여학생과 또래 포주였던 남학생의 죽음이 알려진 것과는 달리, 다른 진실이 있을 수 있다는 의혹을 제기하는 내용이었다. 여러 익명의 소식통과 정보들을 확인해 본 결과, 배후가 존재할 수 있다고 적혀 있었다. 물론 마지막 결론을 내면서 경찰은 해당 사실을 부인하고 있으며, 정확한 내용은 확인할 수 없다는 식의 언급을 통해 사실이 아닐 수도 있다는 뉘앙스를 풍겼다.

하지만 그것만으로도 기태의 마음에 있던 의심은 눈 녹듯이 녹아내렸다. 딸의 죽음 이후 오준혁을 비롯해서 얼마나 많은 기레기들이 이상한 기사를 실었는지가 떠올랐기 때문이다. 아주 작지만 진실을 향해 한 발자국 다가갈 수 있다는 사실에 기태는 가슴이 두근거렸다. 정체 불명의 킬러가 복수를 해 주고 있는 중이었지만 그것과 별개로 진실이 밝혀지길 원했다. 희망을 품고 권성호 기자의 기사를 읽고 또 읽는 중에 그에게 전화가 왔다. 얼른 전화기를 든 기태에게 권성호 기자의 목소리가 들렸다.

[기사 잘 보셨습니까?]

"네, 잘 봤습니다. 정말 고맙습니다."

[고맙긴요, 기자가 할 일인데요. 명확하게 나온 게 없어서 추측성 기사로 마무리했습니다. 양해 부탁드립니다.]

기태는 휴대폰을 고쳐 잡으며 대답했다.

"아닙니다. 이 정도만 해도 고마울 따름이죠. 그동안 너무 억울하고 한스러웠는데 기사를 보니까 답답함이 좀 사라졌어요."

[후속 기사를 준비 중입니다. 아시다시피 다루기 굉장히 민감한 사건이라 파 봐야 할 게 한두 개가 아닙니다.]

"물론이죠. 이제 진심을 알았으니 도와드리겠습니다."

[조만간 소주 한잔하면서 인터뷰해도 되겠습니까?]

권성호의 물음에 기태는 고개를 끄덕거렸다.

"얼마든지 가능합니다. 연락처 저장해 놓겠습니다."

[네, 여쭤보고 싶은 게 많이 있습니다. 특히, 배후라고 지목한 동급생들이 궁금해서요.]

"죽은 경섭이가 얘기해 줬습니다. 자기는 바지 사장이라고요. 처벌받을 아이가 뭐가 아쉬워서 저에게 거짓말을 했겠습니까? 그리고 끌려가면 죽는다고 했는데 정말 죽었어요. 자살이라고 하지만 저는 믿지 않습니다."

[네, 이해합니다. 하지만 저는 냉정하고 중립적으로 기사를 써야만 합니다. 인터뷰는 하지만 객관적으로 확인되지 않는 건 기사를 쓸 수 없습니다.]

"물론이죠. 얼마든지 조사해서 기사를 쓰십시오. 객관적으로만 쓰신다면야 제가 화를 낼 이유가 없죠."

기태가 눈물을 글썽거리면서 대답하자 권성호가 말했다.

[알겠습니다. 자료 좀 정리하고 조만간 연락드리겠습니다.]

"네. 기다리겠습니다, 기자님."

통화를 끝낸 기태는 의자의 등받이에 몸을 기댔다. 딸의 죽음 이후 기태로서는 처음으로 기댈 곳이 생긴 것 같았다. 물론 대신 복수를 해 주고 있는 킬러에게도 감사하는 마음이지만 그것과는 또 다른 느낌이었다. 기태는 두 손으로 얼굴을 감싼 채 기쁨에 겨워 흐느껴 울었다.

*

"아이고, 여깁니다."

권성호가 손을 번쩍 들어 인사를 하자 안영섭 형사는 영 마땅찮은 표정을 지었다. 그러거나 말거나 개의치 않고 맞은편 벤치에 앉은 권성호는 한 팔을 벤치 등받이에 기댄 채 주차장을 바라봤다.

"경찰서 주차장에서 고추랑 콩을 말리네요."

"아시다시피 시골이라 노인들밖에 없어요. 그래서 도난 사고가 심심치 않게 벌어지죠."

점이 있는 코를 가볍게 긁은 안영섭 형사가 덧붙였다.

"여기라면 배짱 좋은 도둑이라고 해도 훔쳐 가지 않겠죠."

"보통 경찰들이 서울에서 지방으로 내려가면 죽을상이던데 안 형사님은 편안해 보이시네요."

"시골 출신이라, 여기가 더 편해요. 서울은 진짜 전쟁터라서 말이죠."

조심스럽게 말을 건네는 상대방을 보면서 권성호는 형사 수첩을 꺼냈다. 그걸 본 안영섭 형사가 피식 웃었다.

"거, 경찰도 아니면서 형사 수첩은 왜 들고 다닙니까?"

"한 번에 많이 사 놔서요. 수사 연구도 아직 꼬박꼬박 받아 보고 있습니다."

"나갈 때는 다 놓고 나가야지. 거참, 모양새도 안 좋고."

손을 휘휘 내저은 안영섭 형사가 주차장 쪽을 바라봤다. 형사
수첩을 접어서 안주머니에 넣은 권성호가 물었다.

"어떤 모양새가 안 좋습니까?"

"전직 경찰이 형사를 찾아와서 이렇게 꼬치꼬치 캐묻는 거요."

"뭐, 그렇게 보일 수도 있겠네요. 그런데 저도 오퍼를 받은 상
황이라서요."

"대체 어떤 작자가 전직 경찰한테 현직 형사를 조사하라고 한
겁니까? 우리 과장님이 몹시 궁금해하던데."

"떨어지는 낙엽을 무서워하고 무협지를 겁나 좋아하는 사람입
니다. 김영호라는 가명을 종종 쓰죠."

"지금 장난합니까?"

눈을 부릅뜬 안영섭 형사가 벌떡 일어나며 소리를 쳤다. 그러
자 멀찌감치서 담배를 피우던 동료 형사들이 돌아봤다. 권성호
는 그런 안영섭을 올려다보면서 나지막하게 말했다.

"앉아, 짭새 새끼야."

"뭐라고? 이 미친 새끼가 형사한테······."

"앉으라고 했어. 니네 과장은 너한테 절대 말하지 않을 거야."

"뭘 말하지 않는데?"

"누구한테 전화를 받고 조사를 허락했는지 말이야. 이 정도로
말했는데도 감이 안 와?"

오른쪽 관자놀이를 손가락으로 두드린 권성호가 덧붙였다.

"적어도 시골 서 과장 나부랭이는 끽소리도 못 할 정도라고 하면 알아듣겠냐?"

또박또박 끊어서 말하는 권성호를 일별한 안영섭 형사가 못이기는 척 자리에 앉았다. 두 손을 가볍게 펼쳐 보이는 제스처를 취한 권성호가 물었다.

"강남 여고생 오피스텔 성매매 사건을 조사했죠?"

잠깐 생각하던 그가 고개를 끄덕거렸다.

"당시 내 관할이었으니까요."

"신고는 어떻게 받고 조사는 어떤 방식으로 진행했죠?"

"그러니까."

가볍게 헛기침을 한 안영섭 형사가 피식 웃었다.

"절차대로 했죠. 오피스텔 압수 수색 영장 받아서 조사하고, CCTV 확보해서 어떤 놈이 드나들었나 살펴보고, 마지막에는 죽은 여고생 휴대폰에 있던 번호 조사해서 남자들 싹 다 잡아들였고, 그 와중에 여고생이 자기한테 마약을 권유했다는 자백을 받았죠."

"또래 포주였던 남학생은 나중에 체포되었죠?"

"네, 고딩 주제에 어찌나 잘 도망 다니던지 며칠 동안 집에도 못 갔죠. 죽은 여고생 아버지를 구슬려서 억울하다는 인터뷰를 했는데, 그걸로 꼬리를 잡았죠."

"나중에 불구속 기소 되어서 나간 다음에 자살했죠?"

권성호의 물음에 안영섭 형사가 잠깐 움찔하더니 어깨를 으쓱거렸다.

"경찰서 밖으로 나간 다음부터는 우리 관할이 아니니까요."

"그걸로 사건은 마무리가 되었죠? 여자애는 월령산에서 투신했고, 남자애는 조사를 받고 나와서 목을 맸고요."

"요즘 애들은 너무 약해 빠져서 버틸 줄을 몰라요, 진짜."

비난인지 푸념인지 알 수 없는 얘기를 한 안영섭 형사가 이번에는 뺨을 손가락으로 긁었다.

"사건을 조사하고 종결하는 과정에서 외압 같은 건 없었습니까?"

"그런 게 있을 사건이 아니잖아요. 다들 맡으려고 하지 않았어요."

"왜요?"

"워낙 지저분했으니까."

벽에 부딪힌 느낌이 든 권성호는 안영섭 형사를 바라봤다. 손목시계를 힐끔 본 그가 일어나려고 했다.

"사건 피해자를 만나야 해서 이만 일어나겠습니다."

"마지막으로 한 가지만 물어보죠. 사건을 깔끔하게 잘 해결했는데 왜 승진하지 못하고 여기 깡촌으로 좌천된 거죠?"

"내가 워낙 고분고분하지 못한 성격이라서요. 좌천이라기보다는 시골로 내려가겠다고 자청했어요. 조용히 연금 받을 때까지지내려고요."

"다른 소문이 좀 돌던데요?"

권성호의 얘기에 안영섭 형사의 표정이 굳어졌다.

"다른 소문이라니요?"

"시골에 와서 조용히 1~2년 지내다가 서울에 있는 대형 로펌에 조사관으로 취직하기로 했다는 소문이요. 그 로펌이 돈이 많아서 조사관들 월급이 꽤 많다고 들었어요. 오늘 전화해서 자리를 제안하면 당장 사표 쓰고 갈 사람 수두룩하던데요."

"누가 그런 헛소리를 합니까?"

"아니면 상관없지만, 요즘 돈이 좀 필요하신 걸로 알고 있는데요."

"자꾸 이상한 소리 하면 전직 경찰이고 나발이고 없어!"

"부천에 방 얻어 준 여자애 얘기예요. 올해 열아홉인가? 스물인가 그렇죠?"

대수롭지 않다는 듯 얘기하는 권성호를 힐끗 본 안영섭 형사가 떨리는 목소리로 물었다.

"그, 그걸 어떻게?"

"아이, 술자리에서 어린 여자랑 산다고 그렇게 떠들어 놓고 남들이 모를 거라고 생각했어요? 그 여자애, 형사님이 맡은 학폭 사건의 가해자잖아요. 같은 학교 여학생 괴롭혀서 투신자살하게 만들었던."

"그냥 조사하다 눈이 맞은 겁니다. 재작년에 이혼하고 외롭고 쓸쓸해서 그랬어요. 어린애랑 사는 게 문젭니까?"

안영섭 형사의 반박에 권성호는 손사래를 쳤다.

"부러운 거지 처벌할 문제는 아니죠. 그런데 같이 살고 있는 부천의 그 아파트 말이에요. 전세로 사시는데 누가 돈을 마련해 줬나요?"

"내 통장을 털어서."

"아이, 신용 불량자께서 무슨 통장이 있다고 그러셔. 마이너스 통장도 못 쓰잖아요."

넋이 나간 안영섭 형사에게 권성호가 쐐기를 박았다.

"그리고 그 여자애한테 매달 생활비로 몇백은 보내는 걸로 알고 있는데, 그 돈의 출처도 궁금하네요."

"가, 감찰반입니까?"

"전직 경찰이요. 정보 경찰이었어요."

"그런데 어떻게?"

"정보 경찰이 하는 게 뭔데요. 매일 발정 난 개새끼처럼 다니면서 귀동냥하는 거예요. 술 사 주고 밥 사 주고 하면서요. 그 시절 제 별명이 뭔 줄 아세요?"

안영섭 형사가 고개를 젓자 권성호는 두 팔로 날갯짓을 했다.

"밤쥐예요. 밤에도 엿듣는 쥐. 낮에는 쥐처럼 듣고 밤에는 새처럼 듣는다고."

날갯짓을 멈춘 권성호가 차분하게 목소리를 낮췄다.

"그러니까 전직 짭새라고 무시하면 큰코다친다고, 현직 짭새

아저씨.”

“미, 미안합니다.”

“자, 그럼.”

안주머니에 넣은 형사 수첩을 도로 꺼낸 권성호가 그를 바라봤다.

“다시 털어놔 봐, 처음부터 끝까지.”

“얘, 얘기하면 비밀을 지켜 줄 겁니까?”

“내용 봐서. 여기까지 운전하고 내려오느라 걸린 시간이랑 기름값이 막 머리를 맴돌고 있거든. 그러니까 얼마나 빠르고 함축적으로 털어놓는지 듣고 결정할게.”

주변을 쓱 살핀 안영섭 형사가 말했다.

“그러니까, 조사를 시작하자마자 여기저기서 압박들이 들어왔어요.”

“누가?”

“그러니까.”

“진모태랑 한요섭 쪽?”

다급하게 고개를 끄덕거린 안영섭 형사가 덧붙였다.

“사실상 관련자 부모들 전부 다였어요.”

“자식새끼 일이라고 다들 발 벗고 나섰네.”

권성호가 계속하라는 손짓을 하자 안영섭 형사가 말을 이어갔다.

"난생처음 가보는 술집에도 데려가서 비싼 양주도 마셔 봤죠. 그리고 잘 처리해 주면 자기 로펌에 조사관으로 취직시켜 주겠다고 했고요."

"그래서 그쪽 집안들이 원하는 대로 정경섭 선에서 끊어 버린 거야?"

"뭐, 바지 사장 정도에서 처리하는 건 윗선에서도 오케이한 일이라서요. 나는 그냥 시키는 대로 했을 뿐이라고요."

"시키는 대로 했다는 얘기를 들으면 내가 무슨 생각이 드는지 알아?"

"아뇨."

"저 새끼는 대가리에 순두부만 차 있나 하는 생각. 그런 놈들이 꼭 대가는 잘 챙겨 먹어요. 어쨌든, 배후에 있는 놈들 부모들이 시키는 대로 조사를 하고, 바지 사장을 집어넣었다 이거지?"

"뭐, 대충 그렇습니다."

"그리고 조용해질 때까지 여기에 있기로 했고?"

권성호의 얘기에 안영섭 형사가 억울하다는 표정을 지었다.

"그런데 진모태라는 놈이 얼마 전에 갑자기 죽어 버려서, 지금 처지가 난감해요."

"씨발, 너 때문에 사건이 하나 매몰되어 버렸는데 처지 생각만 해? 왜 이럴 때는 시키는 대로 하지 않고 생각을 하는데? 어?"

"나도 살아야죠. 쥐꼬리만 한 경찰 월급 가지고 이혼한 전처한테 양육비를 계속 주는데 진짜 밑 빠진 독에 물 붓기도 아니고."

신세 한탄을 하는 안영섭 형사에게 권성호가 말했다.

"진짜 밑 빠진 독에 물 붓기가 뭔지 알려 줄까?"

갑작스러운 권성호의 말에 안영섭 형사가 눈만 껌뻑거렸다.

"부천에 사는 여자애가 진짜 밑 빠진 독이야."

"선애가 왜요?"

"그 어린애가 왜 너랑 살겠어? 사고 친 걸 감싸 줬으니까 그렇겠지. 네가 여기 있는 동안 딴 놈들이랑 신나게 놀고 있어."

"뭐라고요?"

얼굴이 확 일그러진 안영섭 형사에게 권성호가 말했다.

"네가 올라가는 주말에만 얌전히 집에 있는 것뿐이야. 오늘도 친구랑 클럽 놀러 갔을걸? 거기서 아마 또래 애들 만나서 원 나이트 하겠지. 네가 뇌물로 구한 전셋집에서 말이야."

안영섭 형사가 아무 말도 없이 자신을 바라보자 권성호가 혀를 찼다.

"내 말 못 믿겠으면 오늘이라도 올라가 봐, 연락하지 말고."

권성호가 똥 씹은 표정을 짓고 있는 안영섭 형사를 똑바로 바라보았다.

"인생에는 말이야, 편하게 가는 지름길 같은 건 없어. 혹독한 대가를 치르거든. 당신이 서 있는 길은 지름길이 아니라 고통의 길이야."

벤치에서 일어난 권성호는 고개를 기울여 안영섭 형사를 바라봤다.

"네 어린 여친에 대한 것까지 모두 비밀로 해 줄게. 대신 이번 일을 비공개로 증언하게 되면 나와서 입을 좀 털어 줘야겠어."

"아, 알겠습니다."

대답을 들은 권성호는 주차장 쪽으로 걸어갔다. 바닥에 널려 있는 고추와 콩을 보면서 중얼거렸다.

"잘 마르고 있네."

충격을 받은 안영섭이 여전히 앉아 있는 벤치를 힐끔 본 권성호가 주머니에서 휴대폰을 꺼냈다. 녹음이 잘되어 있는지 확인한 다음에 다른 휴대폰을 꺼내서 경찰청장에게 전화를 걸었다. 상대방이 전화를 받자 바로 말했다.

"비리 경찰을 신고하려고 하는데요."

[그럼 감사실에 전화하지 왜 나한테 해? 참, 넌 경찰이 아니니까 민원실이나 신문고 이용해, 신문고.]

"방금 안영섭 형사를 만났습니다."

[그 전에, 너 왜 기자를 괴롭혀서 이상한 기사가 나게 만들어.]

"저의 큰 그림이었습니다. 빅 피처."

[빅 피처는 지랄, 대체 뭔 생각이야?]

"박기태한테 접근하려고요."

주차장 반대편까지 도착한 권성호는 빈 벤치에 앉아서 안영섭 형사가 있는 쪽을 바라봤다. 머리를 이리저리 흔드는 안영섭 형사를 지켜보면서 그가 덧붙였다.

"죽은 여고생 아버지요."

[누군지는 나도 알아. 용의점이 있어?]

"없어요, 현재까지는."

[그럼 왜 기사까지 써서 접근하려는 거야?]

"죽은 사람들이 그 딸과 관련되어 있으니까요. 세상이 두 쪽 나도 그쪽이랑 연관이 있을 수밖에 없잖아요."

[그건 그렇지.]

"그런데 표면적으로 나오는 게 없으면 속을 파헤쳐야죠. 소주잔을 기울이면서요."

[아하, 좋은 생각이네. 아무튼 사람 홀리는 솜씨 하나는 끝내준다니까.]

"그래서 약을 좀 친 거라고요. 기자들한테 워낙 당한 게 많아서 살짝만 긁어 주니까 금방 넘어오던데요."

[알겠어. 그런데 비리 경찰은 뚱딴지같이 무슨 얘기야?]

"강남 오피스텔 사건 담당 형사인데 진모태 패거리 부모들한테 마사지를 좀 받았나 봐요."

[뭐, 그런 게 어디 하루 이틀 일이어야지.]

"좀 심한 모양이에요. 잘라 주세요."

[지가 잘렸다고 아무나 막 자르라고 하네, 경찰 자르는 게 쉬

운 줄 알아?]

"제가 비리 자료들을 넘겨드릴게요. 해임에서 파면까지 다양한 옵션을 쓰실 수 있어요."

[그 정도야?]

"심각해요. 그래서 담당으로 지정된 거 같아요."

권성호의 얘기에 경찰청장이 바로 알아차렸다.

[애초에 켕기는 놈한테 맡겼군. 뇌물이나 압박을 잘 받게 말이야.]

"걔들 부모 빽이면 그 정도야 일도 아니겠죠. 이게 다 경찰 월급이 쥐꼬리만 해서 생기는 일 아니겠습니까? 그러니까 월급 좀 올려 주세요. 다 뒷주머니 차려고 혈안이 되어 있잖아요."

[그건 내 맘대로 할 수 없어. 그리고 지금이 어떤 시대인데 뒷주머니를 차.]

벤치에서 고개를 이리저리 흔들고 있던 안영섭 형사가 드디어 일어나서 건물로 걸어갔다. 그를 계속 눈으로 쫓던 권성호가 경찰청장에게 말했다.

"생각해 봤는데요, 청장님. 그림자가 왜 지금까지 정체도 드러나지 않고 계속 작업을 할 수 있었을까요?"

[완벽하게 처리하니까 그런 거 아니야?]

"그 완벽함의 범주에 혹시 공무원은 안 건드린다는 게 있으면요."

[킬러가 타깃 신분까지 생각하겠어?]

"그럴 수도 있죠. 경찰을 건드리면 골치 아파지는 걸 아니까 아예 손을 안 댈 수도 있잖아요."

잠깐의 침묵이 흐르고, 경찰청장의 묵직한 목소리가 들렸다.

[그러니까 안 형사를 자르고 지켜보자 이 말이야? 그림자가 덮칠 때까지?]

"샘플이 많을수록 찾기 쉬워질 테니까요."

[진짜 악랄한 새끼일세. 동료 경찰을 희생양으로 삼으려고 하다니 말이야. 넌, 무림이었으면 당장 파문이에요, 새끼야.]

"그 시대에 태어나지 않아서 천만다행이네요. 그리고 전 태생적으로 사파가 좋습니다."

[염병을 해라. 어쨌든 감사실에 언질은 줄게.]

"그럼 자료는 감사실 이메일로 보내겠습니다."

[온갖 사방에 똥을 묻히고 다니는 건 좋은데 단서는 좀 찾아봐.]

"열심히 발발거리며 다니고 있습니다."

전화를 끊으려는데 경찰청장이 말했다.

[진모태 아버지가 보고 싶어 해.]

"누구를요? 저요?"

[그래, 브리핑을 좀 받고 싶은가 봐.]

"그런 건 고위 공직자나 정치인들이 받는 거 아닙니까?"

[그 정도 급이 되는 인간들에게 압박받고 있다고. 그러니까 빨리 단서를 잡든가, 거기 로펌에 찾아가서 정중하게 브리핑을 좀 해.]

"생각해 볼게요."

뭐라고 얘기하려는 걸 끊어 버린 권성호는 잠깐 벤치에 앉아서 주차장을 바라봤다. 잠시 후, 흰색 자동차가 어마어마한 속도로 정문을 향해 달렸다. 정문을 지키던 순경이 깜짝 놀라서 바리케이드를 올렸다. 트렁크 쪽의 자동차 번호판을 보고 그게 안영섭 형사의 차라는 걸 안 권성호가 멀어지는 흰색 자동차에 시선을 둔 채 중얼거렸다.

"고통의 길로 가는군."

*

남자는 대건 택배라는 글씨가 크게 박힌 조끼를 입고, 검정색 야구 모자를 푹 눌러쓴 채 상자를 들고 걸어갔다. 서울 외곽의 빈민가라 목적지인 3층 건물 주변에는 CCTV가 없거나 고장 난 상태였다. 거기다 좁은 골목길이라 주차된 차들도 없었다. 쓰레기가 가득한 골목길을 지나자 3층 건물이 보였다. 벽에 붙은 하얀 타일이 군데군데 벗겨져서 마치 이빨 빠진 호랑이처럼 느껴졌다.

1층은 미용실 간판이 붙은 텅 빈 상가에 임대라는 빛바랜 종이가 간신히 붙어 있었다. 2층의 유리창에는 당구장 표시가 붙어 있긴 했지만 인기척이 느껴지지는 않았다. 생선을 파는 작은 트럭이 그 앞을 지나가도 주변의 누구도 관심을 기울이지 않았다. 군데군데 웅덩이가 파인 길거리에는 인적이 드물었고, 가끔 배달 오토바이만 요란한 소리를 내며 지나갔다. 남자는 주변을 살펴보고는 발걸음을 옮겼다. 비어 버린 미용실 옆으로 위층으로 올라가는 문이 있었다.

원래는 문짝도 있었던 것 같았지만 지금은 보이지 않았다. 좁은 계단 위쪽은 대낮임에도 어두컴컴했다. 머리로 내부 구조를 다시 한번 떠올린 남자는 조심스럽게 계단을 올라갔다. 올라가자 오른쪽으로 복도가 펼쳐졌다. 한쪽은 창문, 다른 한쪽은 문들이 이어졌다. 왓슨의 예측대로 당구장에는 아무도 없었다. 하지만 그다음에 있는 가나 인력 사무소 안에서 인기척이 느껴졌다. 어떻게 할까 잠깐 고민하던 남자는 부딪쳐 보기로 결정한다.

문 앞에 선 그는 문을 가볍게 두드리고 활짝 열었다. 그리고 살짝 난감한 표정을 지어 보였다. 누가 봐도 어리바리한 택배 배달원처럼 보였을 것이다. 푹 눌러쓴 야구 모자 아래로 남자는 빠르게 시선을 좌우로 움직였다. 구석에 있는 책상에 한 명이 앉아 있었고, 두 명이 소파에 앉아 있다가 일어났다. 책상에 앉은 남자는 돋보기안경을 쓴 비쩍 마른 중년 남성이었고 소파에 앉은 두 명은 반바지에 슬리퍼 차림이었는데 팔과 다리에 문신이 제법 있었다. 살짝 긴장했지만 근육이 도드라져 보이지 않았고, 몸동작도 딱히 무술을 익힌 것처럼 보이지는 않았다. 내부의 상태를 확인한 남자는 안으로 슬쩍 들어갔다. 그리고 발로 문을 차서 닫아 버렸다. 그러자 소파에 앉은 두 명 중 문신을 한 덩치 큰 남자가 삿대질을 했다.

"야! 너 뭐야?"

"택배 왔는데요. 아리랑 당구장으로요."

"야, 이 새끼야. 여기가 당구장으로 보이냐?"

"없으면 옆 사무실에 맡기라고 해서요."

한발 다가간 남자의 말에 문신을 한 남자가 욕을 하며 얼굴을 찡그렸다.

"씨발, 거긴 문 닫은 지 2년이 넘었어."

"아무튼 택배가 거기로 왔다고요. 한번 확인해 보세요."

남자는 택배 상자를 문신을 한 남자에게 들이밀었다. 그리고 상대방이 무심코 택배 상자를 들여다보자 허리 뒤쪽에 찬 스프링 봉을 움켜잡았다. 뭔가 이상한 낌새를 챘는지 문신을 한 남자가 남자를 바라봤다. 남자는 씩 웃으면서 한걸음 뒤로 물러났다.

"뭐야?"

그는 택배 상자를 손에 든 문신을 한 남자를 향해 스프링 봉을 내리쳤다. 일반 삼단봉과는 다르게 단단한 스프링으로 된 스프링 봉은 엄청난 타격력을 자랑했다. 정수리를 가격당한 문신을 한 남자는 곧바로 앞으로 꼬꾸라졌다. 남자는 곧장 옆에 있던 다른 남자를 향해 스프링 봉을 휘둘렀다. 엉거주춤하게 서 있던 남자 역시 스프링 봉을 피하지 못하고 벽으로 날아가면서 바닥에 처박히고 말았다. 둘을 처리하는 사이 책상에 앉아 있던 돋보기를 쓴 남자는 조용히 일어나서 스프링 봉을 든 남자를 바라봤다.

"솜씨가 보통이 아니네. 어디 소속이야?"

"무소속."

짧게 대답한 남자를 향해 돋보기를 쓴 남자가 피식 웃었다.

"누구 짓인지는 모르겠지만 여기서 물러나면 없던 일로 해 줄게. 시끄러워지면 다들 피곤해."

상대방의 제안에 남자는 고개를 저었다.

"법을 지키지 않는 사람들이 말로 해결하려고 시도할 때는 딱 두 가지 상황이지. 하나는 쫄릴 때, 또 하나는……."

문신을 한 남자가 신음을 내며 일어날 기미를 보이자 한걸음 뒤로 물러난 남자가 스프링 봉을 내리쳤다. 귀 아래쪽을 강타당한 상대방이 다시 푹 쓰러졌다. 그걸 일별한 남자가 다시 돋보기안경을 쓴 남자를 바라보며 덧붙였다.

"완전히 쫄릴 때지."

"이쪽 바닥을 제대로 배웠군."

"어릴 때부터 거칠게 살아서 말이야."

돋보기안경을 천천히 벗은 남자가 낡은 서랍에서 군용 대검을 꺼냈다. 그걸 본 남자가 스프링 봉을 비스듬히 세우면서 입을 열었다.

"클래식하네."

"이 바닥에 좀 오래 있었어."

"기술자를 만나러 왔어. 어디 있는지 알려 주면 문 열고 나갈게."

남자의 제안에 돋보기안경을 벗은 상대방이 남자를 노려봤다.

"이 바닥에서 혓바닥으로 문제를 해결하려고 할 때가 있지. 하지만 내가 겪은 바로는 그래서는 해결이 안 돼. 오히려 일이 더 복잡해지지."

그 말이 끝나기가 무섭게 상대방이 움직였다. 거리를 좁혀서 치고 나갈 타이밍을 재고 있던 남자는 오히려 거의 날았다는 표현이 적당할 정도로 옆으로 몸을 피해야만 했다.

"이크!"

벽에 붙어 있는 소파를 밟고 선 남자가 상대방을 노려봤다. 군용 대검을 거꾸로 잡은 상대방이 입을 열었다.

"싸울 때는 싸우더라도 이름은 알고 싸우자고. 내 이름은 이대영이야. 너는?"

"이기면 알려 줄게."

"싸가지없는 놈!"

이대영이 격한 분노를 토하면서 덤볐다. 다시 빈 곳으로 몸을 날린 남자는 스프링 봉으로 군용 대검을 막았다. 불꽃이 사르르 튀면서 칼날이 스치고 지나갔다. 발로 다리를 걸어서 넘어뜨리려는 시도를 피한 후 스프링 봉을 휘둘렀다. 하지만 상대방은 미리 예상이라도 한 것처럼 가볍게 흘려 버렸다. 덩치들은 생각보다 쉽게 제압했는데 나이 들고 바짝 마른 조직원이 이렇게 엄청난 실력을 가지고 있을 줄이야.

"역시 인공지능은 믿는 게 아니었어."

남자의 말에 이대영이 소리쳤다.

"무슨 헛소리야?"

"누구 좀 욕하고 있었어."

씩씩거린 이대영이 군용 대검을 앞으로 겨눈 채 다가왔다. 문 쪽으로 물러난 남자는 다가오는 이대영을 향해 스프링 봉을 휘둘렀다. 이대영이 옆으로 몸을 기울이면서 공격을 흘렸다. 하지만 예상하고 있던 남자는 백스핀 블로를 걸었다. 팔꿈치나 주먹 대신 스프링 봉을 휘둘렀는데 거기에 이대영의 팔이 걸렸다. 군용 대검을 든 팔로 막은 것이다. 충격으로 군용 대검을 떨어뜨린 이대영이 책상 쪽으로 밀려났다. 바로 책상 위를 한 바퀴 굴러서 넘어간 그가 서랍을 열고 더 큰 보위 나이프를 꺼냈다. 그걸 본 남자가 농담을 건넸다.

"혹시 장검 같은 것도 있어?"

"그 정도는 필요 없어."

보위 나이프를 이리저리 흔들던 이대영이 가까이 다가왔다. 뒤로 물러난 남자의 등에 문이 닿았다. 살짝 당황한 모습을 보이자 이대영이 그 틈을 놓치지 않았다.

"이얏!"

하지만 남자는 마치 기다렸다는 듯 옆으로 몸을 굴렸다. 이대영이 찌른 보위 나이프는 문에 박혀 버리고 말았다. 몸을 일으킨 남자가 보위 나이프를 쥐고 있던 이대영의 팔을 내리쳤다.

"으윽!"

짧은 비명과 함께 보위 나이프를 놓친 이대영에게 남자가 빠른 속도로 스프링 봉을 휘둘렀다. 온몸이 난타당한 이대영은 잔뜩 웅크린 채 뒤로 물러났다. 남자는 책상으로 돌아가려는 이대영의 옆구리에 전기 충격기를 찔러 넣었다. 갑작스러운 공격에 이대영은 새우처럼 몸을 구부린 채 쓰러졌다. 거친 숨을 몰아쉰 남자는 신음을 내며 일어나는 이대영의 보디가드들을 노려봤다. 여차하면 전기 충격기를 쓸 생각이었는데, 다행스럽게도 기가 팍 죽었는지 위협적인 행동은 하지 않았다. 바닥에 몸을 구부린 채 쓰러져 있던 이대영이 숨을 헐떡거리며 말했다.

"그만! 내가 졌어."

"신사답네."

그가 찾고 있던 기술자라는 걸 깨달은 남자가 덧붙였다.

"기술자 친구."

"씨발, 반 죽여 놓고서는 친구라니."

"좋게 생각하라고, 다 비즈니스야."

"친구 사이면 누구 의뢰인지 말해 줄 수 있나?"

"그건 네 답변에 달려 있어. 어떻게 나랑 얘기할 생각 있어?"

대답 대신 고개를 끄덕거린 이대영은 손으로 책상을 짚고 일어났다. 그리고 널브러져 있는 보디가드들에게 소리쳤다.

"밥값도 못 하는 놈들이 뭘 아프다고 징징거려? 나가서 사우나나 갔다 와!"

비틀거리며 일어난 둘은 쥐새끼처럼 사무실을 빠져나갔다. 그런 둘을 보고 혀를 찬 이대영이 서랍에 손을 뻗었다. 남자가 살짝 긴장한 채 바라보자 기술자는 서랍에서 꺼낸 담배를 보여 줬다.

"하나 줘?"

"건강 생각해서 끊었어."

그 말을 듣고 피식 웃은 기술자가 담배를 입에 물었다.

"건강 생각하면 이런 일 하면 안 되는 거 아니야?"

"담배보다 더 중독성이 있어서 끊기 어렵더라고."

담배에 불을 붙인 기술자가 깊게 한 모금 빨고 남자를 바라봤다.

"이렇게 쪽팔린 적은 없어서 아직도 얼떨떨하네."

"세상이라는 게 그렇잖아. 고수 위에 초고수 있고, 그 위로도 끝이 없지."

"그래서 뭐가 궁금한데?"

"강남 오피스텔, 여고생이 성매매하고 남자애가 또래 포주 했던 건 때문에 왔어."

남자의 얘기를 들은 기술자가 담배를 손에 쥔 채 얼굴을 찡그렸다.

"어째 탈이 날 것 같더라니."

"단단히 탈이 난 거지. 그 일로 벌써 죽은 사람이 한둘이 아니야."

"네가 처리한 거야?"

남자는 어깨를 으쓱하는 걸로 대답을 대신하고는 입을 열었다.

"네가 걔들 뒤를 봐줬다고 하던데?"

"누가 그래?"

"김교찬."

이름을 들은 기술자가 쓴웃음을 지었다.

"그 새끼는 뉴질랜드에 있지 않나?"

"있었지."

짧게 과거형으로 얘기한 남자가 덧붙였다.

"조만간에 뉴스에 나올 거야. 마약 때문에 그 동네 갱단에게 총질을 당한 불쌍한 유학생으로 말이야."

"설계 잘했네."

이대영이 감탄하자 남자가 살짝 웃었다.

"네 솜씨도 만만치 않았어. 덕분에 꼬리를 잡는 데 시간이 좀 걸렸거든."

남자의 얘기를 들은 기술자가 담배를 한 모금 뿜었다.

"그래, 내가 설계해 준 거 맞아."

"걔들이 왜 그런 짓을 했지? 돈이 필요한 애들은 아니었잖아."

"그렇지. 오히려 설계하고 세팅하는 데 돈이 꽤 많이 들었어.

거기다 손님도 가려 받아서 오히려 적자였지."

"손님도 가려 받았다고?"

"내가 손을 뗀 이후에는 모르겠는데, 시작했을 때는 아무나 받
지 않았어."

"그럼 VIP들만 받은 거야?"

"명단을 봤는데 일반인들은 거의 없었어. 대부분……."

옆구리 통증 때문인지 얼굴을 찡그렸던 기술자가 덧붙였다.

"미래의 VIP들이었지."

"무슨 뜻이야?"

"로스쿨 졸업하고 이제 막 판검사 임용한 친구나 SKY 출신이
나 해외 유학파들을 골라서 받았어. 그리고 기자랑 종종 아이돌
연습생들도 받았고."

"어떤 식으로 모았는데?"

"절차도 굉장히 복잡했어."

"복잡해?"

"엉뚱한 장소에서 차로 픽업해서 오피스텔로 데려왔어. 직접
데리고 방까지 갔다가 끝나고 나오면 다시 데리고 나와서 엉뚱
한 곳에 풀어 줬지. 안대 채워서."

"비밀을 유지하려고?"

"여자애랑 자려는 놈들을 안심시키려고 그런 거지. 결제도 가
상 화폐로 받고, 모객도 텔레그램으로 하거나 해 본 놈들이 소개

하는 식으로 했어."

"고딩들치고는 엄청나게 꼼꼼했네."

"요즘 고딩은 우리 때랑 차원이 다르다고."

기술자의 얘기를 들은 남자는 고개를 갸웃거렸다.

"돈을 벌 생각이 없었다면, 왜 그렇게 위험한 비즈니스를 한 거지?"

"나도 그게 궁금했어. 나한테 주는 돈까지 포함하면 절대 남을 수가 없었거든. 다들 입을 다물었는데 진모태는 입이 좀 싼 편이었어."

"뭐라고 했는데?"

남자의 물음에 기술자는 옆구리를 손으로 만지면서 대답했다.

"미래를 위한 투자라고 했어."

남자는 아까 들었던 미래의 VIP라는 얘기를 떠올리고는 곧장 정답을 찾아냈다.

"나중에 출세하거나 유명해질 사람들을 고객으로 받았군."

"맞아. 그리고 절차는 엄청 복잡하게 해 놓고 정작 그 오피스텔 안에는 몰래카메라투성이였어."

"몰래카메라를 설치했다고?"

"그래, 곳곳에. 침대가 있는 방은 물론이고, 화장실과 거실 여러 곳에 설치했더라고."

"네가 한 게 아니었어?"

기술자는 쓴웃음을 지었다.

"그건 국정원 6국 출신의 프리랜서한테 따로 맡겼더라고. 나중에 알고 좀 짜증이 났어."

"그러니까, 앞으로 권력을 가지게 되거나 유명해질 남자들의 성관계 영상을 손에 넣으려고 한 거였네."

"맞아. 진짜 사악하지 않아? 고등학생들이 그런 생각을 하고 실행에 옮긴 거지. 물론 태반은 돈 많은 부모 주머니에서 나온 돈으로 해결했지만 말이야."

"그러다가 성매매를 시킨 여고생이 벗어날 기미를 보이니까 바지 사장한테 덮어씌우고 손을 턴 거군. 그것도 네가 설계해 준 거야?"

고개를 끄덕거린 기술자가 대답했다.

"만약에 들키게 되면 어떻게 발을 뺄지 대책을 세워 달라고 해서 설계해 줬어."

"여고생은 왜 월령까지 가서 죽인 거야?"

"그쪽에 놈들 별장이 있어."

"고딩들이?"

"초등학교 때부터 드나들던 별장이라고 하던데? 아무튼 거기 위치가 기가 막혀."

"얼마나?"

"험준한 산에 둘러싸여 있고, 도로는 하나밖에 없이. 그것노

사유지라 아무나 못 드나들어."

"안에서 뭔 짓을 해도 모르겠군."

"사람을 죽여도 눈치 못 챌 정도야. 근처에 민가도 없거든."

"거기서?"

남자의 물음에 기술자가 주저하다가 고개를 끄덕거렸다.

"어느 날, 급하게 연락이 왔었어. 여자애가 딴짓을 하는 거 같다고 말이야. 그래서 확인해 보니까 자기 휴대폰으로 몰래 촬영하고 녹취를 해 놨어. 그걸 빌미로 벗어나려고 했던 거지."

"협박하려고 했는데 오히려 협박당했군."

"그래서 어떻게 해야 하느냐고 해서 일단 요구를 들어주고 끝내라고 했지."

"접으라고 했다고?"

"맞아. 이것들이 나중에는 돈을 벌려고 했는지 마구잡이로 손님들을 받았어."

"그 와중에 여자애가 딴마음을 품으니까 겁났던 거군."

"그런데 진모태랑 다른 한 놈이 강하게 나온 거지. 아예 화근을 뿌리 뽑자고 말이야."

"그래서 여자애를 별장으로 끌고 가서 죽이고, 바지 사장 격인 남학생한테 덮어씌운 다음에 자살시켰군."

"정말 하고 싶지 않았어. 여자애는 그냥 마약에 중독시켜서 폐인으로 만들어 버리면 될 거라고 했는데 죽여야 한다고 고집을 부렸어."

"참으로 잔혹한 고등학생들이네."

"맞아. 악마 같은 놈들이었어."

"남학생이 자살하도록 만든 것도 네 작품이야?"

고개를 끄덕인 기술자가 말했다.

"자기들이 잠깐 풀려나게 할 거니까 손을 써 달라고 했어. 마음에 걸리긴 했지만 일을 했을 뿐이야."

"그렇다고 네가 쓴 기술이 사라지는 건 아니지. 고등학생 둘이 죽었잖아."

"죽으면 죽는 거지. 난 목표물에 대해서 감정을 두지는 않아. 그러면 우리 같은 사람들이 어떻게 견디겠어? 안 그래?"

기술자가 동의를 구하는 눈빛을 던지자 남자는 싸늘하게 웃었다.

"모든 일에는 이유가 있지. 하지만 죽음은 달라. 거기에는 어떤 이유도 있을 수 없어. 거긴 사악하고 메마른 사막이니까."

"무슨 소리야?"

"미안, 꿈이 작가였어. 어쨌든 솜씨는 깔끔했어. 그래서 녀석들 배후에 누군가 있을 거라고 생각했지. 그들이 아무리 머리가 좋고 잔인해도 너무 깔끔했거든."

칭찬 아닌 칭찬에 기술자가 낮은 목소리로 대답했다.

"진짜로 그 방법이 먹힐 줄은 몰랐어. 계획이랑 현실은 다른 법이잖아."

기술자의 얘기를 들은 남자가 말했다.

"부모들이 나서서 손을 썼어. 경찰부터 기자들까지 전부."

"어쩐지, 애새끼들이 진짜 재수 없을 정도로 거만했었어. 계획은 계획이고 변수가 많을 수 있다고 했더니 뭐라고 한 줄 알아?"

남자가 고개를 저었다.

"자기네들은 그런 변수가 없을 거라고 했지. 이후에는 따로 연락하거나 그러지는 않았어. 돈 문제도 깨끗하게 정산해 줬고 말이야."

"하지만 걔들도 예상하지 못한 변수가 생긴 거지."

"그런 거 같네. 나한테까지 여파가 미친 걸 보면 말이야."

"원래 운명이라는 게 그래. 예상치 못한 순간에 휩쓸려 버리잖아. 주동자가 누구야?"

"몰라. 진모태와 김교찬이랑 얘기하긴 했지만 걔들 말고 머리 쓰는 애는 따로 있는 것 같은 느낌이었어."

"왜? 멍청해서?"

"나서기 좋아하고 충동적인 성격이었어. 머리 굴릴 만한 타입은 아니었지."

"누군지 모르는 주동자가 있다는 말이네."

고개를 끄덕거린 기술자가 물었다.

"그 일과 관련된 의뢰를 받은 거야?"

"몇 명은 처리했고, 나머지도 준비 중이야."

"처리할 대상이 만만치 않을 텐데?"

기술자의 물음에 남자는 대수롭지 않다는 표정으로 대꾸했다.

"원래 난 만만치 않은 의뢰를 좋아해."

"제대로 미쳤군. 이제 누구한테 의뢰받았는지 대답해 줄 수 있어?"

기술자의 눈을 빤히 들여다보던 남자가 입을 열었다.

"칼로 사람을 찔러 본 적 있어?"

"젊은 시절에 몇 번."

"그때 찌른 사람 눈을 봤어?"

"칼부림하는 와중에 그럴 틈이 어딨어. 쑤시고 튀기 바쁜데."

기술자의 대답을 들은 남자가 차갑게 말했다.

"나는 찌른 놈의 눈을 끝까지 바라봤어."

"왜?"

"좋았거든."

"뭐가 좋았는데?"

"눈동자에서 빛이 차츰 꺼져 가는 게. 빛이 사라지면서 육신에서 생명이 서서히 사라지는 게 보였거든. 당사자는 어떻게든 그걸 막으려고 안간힘을 쓰는 것도 말이야."

남자의 얘기를 들은 기술자가 눈을 똑바로 쳐다보면서 중얼거렸다.

"미친놈."

남자는 기술자가 떨어뜨린 보위 나이프를 집었다. 그걸 본 기술자가 말했다.

"난 그냥 돈을 받고 일한 것뿐이라고. 나까지 처리할 필요는 없잖아."

"그건 내가 결정해, 네가 아니라."

남자의 단호한 대답에 기술자가 물었다.

"뒷감당할 수 있겠어?"

"네가 사라지는 걸 좋아할 사람이 좀 있던데."

남자의 대답을 들은 기술자는 조용히 눈을 감았다. 그런 기술자에게 남자가 말했다.

"우린 현실감 없는 도시에서 살고 있거든, 겨울 새벽의 갈색 안개 밑으로 말이야."

"무슨 헛소리야?"

기술자가 투덜거리자 남자가 혀를 찼다.

"T. S. 엘리엇이 쓴 「황무지」라는 시에 나오는 한 구절이야."

"지랄을 하네, 진짜."

"눈을 보고 싶은데."

"지옥에나 가 버려."

기술자의 이죽거림에 남자는 씩 웃었다.

"여기가 지옥이잖아. 어차피 상관없어."

그러고는 보위 나이프로 가슴을 쑤셨다. 기술자는 짧은 신음과 함께 눈을 부릅떴다. 기술자의 눈을 본 남자가 덧붙였다.

"찔리면 눈을 뜨거든."

*

　동네 입구에 있는 허름한 삼겹살집에 들어선 기태는 구석 자리에 앉아 있던 권성호 기자를 발견하고 반색을 했다. 휴대폰을 들여다보던 권성호 기자가 한 손을 번쩍 들었다.

"여깁니다."

"어이구, 제가 좀 늦었습니다, 기자님."

"저도 좀 전에 왔습니다. 소주? 아님 맥주로?"

"시원하게 소맥으로 시작하시죠. 제가 말아 드리죠."

"고맙습니다."

　지저분한 앞치마를 매고 있는 주인장에게 삼겹살과 소주와 맥주를 달라고 한 기태는 권성호 기자에게 연신 고개를 숙였다.

"정말 고맙습니다, 기자님."

"아닙니다. 할 일을 했을 뿐인걸요."

"가슴에 박힌 대못이 뽑힌 기분입니다. 진짜 이건 겪어 보지 않은 사람은 몰라요."

"저도 잘 압니다. 그래서 칼보다 펜이 더 무섭다고 하잖아요."

"그렇죠. 맞습니다."

　기태가 맞장구를 치는 사이, 주문한 고기와 술이 나왔다. 잽

싸게 소주병을 낚아챈 기태가 맥주잔에 조심스럽게 소주를 따른 다음 맥주로 가득 채웠다. 그리고 숟가락으로 바닥을 세게 쳐서 섞고는 권성호 기자에게 공손하게 건넸다.

"자, 한잔 받으시죠."

"아이고, 고맙습니다."

소맥이 든 맥주잔으로 건배를 한 둘은 단숨에 들이켰다. 거품만 남은 맥주잔을 내려놓은 기태는 집게를 들고 냉동 삼겹살을 석쇠 위에 올려놨다. 치익 하는 소리와 함께 오그라들면서 핏기가 사라지는 삼겹살을 바라보며 눈물이 나오려는 것을 애써 참았다. 코를 킁킁거린 기태가 멋쩍게 웃었다.

"아이고, 더 나올 눈물은 없을 거라고 생각했는데, 주책맞게 또 나오네요."

"아닙니다. 하나밖에 없는 딸이 억울하게 죽었는데 눈물이 안 나오는 게 이상한 거죠."

"진짜, 딸이 죽고 마약과 성매매 얘기가 나왔을 땐 정말 온 세상이 어두컴컴했죠. 기껏 정신을 차리고 인터뷰도 하고 경찰에게도 얘기를 했지만 아무도 귀담아듣지 않았습니다. 마치 딴 세상에 사는 거 같았어요."

반찬으로 나온 콩나물무침을 젓가락으로 뒤적거린 권성호 기자가 맞장구쳤다.

"맞아요. 사람들은 사건이 벌어지면 그걸 제대로 보려고 하지 않으니까요."

"세상 모두에게 정나미가 떨어지지 뭡니까. 다들 아무것도 모르면서 함부로 얘기하고, 아니라고 해도 들은 척도 안 하고 말이죠."

"옳고 그른 게 무엇인지 판단하기보다는 자기에게 이익이 되는 편을 드는 게 요즘 세상이니까요. 그걸 막는 게 기자가 할 일인데 참, 드릴 말씀이 없습니다."

"아닙니다. 그래도 권 기자님 같은 분이 계셔서 그나마 세상이 돌아가는 거 같습니다."

"과찬이십니다. 그래 봤자 피라미 신세인걸요."

둘은 덕담과 격려를 주고받으며 삼겹살이 익기를 기다렸다. 다 익은 삼겹살을 상추에 놓고 쌈장과 마늘까지 올린 기태가 단숨에 입에 넣고 우걱우걱 씹었다. 잠시 어색하고 깊은 침묵이 이어진 후에 권성호 기자가 조심스럽게 입을 열었다.

"혹시 소식 들으셨습니까?"

"어떤 소식이요?"

젓가락을 든 기태의 물음에 권성호 기자가 대답했다.

"죽어 나가고 있어요."

"누가요?"

"따님의 죽음과 연관된 사람들이요. 알고 계셨나요?"

질문을 받은 기태가 젓가락을 내려놓고 소주잔을 들었다. 그러자 권성호 기자가 잽싸게 소주를 따라 주었다.

"뉴스로 봤습니다. 통쾌하더라고요. 신을 믿지는 않지만, 천벌이라는 게 존재한다는 걸 확신했죠."

신이 난 기태는 두서없이 떠들었다. 그런 기태를 물끄러미 바라보던 권성호 기자가 소주를 한 모금 마시면서 얘기했다.

"물론 다들 사고사이긴 하지만 우연의 일치라고 하기에는 너무 로또 같아서요."

"사실은 말입니다……."

소주를 쭉 들이켠 기태가 권성호 기자를 바라보았다.

"제가 죽인 겁니다."

기태가 살기등등한 목소리로 덧붙였다.

"집에 그놈들 이름 적은 인형이 있는데 밤에 잘 때마다 바늘로 찔러요. 안 그러면 잠이 안 오거든요."

"어쨌든 사람들은 유력한 용의자로 볼 겁니다."

"저도 유력한 용의자가 되고 싶어요. 그런데 어디서 뭘 하는지도 모르는데 무슨 수로 복수를 합니까? 하다못해 잠복하려면 차와 돈이 필요한데요."

기태의 하소연에 권성호 기자는 고개를 끄덕거렸다.

"그래서 나쁜 놈들이 활개 치고 다니나 봐요."

그렇게 얘기를 주고받는 와중에 권성호 기자의 주머니에 넣어둔 휴대폰이 울렸다. 잠깐 양해를 구한 권성호 기자는 문을 열고 밖으로 나와 전단지가 껍데기처럼 붙어 있는 전봇대 옆으로 갔다.

"이 밤중에 어쩐 일이십니까, 청장님?"

[뭐 하고 있냐?]

"면벽 수행, 아니 박기태와 접촉 중입니다."

[술 마시고 있겠군.]

"정말 귀신 같으십니다, 청장님."

[남자들끼리 이 시간이면 술을 마시고 있겠지, 그럼 커피를 마시고 있겠어?]

"역시 촉이 예술이십니다. 괜히 경찰청장 자리에 오른 게 아니시네요."

[염병을 하네. 그나저나 너, 진짜 한가하구나.]

청장의 잔소리를 듣던 권성호는 삼겹살집 안을 바라봤다. 흐릿한 유리문 너머로 홀로 술을 마시는 박기태의 모습이 보였다.

"한가하긴요, 지금 잘 구슬리는 중입니다. 지난번 기사 때문에 형, 동생 하고 있어요."

[뭐 나온 거 있어?]

"슬쩍 찔러 봤는데 헛소리만 하고 있어요."

[혹시나 해서 계좌 다시 들여다봤는데 빈털터리야. 가상 화폐 같은 걸 쓰지 않는 한 돈이 오간 흔적은 없어.]

"그런 걸 쓸 사람은 아닌 거 같아요."

[그럼 헛다리 짚은 거네.]

짜증을 내는 청장에게 권성호가 차분하게 말했다.

"일단 확실하게 하려고요. 이 사람 말고는 사람들이 죽어 가는 이유가 설명이 안 되잖아요."

[죽은 바지 사장 부모는 어때?]

"그쪽은 자식이 죄인이라고 생각하고 있잖아요. 억울해야 복수를 할 이유가 생기죠."

[야, 내가 너한테 카드 주고 아이디 준 건 사건을 해결하라고 그런 거잖아. 근데 왜 이렇게 진척이 없어. 설마 활동비 까먹는 데 재미 붙인 거 아니야?]

"쉽게 풀릴 문제가 아니니까 저한테 맡기신 거 아닙니까? 장문인이면 제자를 좀 믿으세요."

[넌 파문당한 제자야. 문파에서 처리하기 애매하니까 잠깐 용병으로 데려다 쓰는 거고.]

"카드 반납할까요? 안 그래도 뭘 건드린 건지 몰라서 애매해 죽겠는데요."

권성호가 찔러 보자 청장이 한 발자국 물러났다.

[또 이런다. 넌 많은 문제가 있는데, 이게 제일 큰 문제야. 툭 하면 들이받지 말라고.]

"들이받지 말게 해 주십시오, 그럼."

청장의 씨근덕거리는 숨소리가 들렸다가 사라졌다.

[에이, 진짜 잘 좀 해 봐. 그리고 사고 치지 말고.]

"얌전히 조사 중이잖습니까."

[네가 만났던 경찰 말이야, 안영섭.]

"왜요?"

[왜요는 일본 이불이 왜요고. 서울로 오다가 자동차 사고 났어. 터널에서 과속하다가 앞차 들이받고 활활 타올랐다. 사진 보니까 끔찍하더라.]

살짝 뜨끔해진 권성호가 휴대폰을 바꿔 잡고는 말했다.

"급하게 갔나 보군요."

[엄청 밟았어. 딱지 한 장 안 끊었던 친구인데 말이야. 뭐라고 속살거려서 액셀을 밟게 만든 거야?]

"별다른 얘기 안 했습니다."

[아무튼, 사람 죽지 말라고 조사하라고 한 건데 네가 죽인 꼴이잖아. 사고라서 넘어가긴 하겠지만 잘 좀 하라고.]

"명심하겠습니다."

[그리고 진모태 아버지 좀 만나 봐. 계속 옆구리 찌르고 있어서 멍들겠다.]

"알겠습니다."

통화를 끝낸 권성호는 유리문을 열고 안으로 들어갔다. 그리고 다시 기자가 되어서 자리에 앉았다.

"저, 방금 정보 보고가 하나 올라왔는데요. 안영섭 형사 아시죠?"

"그, 개 쓰레기요? 잘 알죠."

기태가 험악한 욕설을 내뱉자 권성호 기자가 소주잔을 들면서 말했다.

"걔도 아웃됐어요."

"아웃이요?"

"지방 발령받았는데 서울로 올라오다가 교통사고를 냈나 봐요."

"그럼 죽었다는 얘깁니까?"

말끝을 떠는 기태에게 권성호 기자가 소주를 쭉 들이켜고는 대답했다.

"네, 차에 불이 났는데 못 빠져나온 거 같더라고요."

"진짜 천벌을 받았네. 천벌을 받았어."

두 손을 맞잡은 기태가 천장을 올려다보면서 중얼거리는 걸 힐끔 본 권성호 기자가 젓가락으로 바짝 익은 삼겹살을 집었다.

"당분간 알리바이 잘 만드셔야겠어요."

"나는 떳떳하니까 상관없어요."

"그리고 기자들이나 경찰들이 찾아와서 귀찮게 할 수 있으니까 그것도 염두에 두시고."

"얼마든지 환영해야죠. 그나저나 술맛이 확 나네요. 우리 한 병 더 할까요?"

삼겹살을 씹고 있던 권성호 기자는 대답 대신 고개를 끄덕였다. 그러자 기태가 빈 소주병을 흔들었다. 카운터에 있던 직원이 옆에 있는 냉장고 문을 열었다.

*

홍대의 밤은 낮보다 더 환했다. 오히려 네온사인이 켜지지 않은 낮이 더 어두워 보인다고 남자는 생각했다. 사람들이 오가는 홍대 거리가 내려다보이는 2층 카페의 창가 자리에 앉아 있던 남자는 읽던 책을 덮었다. 손가락 사이에 끼운 우드 독서링도 뺐다. 이제 일할 시간이 되었기 때문이다. 하지만 책을 그만 읽어야 한다는 사실이 못내 아쉬운 남자는 읽던 책에서 가장 인상 깊었던 구절이 있는 페이지를 다시 펼쳤다. 그리고 그 구절을 소리 내어 읽었다.

"당신들을 잃은 뒤, 우리들의 시간은 저녁이 되었습니다."

역시 노벨 문학상을 받을 만하다고 생각하면서 책을 가방에 넣은 남자는 갈색 테니스 모자를 푹 눌러썼다. 청바지에 하얀 티를 입고 위에 하늘색 셔츠를 걸친 차림으로 크로스백을 맨 채 거리로 나섰다.

가을이라서 그런지 옷차림이 여름보다는 무거웠지만 겨울보다는 묵직하지 않았다. 홍대입구역 9번 출구로 나온 사람들 사이에 휩쓸려 천천히 홍대 정문으로 이어지는 길을 따라 걸었다. 중간중간 버스킹을 하고 있는 사람을 중심으로 군중들이 모여 있었다.

옷과 모자를 맞춰 입은 댄스팀이 음악에 맞춰서 춤을 추는 중

이었다. 그 곁을 지나서 횡단보도를 건너 홍대 거리로 접어들었
다. 양쪽의 가게에서 음악이 흘러나오는 와중에 밤이 깊어질수
록 사람들이 점점 늘어났다. 그 속을 마치 존재하지 않는 사람인
것처럼 걷던 남자는 클럽 특유의 비트 있는 음악이 들려오자 걸
음을 멈췄다. 포차들이 쭉 이어진 거리 한쪽에 클럽의 입구가 보
였다. 양팔에 컬러 문신을 한 가드가 다리를 살짝 벌린 채 서 있
고, 그 앞에 사람들이 줄지어 늘어서 있었다. 길 건너편에 선 남
자는 쓰고 있던 모자를 고쳐 쓰면서 중얼거렸다.

"클럽 헤르메스. 매주 금요일에 한요셉이 드나드는 곳."

한요셉의 SNS를 통해 패턴을 분석한 결과, 그는 가장 물이 좋
은 금요일 저녁에 항상 이 클럽에 들렀다. 친구인 진모태가 의문
사를 당하고 나서 한동안 조심하는 것 같았지만 이내 참지 못하
고 놀러 다녔다. 할아버지 때부터 부동산 재벌이었고, 아버지가
사채까지 손을 대서 그야말로 돈이 지랄 맞게 많은 집안이었다.
돈이 많은 집안은 항상 권력과 명예를 가지고 싶어 했기 때문에
한요셉에게 그 부분을 채워 줄 것을 기대했다. 하지만 한요셉은
공부보다는 딴짓에 열중했고, 비슷한 처지의 패거리들과 어울려
서 강남에 성매매용 오피스텔을 운영했다. 권력을 가져야 한다
는 집안의 요구를 이상한 방식으로 받아들인 것이다.

욕망의 덩어리 같은 헤르메스 클럽의 입구를 지켜보던 남자는
주머니에서 휴대폰을 꺼냈다.

"뒷문이군."

얼마 전 스팸 메일을 통해 한요셉의 휴대폰에 위치 추적 앱을 깔아 둔 남자는 여유롭게 발걸음을 옮겼다. 클럽 입구 옆에 있는 골목길을 힐끔 바라보곤 천천히 걸어 들어갔다. 한 사람이 겨우 지나갈 정도로 좁은 골목 끝에는 작은 공터가 있었고, 오래된 양옥들을 개조한 카페와 술집들이 보였다. 공터에는 흡연자들이 옹기종기 모여서 담배와 전자 담배를 사이좋게 피우는 중이었다. 그들을 빠르게 스캔한 남자는 계단에 앉아 있는 한요셉을 발견했다. 알록달록한 형광색 점퍼를 입은 한요셉은 또래의 친구들과 얘기를 주고받는 중이었다. 새로 시작한 대학 생활을 만끽하고 있는 것처럼 보였다.

"여자를 꼬시지 못한 모양이군."

보통 여자를 꼬시면 가까운 포차로 2차를 하러 가는데 실패하면 분위기 좋은 카페 겸 바에 가서 한잔하고 다시 클럽에 들어가곤 했다. 어디에 갈지도 이미 SNS를 통해서 파악해 둔 남자는 천천히 발걸음을 옮겼다. 그리고 골목길의 반대쪽으로 나와서 세 갈래 길의 오른쪽 오르막으로 향했다. 홍대 놀이터와 이어진 오르막길 중간쯤에 오래된 양옥을 개조한 카페 겸 바가 보였다. 안으로 들어가 하얀 페인트가 칠해진 복도를 지나 2층으로 올라갔다.

남자는 입구와 계단 옆에 CCTV에 교묘하게 얼굴이 안 찍히

게 움직였다. 2층은 벽을 다 허물어 버리고 탁 트이게 만들어 놓았는데 가운데에는 커다란 바가 있었고, 바텐더들이 칵테일을 만드는 중이었다. 남자는 잭콕 한 잔을 주문해서 받아 들고 베란다로 나왔다. 예전 양옥이라 베란다가 넓었다. 시멘트로 만든 난간에 서서 아래쪽을 내려다보던 남자는 한요셉이 친구들과 들어오는 걸 보고는 씩 웃었다. 잭콕을 한 모금 마신 남자가 천천히 돌아섰다.

남자가 향한 곳은 베란다의 꺾어진 모서리였다. 예전에 항아리 같은 걸 놔두던 장소 같은데 위쪽으로 경사진 지붕의 처마가 내려와서 서 있기가 살짝 불편했다. 바로 옆에는 카페의 대형 간판이 붙어 있어서 움직이기가 더 애매했다. 그곳에 선 남자는 휴대폰을 다시 들여다봤다. 카페의 CCTV도 해킹한 상태라서 한요셉이 들어와서 2층으로 올라오는 것을 볼 수 있었다.

친구와 칵테일을 주문하고 바에 기댄 한요셉이 손짓을 하면서 떠드는 모습이 잡혔다. 잭콕을 마시면서 타이밍을 재던 남자는 다른 휴대폰을 꺼내서 미리 준비된 문자를 SNS 메시지로 보냈다. 마침 나온 칵테일을 마시던 한요셉이 무심코 휴대폰을 들여다보고는 주먹을 불끈 쥐었다.

"걸렸군."

걸릴 수밖에 없었다. 한요셉이 클럽에서 작업을 하던 여대생에게서 온 메시지라고 믿었기 때문이다. 사실, 그 여대생은 며칠 전 휴대폰을 잃어버린 상태였고, 그 휴대폰은 남자의 손에 들어와 있었다. 잠시 후, 한요셉에게 메시지가 왔다.

〉예지야. 진짜 근처야?

〈 그럼, 오빠는 나 보고 싶지 않아?

〉보고 싶지. 그런데 그렇게 튕기더니 갑자기 왜?

〈 시험해 본 거지. 오빠도 내 가슴 보고 싶다며?

〉가슴뿐이겠어?

남자는 두 개의 휴대폰을 통해 한요셉의 위치를 파악하면서 가상의 대화를 이어 나갔다. 예상대로 한요셉이 걸려들기는 했지만 쉽게 움직이려고 하지 않았다. 잠시 후, 한요셉의 답장 메시지가 왔다.

〉그래서 혼자 있는 거야?

〈 그렇다니까. 클럽에서 놀다가 몸이 좀 안 좋아서 방 잡아서 들어왔어. 같이 온 친구들은 남자들 만나고 있는지 전화도 안 받지 뭐야.

〉거기면 5분도 안 걸리긴 하는데.

〈 빨리 와. 심심해.

CCTV 화면에는 한요셉이 휴대폰을 들여다보며 고민하는 게 보였다. 아무것도 모르는 친구들이 옆에서 떠드는 가운데 갑자기 한요셉이 전화를 걸었다. 남자는 천천히 심호흡하고 전화를 받았다.

"오빠."

[진짜 혼자 있는 거야?]

"그렇다니까."

남자는 음성 전환 장치를 통해 감쪽같이 목소리를 바꿨다. 혹시 몰라서 감도는 최대한으로 떨어뜨렸다.

[근데 왜 이렇게 목소리가 안 들려.]

"몰라. 어제 술 마시다가 폰 떨어뜨린 다음부터 이래."

[알았어. 갈 테니까 기다려.]

"응. 201호야."

음성 변조로 통화를 끝낸 남자는 천천히 안으로 들어갔다. 그리고 바에 빈 잔을 내려놓으면서 한요셉을 곁눈질로 살폈다. 친구들에게 먼저 가겠다고 얘기하는 듯 보였다. 가까이서 보니 생각보다 키가 크고 말랐다는 느낌이 들었다. 계단을 내려간 남자는 골목길을 가로질러서 목적지인 모텔로 향했다. 도로 옆에 있는 작은 길이라 주차된 차도 없었고, CCTV도 설치되어 있지 않았다. 단숨에 목적지인 모텔까지 온 남자는 바지 주머니에 넣어뒀던 장갑을 낀 다음 벽에 있는 배관을 타고 201호 창문으로 올라갔다.

미리 손을 써서 밖에서도 열 수 있게 만든 창문을 통과했다. 안으로 들어간 남자는 크로스백에서 덧신을 꺼내서 신발 위에 신었다. 그리고 조심스럽게 문 옆에 바짝 붙어 서서 크로스백에서 전기 충격기를 꺼냈다. 잠시 후, 엘리베이터 문이 열리는 소리가 났다. 201호는 바로 앞에 있어서 곧장 초인종 소리가 들렸다. 남자는 한 손으로 문을 열어 주면서 다른 손으로 전기 충격기를 살짝 켰다. 어두운 방 안으로 들어오던 한요셉의 목소리가 들렸다.

"예지야?"

무심코 들어서는 한요셉의 머리를 움켜쥐며 그대로 전기 충격기를 등에 갖다 댔다. 파지직 하는 소리와 함께 한요셉이 앞으로 쓰러졌다. 남자는 발로 문을 닫아 버리고는 쓰러진 한요셉의 등에 전기 충격기를 한 번 더 갖다 댔다. 팔다리를 부르르 떨던 한요셉이 축 늘어졌다. 남자는 쓰러진 한요셉의 옷을 벗긴 후 입에 테이프를 붙이고 손과 발은 케이블 타이로 묶어 버렸다. 그리고 휴대폰과 보조 배터리를 꺼내서 침대 위에 던져 놨다.

정신을 잃었던 한요셉이 물소리에 눈을 떴다. 팔과 다리가 케이블 타이로 묶여 있어 엎드린 상태로 아무것도 못 하고 꿈틀거리기만 했다. 입도 테이프로 막혀 있어서 억눌린 신음밖에 낼 수 없었다. 화장실의 욕조에 물을 틀어 놓은 남자가 밖으로 나오면서 한요셉을 바라봤다. 두려움과 긴장감으로 번들거리는 한요셉을 내려다보던 남자는 장갑을 낀 손으로 한요셉의 머리카락을 잡아서 일으키고는 화장실로 끌고 들어갔다. 팬티만 입은 한요셉은 계속 말을 하려고 시도했지만 소용없었다. 물이 절반쯤 찬 욕조 앞에 세운 남자가 벌벌 떨고 있는 한요셉에게 말했다.

"익사시킬 건 아니니까 걱정 마."

그러고는 한요셉을 욕조 안으로 밀어 넣었다. 물이 쏟아지는 욕조에 들어간 한요셉은 그물에 잡힌 물고기처럼 발버둥을 쳤다. 잠깐 힘이 빠지게 놔둔 남자는 밖으로 나가서 한요셉의 휴대폰과 보조 배터리를 들고 돌아왔다. 그리고 변기 뚜껑 위에 올려놓은 후에 칼을 꺼내서 한요셉의 팔과 다리를 묶은 케이블 타이를 끊었다. 케이블 타이 조각을 챙긴 남자는 한요셉의 눈을 바라보면서 말했다.

"테이프를 뗄 건데 비명을 지르면 칼로 바로 쑤실 거야. 방음이 잘되는 곳이라 소리를 막 질러도 소용없겠지만 말이야."

한요셉이 눈을 깜빡거리며 수긍하는 눈빛을 보이자 남자는 손을 뻗어서 한요셉의 입에 붙은 테이프를 떼어 냈다. 숨을 헐떡거리던 한요셉이 떨리는 목소리로 말했다.

"살려 주세요."

"사는 건 좋은 일이지."

여유롭게 대답한 남자가 한요셉의 휴대폰을 들여다봤다.

"집안 돈 처발라서 대학교에 들어가니까 천국 같지? 학교보다 클럽에 있는 시간이 더 많던데."

"누, 누구세요? 혹시 할아버지가 보낸 사람이에요?"

"할아버지가 왜?"

"저, 정신 안 차리면 혼쭐을 내겠다고 해서."

한요셉의 말을 들은 남자가 피식 웃었다.

"완전 콩가루 집안이군."

"우리 아버지 돈 많아요."

"알아. 사채업자잖아."

남자의 대답을 들은 한요셉이 눈을 깜빡거렸다. 남자가 그런 한요셉에게 말했다.

"이쪽 일을 하려면 정보는 필수야."

"어떤 일이요?"

"심판."

짤막하게 대답한 남자가 한요셉을 바라봤다. 욕조의 찬물 때문인지 부들부들 떨던 한요셉이 대답했다.

"전 잘못한 게 없는데요."

"그걸 왜 네가 판단하는데?"

"그럼 누가 하는데요?"

"너한테 피해를 입은 쪽이지. 생각이 안 나나 본데 얘기해 줄게. 강남, 오피스텔, 박윤지, 정경섭."

한요셉의 표정이 점점 더 어두워지는 걸 본 남자가 덧붙였다.

"진모태. 그리고 김교찬."

"무, 무슨 얘긴지 알겠어요. 저는 모르는 일이에요. 모태랑 교찬이가 알아서 한 거고, 저는 그냥 지켜만 봤어요."

"둘 얘기는 다르던데?"

"거짓말이라고요. 그 새끼들은 항상 거짓말만 했어요."

"이야, 정말 의리 있는 친구들이네. 다들 떠넘기기 바빠."

"우리 아빠한테 연락해요. 돈은 원하는 대로 줄 거예요. 정말 이라고요."

"궁금한 게 있어서 답변을 해 주면 아버지한테 전화해 줄게."

"아, 알겠어요."

"오피스텔 운영하자고 맨 처음에 얘기한 놈이 누구야?"

"모태 아니면 교찬이로 기억해요."

"둘은 아니야."

"왜, 왜요?"

"자기네들이 아니라고 했거든. 그리고 너희들이 쓴 방식은 뭐랄까, 혁신적이었어. 보통 머리로는 생각하기 어려운 일이라서 말이야."

남자의 질문에 한요셉은 마른침을 삼킨 채 숨죽였다. 남자는 팔짱을 끼고 한요셉을 내려다봤다. 보통 이런 경우에는 어떻게든 불리한 쪽이 먼저 굽히기 마련이었다. 예상대로 한요셉이 입을 열었다.

"유도영이요, 도영이."

남자는 속으로 빙고를 외쳤다. 이번 일에 있어서 가장 궁금했던 주모자가 밝혀졌기 때문이다.

"도영이가 처음에 아이디어를 낸 거야?"

"네. 어느 날 우릴 부르더니 어차피 공부로 성공하기는 글렀으니까 다른 방법을 쓰자고 했어요."

"같은 학교 다니는 남학생이랑 여학생을 협박해서 바지 사장을 내세워서 성매매를 시키자고 한 거야?"

"네. 처음에는 말도 안 된다고 했는데 얘기를 듣고 보니까 나쁠 거 같지 않아서……."

"그래서 실행에 옮겼구나. 그러다가 윤지가 빠져나가려고 하니까 손을 쓴 거고?"

"걔가 멍청해서 그런 거예요. 곧 끝내려고 했는데 갑자기 협박해서 그런 거라고요."

한요섭의 얘기를 들은 남자가 코웃음을 쳤다.

"너희들이 그 짓을 시킨 건 그냥 한 거고, 걔가 빠져나가려고 발버둥을 친 건 협박이야? 진짜 요즘 학교는 뭘 가르치는 거야?"

"어쨌든 저는 조용히 처리하자고 했어요. 말썽이 크게 나면 아빠랑 할아버지한테 엄청 혼난단 말이에요."

"그래서 윤지를 죽이고, 몽땅 뒤집어쓰고 끌려갔던 경섭이를 잠깐 풀려난 틈에 손을 쓴 거야?"

"도영이가 알아서 한다고 했어요. 둘을 관리한 것도 걔고, 윤지가 자꾸 빠져나가려고 하니까 마약을 주사한 것도 걔였어요. 그러다가 윤지가 포기하지 않으니까 모태한테 시켜서 우리 뒤를 봐준 아저씨한테 연락한 거고요."

"너는 그 일에 관여하지 않았다?"

"그때부터 연락도 거의 안 했어요. 걔는 진짜 미친놈이라니까요."

"그 이후에는 아무 연락도 안 했어?"

남자의 물음에 한요셉이 잠시 생각하다가 입을 열었다.

"사실은 며칠 전에 도영이한테서 연락이 왔었어요."

"뭐라고 했는데?"

"분위기가 심상치 않으니까 조심하라고요."

"무슨 분위기가 심상치 않았는데?"

"모태가 죽었고, 뉴질랜드로 유학 간 교찬이도 연락이 안 된다고 했어요. 그러니까 나대지 말고 집에 있거나 외국에 잠깐 나갔다 오라고 하고 끊었어요."

"심상치 않은 분위기라는 건 어떻게 알았대?"

"모르겠어요. 모태가 죽었다는 건 알았는데 그건 그냥 사고라고 알고 있었거든요."

"그런데 조심하라고 연락을 했다? 어떻게 그걸 안 거지?"

"걔 작은아버지인가 누군가가 경찰 쪽에 높은 사람이라고 했거든요."

한요셉으로부터 들은 얘기를 머릿속에 정리한 남자가 가볍게 웃었다. 일이 잘 풀리는 중이라고 생각했는지 한요셉의 표정 역시 풀어졌다.

"이제 아빠한테 연락해 주세요."

"연락을 할 거야, 내가 아니라 경찰이."

"자, 자수하시게요?"

한요셉의 얘기를 들은 남자는 싸늘하게 웃었다. 그걸 본 한요셉이 욕조에서 일어나려고 했다. 하지만 남자가 한발 빨랐다. 남자는 손에 쥐고 있던 보조 배터리를 욕조에 떨어뜨렸다. 그러자 한요셉이 갑자기 몸을 크게 비틀면서 욕조에 머리를 세게 부딪치더니 눈을 까뒤집은 채 천천히 물속으로 가라앉았다. 감전된 한요셉이 물 밖으로 나가려고 발버둥을 쳤다. 남자는 욕조의 모서리를 잡은 한요셉의 팔을 주먹으로 쳤다. 물속으로 도로 미끄러진 한요셉이 필사적으로 소리쳤다.

"사, 살려 주세요."

"넌, 누가 봐 달라고 했을 때 봐준 적 있어? 윤지가 고통스러워했을 때라든지, 경섭이가 바지 사장 하기 싫다고 했을 때 말이야."

"씨발, 살려 달라고!"

한요셉이 괴성을 지르며 몸을 일으키려고 했다. 남자는 들고 있던 한요셉의 휴대폰으로 머리를 찍었다. 충격을 받은 한요셉은 물속으로 다시 미끄러졌고, 두 손을 밖으로 내밀었다. 남자는 휴대폰에 미리 깔아 뒀던 스파이 앱을 이용해서 한요셉과 주고받았던 메시지와 통화 내역을 지운 후에 앱까지 사라지도록 조작하고는 물속에 휴대폰을 떨어뜨리고 밖으로 나왔다.

자신이 남긴 흔적이 있는지 확인한 남자는 들어왔던 창문으로 내려갔다. 무인 모텔이고 훔친 여자애의 휴대폰으로 예약을 했기 때문에 어떤 흔적도 남지 않았다.

골목길로 내려온 남자는 덧신을 벗어서 주머니에 쑤셔 넣고 주변을 살펴본 후 조심스럽게 골목길을 빠져나왔다. 골목길 입구에서 비틀거리던 취객을 살짝 피해서 걸어가다 아까보다 더 많아진 인파 속으로 스며들었다. 그리고 길 한복판에 모여서 떠들며 춤을 추는 외국인들 사이를 지나가면서 휴대폰으로 문자를 보냈다.

잠을 자다가 서랍 안에 넣어 둔 휴대폰의 진동음에 눈을 뜬 기태는 서랍을 열고 휴대폰을 꺼냈다. 남자가 보낸 짤막한 문자의 내용을 확인한 그가 주먹을 불끈 쥐고 기뻐했다.

한 놈 더 처리. 주동자가 누군지 확인. 곧 처리할 예정.

휴대폰을 주머니에 넣은 남자는 길거리에 있는 큰 쓰레기통에 덧신과 고무장갑을 버렸다. 그리고 마치 놀러 온 사람처럼 휘파람을 불면서 주위를 두리번거렸다. 하지만 머릿속은 방금 전에 한요셉에게 들은 얘기들로 가득 차 있었다. 사고사로 위장하긴 했지만 경찰 쪽에서 조사를 하고 있고, 그게 이번 사건의 주모자인 유도영에게 흘러들어 갔다는 것이었다. 남자가 딱 싫어하는 상황이고, 발을 뺄 이유이기도 했다. 하지만 계속 진행하기로 마음먹은 남자가 T. S. 엘리엇이 쓴 「황무지」의 한 구절을 중얼거렸다.

"한 줌의 먼지 속에서 공포를 보여 주리라."

*

길거리엔 어젯밤 광란의 흔적들이 고스란히 남아 있었다. 버려진 전단지와 마구 뿌려진 명함들이 발에 밟혔다. 보도블록의 가로수 아래에는 반쯤 마신 커피가 든 플라스틱 컵과 포장지, 쇼핑백 같은 것들이 쌓여 있었다. 그 사이를 뚫고 걷던 권성호가 걸음을 멈췄다. 24시 무인 모텔이라는 불 꺼진 간판 아래 노란색 '접근 금지' 테이프가 쳐진 입구가 보였다.

"여기네."

주변에는 구경꾼과 그들을 막는 경찰들로 바글바글했다. 원래 사람이 많은 홍대라서 그런지 구경꾼도 더 많아 보였다.

접근 금지 테이프가 쳐진 입구 쪽으로 가자 경찰 한 명이 다가왔다. 권성호는 그 앞에 서서 휴대폰을 열었다. 그리고 저장되어 있는 수천 개의 번호 중 하나를 눌렀다. 잠시 후에 상대방이 전화를 받았다.

[어이구, 어쩐 일이십니까?]

"여기 입구야. 현장에 와 있다며?"

[그건 또 어떻게 아셨습니까?]

"내가 냄새를 잘 맡잖아."

[피 냄새는 사는 데 별로 도움이 안 되는데 말이죠.]

넉살 좋은 상대방의 대답에 피식 웃은 권성호가 말했다.

"담배나 피우러 내려와."

[저, 담배 끊었습니다. 잠깐 바람 쐬러 나갈게요.]

"그래."

통화를 마친 권성호는 위쪽을 올려다봤다. 오전에 블루 코드를 통해 경찰 인트라넷에 들어갔다가 홍대의 무인 모텔에서 사망자가 발생한 것을 확인했다. 무심코 넘어가려다 사망자의 이름과 나이를 확인하고는 곧장 현장으로 향했다. 현장에 나온 담당 형사가 안면이 있는 후배라서 그나마 다행이었다. 이런저런 생각을 하는데 계단으로 내려오는 신발이 보였다. 형사들이 많이 신는 목이 긴 운동화였다.

후배를 본 권성호가 손을 번쩍 들었다. 그러자 손에 끼고 있던 라텍스 장갑을 낑낑대며 벗은 박형도 형사가 고개를 끄덕였다. 유도인지 레슬링인지 운동을 한 후배라 한 덩치 하는 데다가 머리까지 짧게 깎아서 더 험악해 보였다. 그나마 얼굴은 순하게 생긴 편이고, 눈도 약간 처져서 판다를 보는 느낌이었다. 박형도가 다가오자 권성호가 멋쩍게 웃었다.

"바쁘네."

"그러게요. 좀 쉬나 싶었는데 마포 쪽은 진짜 쉴 틈이 없어요."

"감전사라며?"

"현직도 아니신데 어떻게 그렇게 정보가 빠르십니까?"

"들판으로 나오면 냄새를 더 잘 맡아야 해. 지금 하고 있는 일이랑 좀 연관이 있어서 알아보는 중이야."

"바깥세상이 좋은가 봅니다. 때깔이 좋아지셨어."

"너도 나와 봐라. 그 안이 얼마나 따뜻한지 알 거야."

박형도와 농담을 주고받은 권성호가 무인 모텔 쪽을 힐끔 바라봤다.

"2층?"

"예. 201호, 엘리베이터 바로 옆입니다. 퇴실 시간이 되었는데 안 나오니까 주인이 비상 키로 문을 열고 들어갔나 봐요."

"무인 모텔이라며?"

권성호가 어이가 없다는 듯 묻자 박형도가 대답했다.

"말이 무인이지 주인이 안에 짱박혀 있었어요."

"어쩌다 젊은 애가 감전사를 한 거야?"

"욕조에 들어가서 휴대폰 보다가 떨어뜨린 모양이에요."

"휴대폰이 물에 들어가면 감전되나?"

권성호의 물음에 박형도가 고개를 저었다.

"아뇨. 보조 배터리로 충전하고 있었는데 그게 같이 떨어졌나 봐요."

"그럴 수도 있어?"

"출동하면서 찾아보니까 해외에서는 종종 그런 사고가 발생하나 봅니다."

"그러니까 무인 모텔에 혼자 들어와서 욕조에 발가벗고 들어 갔고, 휴대폰을 보다가 떨어뜨리는 바람에 감전사를 했다고?"

"완전히 벗은 건 아니고 팬티 차림이었어요. 어쨌든 현재로서는 딱 그겁니다."

"사고사야? 타살이야?"

권성호를 바라보던 박형도가 고개를 저었다.

"아직 모르겠습니다. 대충 살펴봤는데 외부 침입 흔적은 없었으니까요. 시신은 부검을 해 봐야겠지만 눈에 띄는 외상은 없었습니다."

"모텔은 누구랑 있으려고 예약한 건데?"

"그게 좀 이상해요."

"뭐가?"

"원래는 권예지라는 여자애 이름으로 예약이 되었는데요. 통화를 해 봤는데 자기는 예약한 적이 없다네요."

"발뺌하는 거야? 아무리 무인 모텔이지만 CCTV는 있을 거 아냐?"

"돌려 봤죠. 안 왔어요. 예약은 인터넷으로 했고요."

"그러면 누가 그 여자애 이름으로 예약을 했다는 말이잖아. 그리고 거기로 한요셉을 유인한 거고?"

"어제저녁에 한요셉이랑 같이 있었던 애들이랑도 통화했는데, 클럽에서 놀다가 술 마시러 갔는데 갑자기 전화를 하더니 약속이 잡혔다고 가 버렸대요."

"권예지랑 통화하고 여기로 왔다고?"

"그런데 권예지는 며칠 전에 휴대폰을 잃어버려서 새로 장만했다고 했습니다."

"뭐가 어떻게 돌아가는 거야?"

"누군가 권예지의 휴대폰을 훔쳐서 그걸로 모텔을 예약했고, 메시지를 보내서 한요셉을 유인한 거죠. 정황상으로 보면 통화도 음성 변조했을 가능성이 있습니다. 요즘 AI다 뭐다 무서운 세상이잖아요."

"그리고 욕조에 처박아 버린 다음에 휴대폰과 보조 배터리를 이용해서 감전사를 시켰다는건가. 사이즈가 요상하게 나오네?"

"맞아요."

땅이 꺼질 것처럼 크게 한숨을 쉰 박형도가 주변을 돌아보며 덧붙였다.

"작업당한 느낌이긴 한데, 이해가 안 갑니다. 아직 젊은 애잖아요. 기껏해야 클럽에 다니면서 여자 꽁무니나 쫓아다녔는데. 아무리 생각해도 이건 좀……."

"걔 부모 가슴에 못 박으려고 그런 거 아냐? 원한 관계 쪽?"

"그쪽도 알아보긴 했는데, 이게 좀 애매해요. 압박도 좀 들어 오고요."

"뭐라고 들어왔는데?"

"잘 포장하라고요."

"왜? 보통은 사고사도 타살이라고 방방 뛰는 게 피해자 부모 잖아."

"최대한 조용히 빨리 덮어 버리자고 하네요."

"참 요상하게 돌아가네. 뭐, 귀신에게 홀렸다…… 정도로 정리 하려나?"

"혹시나 해서 근처 CCTV랑 블랙박스 살펴보라고 지시를 내 리긴 했지만, 거기서도 뭐가 안 나오면 미제 사건으로 넘겨야죠. 아님 사고사로 처리하거나요."

"이거, 싸한데."

"그러니까 선배님도 몸조심하십쇼. 제가 해 드릴 수 있는 얘기 는 여기까집니다. 오늘 들어가면 분명 입조심하라는 얘기가 윗 선에서 나올 거 같거든요."

"그래, 고마워. 나중에 소주나 한잔하자."

"연락 주십쇼."

하지만 두 사람 다 알고 있었다. 별다른 일이 없는 한, 진짜로 연락하지는 않을 것이라는 걸 말이다. 그래도 그런 게 일상이었던 터라 권성호는 습관적으로 말을 꺼냈다. 조사를 마친 권성호는 뒷걸음질로 물러나면서 무인 모텔을 올려다봤다. 그가 조용히 혼잣말을 중얼거렸다.

"지난번에는 강원도의 조용한 바닷가였고, 이번에는 시끌벅적한 홍대 한복판이네. 종잡을 수가 없어."

조사를 별도로 하지는 않았지만, 강원도 바닷가에서 진모태를 죽인 전문가의 솜씨 같다는 느낌이 왔다. 아랫입술을 지그시 깨문 그가 한마디를 덧붙였다.

"피곤해지겠네."

청장에게 어떻게 보고할지 혼자 고민하면서 휴대폰을 꺼내 들었는데 메시지가 와 있었다. 당연히 청장이 보냈을 거라 생각한 권성호는 메시지를 확인하고는 순간 움찔했다.

진모태의 아비 되는 진경백입니다. 아들 일로 얘기를 좀 나누고 싶은데 제 로펌으로 와 주실 수 있겠습니까? 가급적 빨리 만나고 싶습니다.

정중하지만 압박감이 강하게 느껴지는 내용이었다. 그동안 청장의 요청을 무시하자 권성호에게 직접 연락을 취한 것이다. 권성호는 주저하다 답장을 보냈다.

오늘 오후에 찾아뵙겠습니다.

얼마 지나지 않아 바로 메시지가 왔다.

주소는 링크로 보내 드립니다. 4시에 뵙겠습니다.

"미치겠네."

권성호는 휴대폰을 주머니에 넣으면서 투덜거렸다. 하지만 안 갈 수는 없는 상황이었다. 길 한복판에 선 권성호는 담배 생각이 간절했지만 꾹 참았다.

*

기태는 일이 없는 날이라 집에 있었다. 요즘은 불경기라 그런지 일이 드문드문 생겼지만 그런 것 따위는 개의치 않았다. 기태는 출출해지자 냉장고에서 김치를 꺼내고 햇반을 전자레인지에 넣고 데웠다. 그리고 어제 시장 반찬 가게에서 사 온 깻잎을 꺼내서 테이블에 올려놓고는 의자에 털썩 주저앉았다.

전자레인지가 다 돌아가면서 내는 '땡' 소리에 기계적으로 몸을 일으켰다. 김이 모락모락 나는 햇반에 젓가락을 대려던 그는 혹시나 하는 마음에 안방으로 들어갔다. 안방은 커튼을 쳐 놔서 어두컴컴했다. 침대 옆 서랍을 열고 안에 들어 있는 휴대폰을 꺼냈다. 문자가 왔다는 표시를 본 기태는 두 손으로 휴대폰을 꼭 쥔 채 부엌으로 향했다. 휴대폰으로 온 문자는 링크였다. 링크를 누르자 뉴질랜드 한인 신문에서 업로드한 기사가 떴다. 기태는 떨리는 목소리로 기사의 제목을 읽었다.

지난 16일 오전, 오클랜드 하버 브리지 근처에서 발견된 한 동양인의 시신이 19세의 한국인 청년 '김교찬'으로 밝혀졌다고 뉴질랜드 경찰청 대변인이 공식 발표했다. 그는 지난 3월에 뉴질랜드로 유학차 건너왔으며, 어릴 때 뉴질랜드에 거주했던 적이 있는 것으로 알려졌다. 시신은 두부와 흉부에 한 발씩 총상을 입었으며, 지갑과 신분증이 없어서 신원 확인에 시간이 걸렸다고 대변인은 밝혔다.

뉴질랜드 경찰청은 하버 브리지 인근을 무대로 활동 중인 갱단이 금품을 갈취하려는 목적으로 살인을 저지른 것으로 보고 있지만, 정확한 범행 동기와 누구의 소행인지는 조사 중이라고 덧붙였다. 오클랜드 한인회와 영사관에서는 최근 한인들을 대상으로 하는 범죄가 늘어나는 추세라며 각별한 주의를 당부했다.

기사를 다 읽은 기태는 흐느껴 울었다.

"윤지야, 보고 있니? 널 괴롭힌 놈들이 차례차례 죽고 있다.

천벌을 받는 중이야."

고개를 숙이고 한참을 울던 기태는 가까스로 정신을 차렸다. 그리고 이미 식어 버린 햇반에 김치를 얹어서 우걱우걱 씹었다.

"마지막 녀석이 죽을 때까지 살아서 지켜볼게. 그리고 너한테 가마. 외로워도 조금만 참아라."

이제 딸과 아내를 만나러 갈 시간이 다가오고 있다는 생각에 손이 떨려 왔다. 하지만 복수가 이뤄지고 있다는 통쾌함이 두려움을 집어삼켰다.

*

진모태의 아버지가 운영하는 로펌은 서초동의 큰 빌딩에 있었다. 1층에서 경찰처럼 제복을 입은 경비원이 위층으로 올라가는 외부인들을 일일이 체크했다.

"진앤박 로펌을 방문하러 왔습니다."

"잠시만 기다려 주십시오."

전화로 확인한 경비원이 문을 열어 주면서 말했다.

"24층입니다."

가볍게 고개를 숙인 권성호는 엘리베이터에 탔다. 스르륵 올라간 엘리베이터가 24층에 멈추고 문이 열리자 양복 차림의 남자가 기다리고 있었다. 두 다리를 살짝 벌리고 손을 앞으로 모은 자세는 무술을 배운 게 틀림없어 보였다. 거기다 중년에 가까운 나이에도 머리를 짧게 깎았고 귀는 만두귀였다. 양복 차림이었지만 사무실에서 근무할 것 같은 타입은 아니었다. 권성호의 속마음을 눈치챘는지 상대방이 가볍게 웃었다.

"무술 특채 출신입니다. 경대 출신이시죠?"

"오래전 얘기죠. 지금은 끈 떨어진 신세랍니다."

"우리 대표님이 불렀으니 끈이 다시 생길지 모릅니다. 따라오시죠."

유쾌하게 대답한 직원의 가슴에는 '김일규'라는 이름과 사진이 있는 카드가 달려 있었다. 진앤박이라는 로펌명이 적힌 유리문이 자동으로 열렸다. 안쪽은 고요했다. 바닥에는 카펫이 깔려 있어서 발소리도 나지 않았고, 사무실 특유의 전화벨 소리나 목소리도 들리지 않았다. 작은 사무실들이 라디오 부스처럼 만들어져 있어서 소리가 나지 않았던 것이다. 앞장선 김일규가 권성호의 호기심을 알아차렸는지 입을 열었다.

"큐브라고 부르는 겁니다. 방음이 끝내주죠."

"저 안에서 일하는 겁니까?"

"네, 로펌에서는 같은 사무실이라고 해도 지켜야 할 비밀들이 많거든요. 저기 27번과 31번 큐브 보이죠?"

"네."

"한 사건의 원고와 피고를 각각 변호하고 있어요. 그러니까 경쟁하는 셈이죠."

"그게 가능합니까?"

어이가 없어진 권성호의 물음에 김일규가 어깨를 으쓱거렸다.

"양쪽 다 이곳을 선임하고 싶어 했거든요. 그리고 사실 내부도 경쟁 체제예요. 파트너로 올라오려면 진짜 영혼을 갈아 넣어야 하죠."

"그렇군요. 일은 할 만하신가요?"

"물론이죠. 월급도 많고, 다른 혜택도 엄청나요. 일은 머리 아 플 필요 없는 운전과 경비가 거의 전부죠. 간혹 조사하러 나가는 데 그때도 출장비와 경비가 엄청 빵빵합니다."

쉴 새 없이 자랑하던 김일규는 14번이라는 번호가 붙은 회의 실 앞에 섰다.

"계시면 대표님이 오실 겁니다."

"그러죠."

들어가려는 권성호에게 김일규가 손을 내밀었다. 악수를 할 타이밍도 아니고, 각도도 어색해서 손을 바라보는 그에게 김일 규가 말했다.

"규정상 휴대폰을 잠깐 보관하겠습니다."

"아."

권성호는 짧게 대답하고는 주머니에 있는 휴대폰을 꺼내서 건 넸다. 김일규가 가져온 주머니에 넣은 다음 위에 붙은 케이블 타이를 당겨서 밀봉했다.

"아무도 손대지 않을 거니까 걱정 마십시오."

"그러죠."

"주의사항이 있습니다. 대표님이 예민하신 편이라 가급적 심기를 건드리는 말씀은 삼가해 주십시오. 그리고 최근 개인적으로 굉장히 큰 아픔을 겪으셨습니다."

"알고 있습니다. 그거 때문에 왔거든요."

"먼저 얘기를 꺼내기 전까지는 관련된 말씀을 하지 말아 주십시오. 며칠 전에 대표님 앞에서 그 얘기를 했던 변호사가 해고당했습니다."

"변호사 해고하기 쉽지 않을 텐데요."

"조용히 사직 처리했습니다. 여기서 대표님에게 찍히면 강남에서는 변호사 노릇 하기 힘들거든요."

"이야, 변호사들도 서로 갑질하고 그럽니까?"

비아냥인지 질문인지 모를 권성호의 물음에 김일규는 어깨를 으쓱거렸다.

"우리 같은 사람은 그런 걸 판단할 필요가 없어요. 그리고 사람들은 다 똑같아요. 양복을 입었거나 작업복을 입었거나."

"그렇군요. 주의하죠."

"안에 있는 음료는 편하게 드셔도 됩니다."

14번 회의실 문이 열리고 김일규가 들어가라는 손짓을 했다.

권성호는 짧은 한숨과 함께 안으로 들어갔다. 블라인드가 쳐진 회의실 안엔 긴 테이블과 비싸 보이는 소파가 놓여 있었다. 구석에는 작은 냉장고가 있었는데 투명한 유리문 안에 커피와 생수 같은 게 들어 있었다. 비싸서 편의점에서 쳐다보기만 했던 탄산수를 권성호가 냉장고에서 꺼냈다. 한 모금 마시고 적당한 자리를 찾아서 앉으려는데 회의실 문이 열렸다.

검정색 양복에 파란 넥타이, 그리고 두툼한 안경을 쓴 반백의 남자가 들어섰다. 뒤따라서 테 없는 안경을 쓴 젊은 남자와 파란색 정장에 머리를 묶은 여자가 들어왔다. 반백의 남자가 가운데 자리에 앉았고, 두 남녀가 나란히 양옆에 앉았다. 권성호는 자연스럽게 맞은편에 앉게 되었다. 파란색 정장을 입은 여자가 태블릿 PC를 꺼내서 테이블에 올려놨고, 남자는 주머니에서 꺼낸 소형 녹음기를 양복의 윗주머니에 보이게 꽂았다. 둘 다 로펌 직원인 것 같았다.

잠시 후, 남자 직원이 일어나서는 냉장고에서 탄산수를 꺼내서 반백의 남자 앞에 놨다. 그리고 유리병에 든 커피를 자신과 여자 직원 앞에 놨다. 탄산수 뚜껑을 연 반백의 남자가 권성호가 테이블에 올려놓은 탄산수를 보고는 입을 열었다.

"탄산수를 좋아하십니까?"

짧은 말이었지만 빈틈이 느껴지지 않았다. 살짝 긴장한 권성호가 고개를 가볍게 끄덕거렸다.

"좋아하는데 비싸서 많이 못 마십니다."

"주소를 알려 주시면 몇 박스 보내 드리죠."

태블릿 PC를 켠 여직원의 손놀림이 바빠졌다. 뭐라고 대답할까 고민하는데 반백의 남자가 안주머니에서 명함을 꺼냈다.

"인사가 늦었습니다. 진앤박 로펌의 진경백 대표입니다."

"반갑습니다. 권성호라고 합니다. 명함은 따로 가지고 있지 않습니다."

명함을 챙긴 권성호의 말에 진경백 대표가 쓴웃음을 지었다.

"연락처를 알고 있으니 괜찮습니다. 바쁘신데 방문을 요청드린 건 아닌지 모르겠네요."

"청장님께 얘기는 계속 들었습니다. 다만 조사 중인 사건에 대해서는 따로 브리핑하지 않는 게 제 방식이라서요."

"브리핑을 들으려고 뵙자고 한 건 아닙니다. 그냥 궁금한 게 몇 개 있는데 직접 여쭤보고 싶어서요."

권성호는 대한민국에서 제일 영향력이 큰 로펌 대표인데도 전직 정보 경찰인 자신에게 꼬박꼬박 존댓말하는 모습에 살짝 두려움을 느꼈다. 보통 이렇게 예의 차리는 사람들이 훨씬 무섭다는 걸 누구보다 잘 알고 있었기 때문이다. 권성호는 두 손을 살짝 펼치면서 말했다.

"아는 대로 대답해 드리죠."

진경백 대표는 의자의 등받이에 몸을 기대고 양쪽을 번갈아 바라봤다. 그러자 두 직원이 약속이나 한 듯 녹음기와 태블릿 PC를 놓고 밖으로 나갔다. 문이 닫히는 소리가 들리자 진경백 대표가 다시 테이블 쪽으로 몸을 기울였다. 깍지 낀 손으로 턱을 괸 그가 사자처럼 권성호를 응시했다. 그러다가 천천히 입을 열었다.

"누가 내 아들을 죽인 겁니까?"

대충 무슨 얘기가 나올지 짐작하고 있었지만, 너무 빨리 본론이 나와서 당황한 권성호는 아까 김일규가 그랬던 것처럼 어깨를 으쓱거렸다.

"아직 조사 중입니다. 심증은 가지만 물증이 없는 상태라서요."

그러자 진경백은 여직원이 놓고 간 태블릿 PC를 권성호에게 밀었다. 화면에는 영문 기사가 하나 실려 있었다. 눈으로 기사를 읽은 권성호가 진경백을 바라봤다.

"뉴질랜드의 한인 유학생이 물에 빠져 죽었네요."

"그냥 물에 빠진 게 아니야."

진경백이 문득 말을 놓으며 덧붙였다. 다시 기사를 읽은 권성호가 입을 열었다.

"총에 맞은 다음에 바다에 버려졌군요."

"가슴에 한 발, 머리에 한 발이지. 호주 출신 변호사 말로는 전형적인 호주 갱단의 처형 방식이라고 하더군. 뉴질랜드 갱단들도 비슷하다고 했어."

"유학생이 어쩌다 갱단과 엮인 거죠?"

"마약 문제라고 하는 거 같아. 마약을 사려다가 갱단이랑 틀어진 거지. 현지 경찰이 조사에 나서고 있지만 아마 못 잡을 거 같다고 하더군."

"안타까운 일이군요. 특히, 부모 입장에서는 유학까지 보냈는데 변을 당했으니 말이죠."

"사실 내 아들 친구야. 김교찬."

진경백의 얘기를 듣고 놀란 권성호가 다시 기사를 봤다.

"알렉스 김이 김교찬이었습니까?"

"맞아. 모태랑 고등학교 때 같은 반이었지. 졸업하고 바로 뉴질랜드로 건너갔어. 어릴 때 거기에서 살았었다고 하더군."

"기묘하군요."

심각한 표정의 권성호에게 진경백이 물었다.

"죽음이 기묘한가?"

"자연사가 아닌 모든 죽음은 기묘하다는 표현을 쓰기에 부족함이 없으니까요. 거기다……."

잠시 뜸을 들인 권성호 대신 진경백이 입을 열었다.

"우연의 일치치고는 너무 가지런하지?"

예상 밖의 단어에 권성호가 살짝 갈라지는 목소리로 물었다.

"가지런하다고요?"

"기묘하고 가지런하지. 내 아들, 한요셉 그리고 김교찬, 거기다 기자와 형사까지."

"안영섭 형사는 그냥 과속으로 사고를 낸 걸로 알고 있는데요."

"서울로 올라오면서 우리 로펌에 전화를 했었네. 사표를 낼 거니까 자기를 채용해 달라고 말이야."

"뭐라고 하셨습니까?"

"거절했어. 내 아들을 보호하는 대가로 취직을 약속한 것이었거든."

잠깐 한숨을 쉰 진경백이 깍지를 낀 손을 풀면서 덧붙였다.

"아들이 죽었으니 내가 그걸 지킬 의무가 사라진 거지. 게다가 볼 때마다 내 아들이 생각날 법한 인물을 옆에 두고 싶지는 않다는 게 솔직한 심정이었고."

"그랬더니 뭐라고 했습니까? 저랑 얘기를 나눌 때는 당연히 취직을 할 수 있을 거라고 생각하고 있었던데요."

"엄청나게 화를 내긴 했지만 법적으로 따질 문제는 아니니까 어쩔 수 없다는 걸 알았겠지. 알아보니까 경찰 내부에서도 평이 안 좋고 사생활에도 문제가 있더라고."

진경백은 권성호의 얼굴을 잠깐 들여다보더니 질문을 던졌다.

"로펌이 어떻게 운영되는지 알고 있나?"

잠깐 생각하던 권성호가 고개를 저었다. 그러자 진경백이 아까 들어왔던 문을 슬쩍 바라봤다.

"두려움으로 운영된다네."

"두려움이요?"

"나쁜 놈들은 곧잘 허세를 부리지만 감옥에 가는 걸 두려워하지. 그래서 자신을 구해 줄 동아줄에 아낌없이 돈을 써. 기름칠이라고도 하고 뇌물이라고도 부르지. 하지만 21세기에는 기름칠만 해서는 빠져나가기 어려워졌어."

"법이 강화돼서 그런 겁니까?"

"아니, 보는 눈들이 많아지고. 언론들이 많아졌지. 예전처럼 다루기 어려워져서 그래. 그래서 자신들이 기름칠했다는 걸 감추기 위해 로펌을 선임해. 그러면 사람들은 로펌이 그들을 무죄로 만들어 줬다고 믿는 거지. 우린 인간의 감추고자 하는 두려움을 이용한다네. 로펌의 명성이 높을수록, 거기에 엄청난 경력을 가진 변호사가 있을수록 감추기 쉬워지지."

"일종의 욕받이인가요?"

권성호의 질문에 잠깐 고민하던 진경백이 고개를 끄덕거렸다.

"그렇게도 볼 수 있겠군. 어쨌든 우린 그런 식으로 돈을 벌어. 돈이 있으면 권력은 자연스럽게 따라붙지."

"욕을 먹고 돈과 권력을 얻으면 나쁘지 않은 거래군요."

"그래서 나는 로펌을 두려움의 제국이라고 부른다네."

"시적인 표현이시군요."

"젊었을 때 꿈이 시인이었어."

활짝 웃은 반백의 시인은 금방 차가운 로펌의 대표 진경백으로 돌아왔다.

"두려움이 커질수록 로펌은 더욱 많은 돈을 벌고 권력을 얻지. 하지만 그게 전부는 아니라는 걸 깨달았어. 아들의 죽음 이후로 말이야."

"삼가 애도를 표합니다. 너무 젊은 나이에 변을 당했어요."

"사실 내 아들은 개망나니였네."

딱 잘라 말한 진경백의 표정은 무덤덤했다. 사실, 오자마자 펄펄 날뛰면서 아들을 죽인 범인을 잡아 오라고 소리를 지를 줄 알았는데 너무 예상 밖이라 살짝 당황하기까지 했다.

"늦은 나이에 얻은 외아들이라 애지중지한 게 문제였지. 사실 로펌 때문에 바빠서 신경을 못 쓴 것도 있고 말이야."

바짝 긴장한 권성호는 진경백의 다음 얘기를 기다렸다.

"뉴질랜드 대사관 쪽에 아는 사람이 있어서 좀 알아봤지."

"김교찬 군의 죽음에 대해서 말입니까?"

무겁게 고개를 끄덕거린 진경백이 입을 열었다.

"사설 탐정을 고용해서 알아봤더니 '헬스퍼니셔'라는 오토바이 갱단 소행이라고 하더군."

"헬스퍼니셔요?"

"미국의 헬스엔젤스라는 오토바이 갱단에서 유래되어서 그런 이름이 붙었다고 하더군. 어쨌든……."

가볍게 헛기침을 하고 탄산수를 한 모금 마신 진경백이 덧붙였다.

"탐정 얘기가, 전형적인 그쪽 스타일의 처형 방식이라고 했어. 태양과 해바라기."

"무슨 뜻입니까, 그게?"

"심장에 한 발, 머리에 한 발이라고 했지? 정확하게는 얼굴이라네. 왼쪽인가 오른쪽 뺨을 뚫고 나왔다고 하더군. 태양은 심장을 뜻하고 얼굴에 쏘는 걸 해바라기로 부른다더군. 그쪽에서는 말이야."

"해바라기요?"

"총알이 앞으로 뚫고 나오면서 피부가 탁 터져서 벌려진 게 해바라기를 닮아서 그렇게 부른다네."

"죽이면서 티를 냈군요."

"맞아. 뉴질랜드 경찰청에서도 파악하고 있지만 갱단 문제에 인종까지 겹쳐 있어서 언제 발표할지 타이밍을 재고 있다고 했어."

"그냥 강도가 아니라 갱단이 작정하고 죽인 거군요. 뉴질랜드에 간 지 1년도 안 됐는데 무슨 이유에서 죽인 거죠?"

"헬스퍼니셔 쪽에서는 교찬이를 와이낫 갱단의 일원이라고 생각했나 봐."

"와이낫 갱단은 또 뭡니까?"

"뉴질랜드로 이민 온 중국인 2세들이 만든 갱단. 하버 브리지 근처까지 확장하고 있어서 헬스퍼니셔가 신경을 곤두세우고 있었어. 그런데 교찬이가 헬스퍼니셔 쪽에 줄을 대고 마약을 사려고 했나 봐."

"헬스퍼니셔 쪽에서 잘못 알고 손을 썼군요."

"그런 셈이지. 문제는 헬스퍼니셔가 왜 교찬이를 와이낫 갱단의 하수인으로 오해했는지야."

"누가 거짓말을 했나요?"

"그것도 있고, 교찬이의 SNS도 문제였어."

"그게 왜요?"

권성호의 물음에 진경백은 손가락으로 테이블을 두드리면서 대답했다.

"교찬이 SNS에 와이낫 갱단의 단원들과 같이 찍은 사진들이 있었거든. 거기다 와이낫 갱단의 상징을 찍은 사진도 있었고 말이야."

진경백의 얘기를 들은 권성호가 고개를 절레절레 저었다.

"SNS에 그렇게 해 놓고 헬스퍼니셔 갱단에게 마약을 사려고 했단 말입니까?"

"하지만 그 게시물들은 교찬이가 올린 게 아니었어. 누군가 아이디를 해킹해서 합성한 사진들을 올린 거지. 그리고 제삼자가 헬스퍼니셔의 단원에게 태그를 걸어서 보냈고 말이야."

"그게 누군지는 밝혀졌습니까?"

고개를 저은 진경백이 말했다.

"솜씨 좋은 해커의 소행이라는 것 말고는 뉴질랜드 경찰청도 감을 못 잡고 있다네."

"다른 사람의 손을 빌려서 처리한 차도 살인이군요."

"문제는 그게 누구냐겠지. 내 아들 모태를 죽인 놈의 소행일까? 경찰청장 얘기로는 전문가라고 하던데."

"'그림자'라고 부르기도 하죠. 원래는 독재 정권 시절에 말 안 듣는 야당 의원이나 운동권을 조용히 처리하던 것에서 시작했습니다."

"안기부에서 말인가?"

"시작을 따지자면 중앙정보부까지 올라갑니다. 주로 북파 공작원이나 정보사에서 퇴직한 요원들을 동원했죠. 전두환 정권 때까지 잘 쓰이다가 90년대부터 차츰 사라졌습니다. 대놓고 쓰기에는 너무 위험했으니까요. 그중 일부가 프리랜서로 풀린 게 시작입니다."

"표적을 사라지게 만든다고 들었네."

"정확하게는 증발시키는 겁니다. 살았는지 죽었는지 알 수 없도록 말이죠. 그게 아니면 눈에 띄는 부상을 입히는 거죠. 차로 들이받아서 지팡이를 짚고 다니게 만들거나 휠체어를 타고 다니게 하면 당사자는 몰라도 주변 사람들은 겁을 먹게 마련이니까요."

"그자들 중 누군가가 내 아들을 은밀하게 죽인 건가?"

잠깐 생각하던 권성호가 고개를 저었다.

"그때 풀린 프리랜서들은 범죄와의 전쟁 때 대부분 잡혀 들어갔거나 사라졌습니다. 남은 소수도 2010년대쯤에는 활동이 끝났고요."

"잘 아는군."

"제가 있던 시절 정보 경찰의 주요 업무 중 하나가 그들의 동태를 파악하는 거였으니까요."

"그럼 새로운 프리랜서가 활동한단 말인가?"

"전혀 감이 안 잡힙니다. 솜씨를 보면 치밀한데 이전까지는 흔적이 없었거든요. 실종되거나 사라질 때마다 누군가 손을 썼다는 소문은 돌았지만 말이죠. 제 추측으로는 그들에게 배운 쪽인 거 같습니다."

"대한민국 경찰의 정보력으로도 알아내지 못한다는 얘긴가?"

진경백의 물음에 권성호는 어깨를 으쓱거렸다.

"워낙 잘 숨어 있어서요. 그래서 경찰 쪽에서는 국정원의 블랙 요원 출신이거나 정보사 요원 중에 누군가가 그림자에게 노하우를 전수받은 것으로 추정하고 있습니다. 원래 솜씨 좋은 제자가 좋은 스승을 만난 거죠. 거기다."

잠시 생각하던 권성호가 입을 열었다.

"뉴질랜드에서 처리한 걸 보면 도서관이라는 킬러 조직과도 연관이 있는 거 같습니다."

"도서관?"

"국제적인 킬러 연합으로 라이브러리라고 불립니다. 96년도에 택시 회사 사장이 이혼 소송을 한 부인의 청부 살인을 의뢰한 것이 시작이었죠."

"국내에도 그런 게 가능한가?"

"확인된 게 몇 건이 있습니다. 대표적인 것으로 2003년 부산에서 러시아 마피아 두목이 킬러의 총에 맞고 죽은 적이 있었죠. 그 사건의 배후에도 도서관 조직이 있는 것으로 알려져 있습니다. 만약 이번 일의 배후에 그림자가 있고, 그자가 도서관 조직과 손을 잡은 상태라면 진실을 파헤치기가 정말 쉽지 않을 겁니다."

권성호의 대답을 들은 진경백은 한동안 생각에 잠겼다.

"어쨌든 그 정도 솜씨를 가진 사람을 고용하려면 돈이 엄청 많이 들겠지?"

진경백의 물음에 권성호는 마른침을 삼키며 대답했다.

"아주 비쌀 겁니다. 그래서 첫 번째 용의자인 박기태는 아닐 가능성이 높습니다."

"죽은 여학생의 아버지 말이군."

"그렇습니다. 신분을 위장해서 접근해 봤는데 자기 딸을 죽인 놈들의 죽음을 기뻐하고 있긴 하지만 당사자일 가능성은 적습니다."

"돈이 없어서?"

"의지도 보이지 않습니다. 복수심만 가득 차 있어요. 기회가 오면 마다하지는 않겠지만 그런 사람에게는 기회가 오지 않을 겁니다."

"나처럼 딱한 처지로군."

"자식을 잃었다는 점에서는 같은 처지라고 할 수 있겠네요."

물론 나머지는 상황이 전부 다르지만, 그 얘기까지는 하지 않았다. 잠시 생각하던 진경백이 입을 열었다.

"사실 모태는 마냥 나쁜 아이는 아니었어. 그냥 친구를 잘못 만난 거지."

"어떤 친구를 말입니까?"

"유도영이라는 친구."

권성호는 최대한 침착하고 태연하게 대답했다.

"이름은 들어 봤습니다."

아까와는 비교할 수 없을 정도로 큰 한숨을 쉰 진경백이 말했다.

"입이 열 개라도 할 말이 없긴 하지만 사실이야. 나도 그 사건을 처음 알게 된 건 한참 후였어. 아들 녀석이 파랗게 질린 얼굴로 서재에 들어와서는 다짜고짜 무릎을 꿇더군."

"윤지가 죽은 이후에 말입니까?"

"그 얘기를 하면서 다 털어놨어. 너무 어이가 없어서 난생처음 손찌검을 하고는 유도영과 통화를 했었지."

"뭐라고 했습니까?"

"아들을 감옥에 보내기 싫으면 도와 달라고 하더군. 물어보니까 내가 누군지 알고 아들을 끌어들인 거였어."

"일이 터질 때 방패로 삼으려고 했군요."

"그런 셈이지. 아들만 살짝 빼내려고 했는데 같이 공모한 증거들이 차고 넘쳤어. 녹취랑 동영상으로 말이야."

"유도영이 함정을 파 놓은 거군요."

"변명 같지만 어떻게 해 볼 방법이 없어서 일단 아들부터 구하려고 손을 썼지."

자책하는 진경백에게 권성호가 살짝 날 선 목소리로 말했다.

"덕분에 여학생도 죽었고, 바지 사장 노릇을 하던 같은 반 남학생도 죽었습니다. 거기에 가짜 기사를 쓴 기자와 편파적으로 조사한 형사까지도 죽었고 말이죠."

"알고 있어. 잔인하고 위험한 얘기지만 두 학생이 죽었을 때 안도의 한숨을 쉬었지. 아들을 감방에 보내지 않아도 된다고 생각하면서 말이야. 그런데."

웃는 건지 우는 건지 알 수 없는 표정을 지은 진경백이 덧붙였다.

"아들 녀석을 더 이상 볼 수 없는 감옥으로 보내 버렸어. 내 손으로 말이야."

"그건 대표님 잘못은 아닙니다."

권성호의 대답에 진경백이 가볍게 흩어지는 한숨을 쉬었다.

"차라리 그때 눈 딱 감고 처벌받게 했으면 어땠을까?"

권성호가 대답을 못 하는 사이 진경백이 덧붙였다.

"어쨌든 살아는 있었을 거야. 아들을 살리려고 한 게 결국 내 손으로 죽이고 만 꼴이 되어 버렸지 뭔가."

"그런 결과를 예측하지 못하셨으니까 잘못이 성립 안 되는 거 아닙니까?"

"물론 고의가 아니긴 하지. 하지만 자식 일에는 그런 걸 따질 수 없어."

"지금 아드님을 자살로 위장해서 죽인 자를 최선을 다해 쫓고 있습니다."

"그자를 잡지 말아 주게."

"예?"

정말 예상 밖의 얘기를 또 들은 권성호는 혼란을 느꼈다.

"아드님을 죽인 범인을 찾지 말라는 뜻입니까?"

"그놈을 찾아서 처벌한다고 죽은 모태가 살아서 돌아오지는 않으니까."

"물론 그렇긴 합니다. 하지만 그자가 지금까지 얼마나 많은 희생자들을 만들었는지 모릅니다. 기필코 잡아서 심판대에 세워야만 하는 게 제 임무이기도 합니다."

"과연 듣던 대로군. 역시 버리는 패로는 최고라고 청장이 생각할 만해."

"뭐라고요?"

발끈한 권성호를 본 진경백이 대꾸했다.

"청장이 공개적으로 수사를 하지 않고 자네에게 맡긴 이유가 뭔지 생각해 봤나?"

"새어 나가면 좋을 일이 없는 데다 물증이 없어서 그런 거 아 닙니까?"

"자네가 그렇게 생각하게 만들었겠지. 하지만 내 생각은 다르네."

차분하게 대답한 진경백에게 권성호가 물었다.

"어떤 생각이신지 여쭤봐도 되겠습니까?"

"죽음은 호기심으로 가는 길이기도 하지."

"너무 문학적입니다."

"그런가? 내 외아들이 무슨 짓을 저질렀는지 알 만한 사람은 다 알고 있어. 하지만 다들 내 앞에서는 아무 얘기도 못 하고 있지."

"그렇겠죠. 두려움의 제국이니까요."

그대로 돌려받은 진경백은 쓴웃음을 지었다.

"그 두려움의 제국이 유지되려면 내 아들은 사고사여야만 하 네. 그래야 다들 의문을 가지지 않을 테니까."

차분하게 얘기한 진경백을 뚫어지게 바라보던 권성호가 대답 했다.

"무슨 얘긴지 알겠습니다. 아드님을 죽인 범인을 찾아내면 무 슨 짓을 했는지 만천하에 밝혀질 수 있으니까 그걸 피하고 싶으 신 거군요."

"빨리 알아듣는군. 역시 청장이 사람 하나는 잘 골랐어."

"제가 눈치 하나는 제 기수 중에서는 으뜸이었습니다. 하지만 전 청장님에게 지시를 받았습니다."

"사적인 지시로 알고 있네. 복직시켜 준다고는 하지 않았을 거 아닌가?"

"제복을 좋아하지만 다시 입고 싶지는 않습니다."

"날 도와주면 우리 로펌에 취직시켜 주겠네. 조사원은 어차피 필요하니까."

"운전사나 경비원은 제 취향이 아니라서요."

"글자 그대로 조사원일세. 우리도 의뢰인 뒷조사부터 할 게 많으니까."

"대신 범인을 잡지 말라는 뜻입니까? 청장님이 저를 오체분시할지 모릅니다."

"경공술로 빠져나오게. 내 로펌에 들어오면 천라지망도 미치지 못할 거야."

어이가 없어진 권성호가 물었다.

"대표님도 무협지를 좋아하십니까?"

"그걸로 청장이랑 친해졌지. 김용한테 노벨 문학상을 주지 않은 건 정말 어처구니없는 일이야."

헛웃음이 나온 권성호는 잠깐 딴 곳을 바라봤다.

"버리는 패를 이렇게 챙겨 주시다니 가슴이 따뜻하시네요."

"천만에, 자식의 죽음 앞에서도 계산을 하는 냉혈한이지. 북해 빙궁의 궁주처럼 말이야."

"설마 청장님과 문파 놀이 하셨습니까?"

"나는 중원의 북쪽에 있는 북해빙궁의 궁주였고, 청장은 중원의 강남에 자리 잡고 있는 남궁세가의 가주였네."

"청장님이 왜 남궁세가였습니까?"

"그때 강남경찰서에 있었거든, 나는 북부지방법원에 있었을 때고."

"맙소사."

긴장이 끊기는 잠깐의 웃음이 흐르고 진경백이 입을 열었다.

"청장이 비밀리에 조사에 착수한다는 얘기를 들었을 때 그를 만류했었네. 내 아들은 이미 죽었고, 그걸 파헤치는 게 나에게 별 도움이 되지 않는다고 말이야. 하지만 청장은 내 얘기를 무시하고 강행했네. 이전에는 있을 수 없는 일이었지."

"청장님이 항상 말을 잘 들었습니까?"

권성호의 질문에 진경백이 조심스럽게 대답했다.

"물론 항상 부탁을 들어준 건 아니었지만 신중하게 굴었지."

"그런데 이번은 아니었군요."

고개를 끄덕거린 진경백이 입을 열었다.

"할 수 없이 직접 조사하는 자네와 만나야만 했어. 어디까지 진행되고 있는지 궁금했으니까."

"그래서 계속 청장님을 닦달했군요."

"그쪽은 내가 마음을 바꿔서 아들을 죽인 범인을 하루빨리 찾고 싶어 하는 걸로 알고 있어."

"청장님이 저만큼은 아니어도 눈치 하나는 기가 막힌데, 속이셨군요."

"어쨌든 내 뜻과 조건은 전달했다고 믿네."

"잘 알아들었습니다, 대표님. 그런데 궁금한 게 있습니다."

"뭔가?"

"청장님이 대표님의 반대에도 불구하고 조사를 시작한 이유가 뭡니까?"

"유도영 때문인 거 같아."

"강남 오피스텔 사건의 배후 말입니까?"

"그래. 그놈은 아직 살아 있으니까, 죽기 전에 범인을 찾아야겠지."

"하긴, 얼마 전에 한요셉이 죽고, 김교찬이 죽은 게 만약 아드님을 죽인 자가 또 손을 쓴 것이라면 다음은 유도영이겠군요."

"범인은 어차피 사고사로 위장해서 처리하고 있어. 뉴질랜드에서 죽은 교찬이는 갱단 손에 죽은 것이니까 신경도 안 쓰겠지. 만약 도영이까지 죽는다면 누군가 관심을 가질 것이고, 강남 오피스텔 건도 연달아 터지고 말 거야. 이번 사건에 더듬이를 들이대는 쪽이 제법 있으니까."

"그걸 막기 위해 범인을 찾아서 유도영까지 죽는 걸 막겠다는 게 청장과 배후에 있는 쪽의 입장이겠군요."

"정확해. 그러니까 자네는 버리는 패가 될 수밖에 없어. 해결을 못 하면 버려지는 거고, 설사 범인을 찾아낸다고 해도 정상적으로 처리가 되지 않겠지."

"아마 조용히 해결하려고 들 겁니다."

"맞네. 그럼 관련자들 입도 다물게 하고 싶을 거야."

진경백의 날카로운 얘기에 권성호가 씩 웃었다.

"저는 보험을 좀 들어 놨습니다. 아주 센 걸로요."

"물론 그랬겠지. 하지만 보험이라고 해도 목숨을 부지하는 정도겠지. 안 그런가?"

"정확히 보셨네요."

다시 침묵이 이어졌다. 예상치 못한 이야기로 권성호는 머리가 복잡해졌다. 이럴 때는 최대한 입을 다물고 상대방의 얘기를 들어야만 했다. 하지만 참을 수 없는 궁금증이 생겼다.

"그런데 유도영의 부모는 대체 어느 정도 파워가 있길래 청장님이 대표님의 의견도 뭉개 버리고 진행하는 겁니까?"

"그 부모는 별 힘이 없어. 작은아버지 파워가 좀 세지."

"누굽니까?"

"자네도 잘 아는 사람일세."

진경백의 표정을 살핀 권성호의 얼굴이 굳어 버렸다.

"설마⋯⋯."

"그 설마가 항상 사람을 잡는 법이지. 유도영의 작은아버지가 바로 현직 경찰청장이야. 자네에게 오더를 내린 사람."

어처구니가 없어진 권성호가 턱이 빠질 거 같은 한숨을 쉬었다.

"블루 코드로 들여다봤는데 거기도 필터링을 한 모양이군요."

"이제 돌아가는 판이 제대로 보이지?"

"아주 잘 보이네요. 겁이 날 정도로요."

권성호의 대답을 들은 진경백이 흡족한 표정을 지었다.

"빨리 알아들어서 다행이군. 물론 그 정도 판단 능력은 있을 거라고 믿었네."

무겁고 어두운 침묵이 이어지고 나서 권성호가 물었다.

"그럼 청장님이 자기 조카를 보호하기 위해서 나선 겁니까? 그런 거라면 굳이 외부 인원인 저를 쓸 필요가 없었을 텐데요. 정보 경찰 중에 입도 무겁고 똘똘한 놈을 데려다 놓으면 되는데 말입니다."

"그게 이번 사건에서 가장 눈에 띄는 점이지. 내가 캐낸 정보로는 말이야."

권성호를 응시하던 진경백이 무겁게 입을 열었다.

"청장이 입각한다는 소문이 돌고 있어."

"내각으로 말입니까? 행안부 장관이라도 되는 겁니까?"

"턱도 없는 일이지. 1호 근처로 갈 거 같아."

"대통령 비서관으로 말입니까? 의외네요."

"여러 군데 찌르고 약을 치고 있는 중이야. 처음에는 어림도 없어 보였는데 이제는 가능성이 좀 보이는 수준이지.”

“맨날 정년 퇴임해서 무협지 읽는 게 꿈이라고 하더니.”

혀를 차는 권성호를 보며 진경백이 가볍게 웃었다.

“그는 상승 무공을 가진 장문인이 되는 걸 꿈꾸고 있겠지. 경력으로 치면 아예 못 할 정도는 아니잖아.”

“그렇긴 하죠. 그러니까 남궁세가 가주님께서 꿍꿍이가 있다는 뜻이군요. 본인이 1호 옆으로 갈 때 문제가 없기를 바라는 수준으로요.”

“잘 알아듣는군. 아마 1호 옆에 비서관으로 있다가 총선에 나설 모양이야.”

“이야, 금배지까지 탐을 내다니 우리 청장님이 정말 많이 컸네요.”

“야심 가득한 사람이지. 그래도 선은 안 넘을 줄 알았는데 이렇게 손쉽게 넘어가 버리는 걸 보고 많이 놀랐네.”

“청장님은 범인을 처리해서 조카를 살리는 길이 자신의 입각과 당선을 안정적으로 만드는 길이라고 보는군요.”

“맞아. 유도영까지 죽으면 강남 오피스텔 건이 다시 불거지지 말라는 법이 없으니까. 나는 그 와중에 아들의 흠집이 세상에 드러나는 걸 원치 않는 거고.”

“팽팽하네요. 어느 편을 들어야 할지 애매하기도 하고요.”

권성호의 대답을 들은 진경백이 확신에 찬 목소리로 말했다.

“청장은 자네를 버릴 거야.”

"사실, 대표님도 안 형사를 버리셨잖아요. 저도 그렇게 될까 봐 겁나는데요."

"거둘 이유가 사라진 거지, 버린 건 아니야. 자네 같은 전문가는 우리 로펌의 수준을 높이게 만들 거야. 그러니 나에게는 인재로서 거둘 이유가 충분한 거지."

"고민을 좀 해 봐야겠네요. 일단 범인의 윤곽부터 잡아야 결정할 수 있을 거 같아요."

"필요하면 세탁된 휴대폰을 줄 수 있네. 편안하게 쓸 수 있는 카드도 물론이고."

진경백의 제안에 권성호는 손사래를 쳤다.

"일단 마음만 받겠습니다. 한꺼번에 너무 많이 받으면 탈이 나는 게 제 징크스라서요."

"알았네. 대신 범인의 윤곽이 나오거나 청장의 움직임이 있으면 슬쩍 알려 주게. 명함에 있는 번호로 말이야. 섭섭하지 않게 지원해 주고 일이 마무리되면 자네를 1급 조사원으로 채용하겠어."

"사냥개가 필요할 때면 다들 열심히 약속들을 하죠. 끝나고 나면 너 나 할 거 없이 모른 척하고 말입니다."

권성호의 가시 돋친 말에 진경백은 고개를 저었다.

"그건 잘못된 비유야. 사냥개와 사냥감으로는 이런 일을 설명할 수 없어."

"그럼 뭘로 설명합니까?"

"시소게임이지. 어릴 때 시소 타 봤지?"

"물론이죠."

"시소의 핵심은 균형이지. 한쪽이 무거워지면 다른 한쪽은 올라가게 마련이야. 두려움은 시소가 한쪽으로 기울어질 듯할 때 나타나지. 균형을 잘 잡으면 문제는 없어. 서로 두려워하지만 그게 오히려 균형을 맞추지. 나는 지방대 법대를 졸업하고 사법 고시에 턱걸이로 합격했어. 서른 살의 나이로 말이야. 하지만 25년이 지난 지금은 대한민국에서 세 손가락 안에 들어가는 로펌의 대표지. 내가 어떻게 이 자리까지 왔겠나?"

"못난 놈 짓밟고 잘난 놈 제치고 올라온 겁니까?"

"균형을 강조했지. 날 도와주면 얻을 수 있는 것을 얘기해 주고 손을 내밀었어. 그 손을 잡은 사람 중에 나에게 배신당한 사람은 없네. 날 배신한 사람은 있었지만 말이야."

"배신한 사람은 어떻게 되었습니까?"

희미하게 웃은 진경백이 대답했다.

"균형 감각을 알려 줬지, 다양한 방법을 통해서."

"그러니까 제가 균형을 지키면 시소게임을 할 수 있다는 뜻입니까?"

"충분히 가능하지. 나는 유능한 사람을 좋아하네. 어떤 분야든 상관없이 말이야."

권성호는 이제 빠져나와야 할 때라는 걸 느꼈다. 그의 눈빛을 읽은 진경백이 천천히 일어났다.

"잘 생각해 보게. 나랑 손잡아서 나쁠 건 없을 거야."

"일단 조사는 계속하겠습니다."

"물론이지. 청장이 허락했으니 알고 있는 건 나에게도 공유해 주게. 물론 나는 계속 아들을 죽인 자를 찾고 있는 걸로 해 주고."

"저를 믿으십니까? 나가자마자 청장님에게 그대로 얘기할 수도 있는데요."

"어차피 녹음한 게 없으니까 발뺌하면 그만이지. 자네가 엉뚱한 소리를 한다고 믿게 만들 정도는 돼."

피식 웃은 권성호가 의자에서 일어났다.

"이런 게 균형이군요."

"시소는 위험한 법이지."

탄산수를 챙긴 권성호가 대답했다.

"명심하겠습니다."

"주소로 탄산수 몇 박스 보내 주겠네."

"어딘지 아십니까?"

"블루 코드 정도는 나도 접근할 수 있어."

"경찰 내부 정보망이 이렇게 쉽게 뚫리다니 허무하네요."

권성호는 대답 대신 껄껄 웃은 진경백을 뒤로하고 밖으로 나왔다. 대기하고 있던 김일규가 입구 쪽을 가리키고는 앞장서서 걸었다. 천천히 뒤따라가던 권성호에게 유리문을 열어 준 김일규가 가볍게 고개를 숙였다. 권성호가 휴대폰을 건네준 김일규에게 물었다.

"시소 잘 타십니까?"

영문을 몰라 눈만 껌뻑거리는 김일규에게 잘 있으라는 말을 남긴 권성호가 엘리베이터에 올랐다. 1층으로 내려온 그는 로비로 나오자마자 휴대폰을 꺼내서 경찰청장에게 전화를 걸었다. 신호가 길게 가서 끊을까 하는데 경찰청장의 목소리가 들렸다.

[미안, 회의가 지금 끝났어. 어디야?]

"진앤박 로펌에서 방금 나왔습니다."

[뭐래?]

잠시 고민하던 권성호는 낮은 목소리로 대답했다.

"아들을 죽인 놈을 꼭 찾아 달라고 했습니다."

[그럴 줄 알았어. 어련히 알아서 하게 놔두지, 좀.]

"자식을 잃었는데 사고가 아니라 살인이라고 하면 눈이 안 뒤집힐 부모가 어디 있겠습니까?"

[그렇긴 해. 앞으로 적당히 응대해 줘. 골치 아파 죽겠다. 그나저나 한요셉 건은 뭐 나온 거 있어?]

"냄새를 좀 맡긴 했는데 아직 모르겠습니다."

[야! 너는 맨날 냄새만 맡냐? 냄새는 적당히 맡고 덥석 좀 물란 말이야.]

"안개 같은 놈이라서요. 한요셉을 무인 모텔로 유인한 방식을 보면 감이 딱 옵니다."

[야, 나는 어릴 때부터 과일 중에 감이 제일 싫었어. 그러니까 감 얘기는 그만해라, 좀.]

통화를 하던 권성호가 저도 모르게 웃고 말았다.

[야, 웃기냐? 이 상황이 지금?]

"대한민국 경찰 중에 넘버원인 사람이 아재 개그를 하는데 그럼 안 웃습니까?"

[그래, 웃어야 일류지. 한요섭한테 냄새가 났다고? 감전사니까 뭐, 탄 냄새였어?]

청장의 아재 개그를 웃지 않고 넘긴 권성호가 연이어 말했다.

"현장 조사하던 친구가 후배라서 물어봤는데, 여러 정황들이 있었다고 합니다."

[어떤 정황?]

"모텔은 여자애 이름으로 예약되었는데 정작 당사자는 그런 적이 없다고 했어요. 휴대폰도 여자애가 며칠 전에 잃어버린 거고 말이죠."

[냄새가 난다 이거지?]

"물론이죠. 귀신이 예약하지 않는 한, 한요섭을 유인한 놈의 소행인 거 같습니다. 그리고 뉴질랜드에서 실종되었다가 죽은 김교찬도 정황이 좀 의심스럽고요."

[그것도 전문가의 향기가 느껴져?]

"샤넬 넘버 5급입니다. 진짜로."

[염병하네. 하여튼 냄새는 고만 맡고 뭘 좀 물어 봐.]

"조만간 뵙고 보고드리겠습니다."

[확실하면 연락해. 알았어?]

"물론이죠. 그리고 이제 유도영 쪽을 좀 조사해 보려고요."

전화기 너머로 경찰청장이 당황한 기색이 느껴졌다. 잠시 주저하던 그가 대답했다.

[그래, 뭐든 파 보고 나오는 거 있으면 알려 줘.]

"물론이죠."

[수고.]

통화를 끝낸 권성호는 양복 차림의 샐러리맨들로 가득한 서초동을 걸었다. 이곳에서 수없이 많은 미행과 감시, 그리고 추적을 해 본 적이 있던 권성호는 지하철을 타고 박기태에게 전화를 걸었다. 몇 번의 신호가 가고 상대방이 받았다.

[아이고, 권 기자님 아닙니까?]

"잘 지내셨습니까?"

[그럭저럭이죠. 기자님은요?]

"항상 그렇듯 기사 쓰고 자료 모으느라 정신이 없었죠. 오늘 외신 정리하다가 흥미로운 걸 발견했어요."

[어떤 거요?]

"뉴질랜드 신문인데요. 하버 브리지 근처에서 갱단 간의 다툼에

희생양이 된 한국인 유학생의 시신이 발견되었다는 내용입니다."

[그런데요?]

"그 유학생 이름이 김교찬이라고 하네요. 지난번에 저한테 얘기하신 따님을 죽인 배후 중 한 명과 이름이 같지 않습니까?"

다시 기자인 척하는 권성호의 물음에 기태는 마른침을 꿀꺽 삼켰다.

[뭐라고 할 말이 없긴 합니다.]

"이제 경찰이 방관만 할 수는 없을 거 같아요."

[나는 떳떳합니다. 마음대로 조사하라고 해 주세요.]

"조만간 한번 뵙겠습니다. 지난번처럼 소주 한잔하시죠."

[얼마든지요. 연락만 주세요.]

차분함을 유지하려고 애쓰면서도 기쁨을 주체하지 못하는 것 같은 기태와 통화를 끝낸 권성호는 보도블록 위를 터덜터덜 걸어가며 중얼거렸다.

"진짜 세상에 믿을 놈 하나 없네."

6장

"인간은 파괴될 수는 있지만 패배하지는 않아."

~ 어니스트 헤밍웨이 ~

"명당이네, 명당."

산기슭에 선 남자는 몇 번이고 같은 말을 반복했다. 맞은편에는 월령산에 둘러싸인 계곡이 보였고, 한복판 야트막한 언덕 위에 별장이 자리 잡고 있었다. 기술자가 얘기한 월령에 있는 유도영 패거리들이 쓰는 별장이었다. 유도영 아버지의 별장인데, 패거리들이 그곳에 자주 모여서 파티를 열었다. 나무 옆에 선 남자는 턱에 고인 땀을 손등으로 훔치고는 쌍안경으로 별장을 관찰했다. 천천히 주변을 살펴보던 그가 또다시 감탄했다.

"위치가 너무 좋아."

고속 도로에서 국도로 빠져나와서 한 시간쯤 달리면 도착하는 장소였다. 주변이 무슨무슨 보호 구역 같은 게 겹쳐서 주민들이 없다시피 했다. 별장으로 이어지는 도로가 하나밖에 없어서 감시하기가 엄청 편리했다. 거기다 월령산의 가파른 절벽으로 둘러싸여 있어서 접근하기는 더욱 어려웠다. 당연히 위치 추적을 할 수 없도록 해 놓아서 이곳의 주소를 찾는 건 불가능했다. 별장 주변 역시 높은 벽돌 담장과 나무로 둘러싸여 있다. 나무를 촘촘하게 심어서 거의 담장 역할을 하게 만든 것이다. 대문 안쪽으로는 2층으로 된 본관과 차고를 비롯한 부속 건물들이 보였다. 본관과 부속 건물 사이로 등산복 차림의 남자들이 오가곤 했다.

"외부에서 접근하려면 하나밖에 없는 길로 와야 하니까, 금방 알아차릴 수 있겠어."

경호원이 있는 걸 보면 CCTV도 빼곡하게 설치되어 있을 게 뻔했다. 유사시 유도영과 패거리들이 여기로 도망쳐서 은신할 가능성이 높았다. 그래서 미리 사전 점검을 왔는데 생각보다 골치가 아파질 것 같았다.

"탱크라도 몰고 오지 않으면 정면 돌파는 어렵겠는데."

혼자 일하는 스타일의 그에게 정면 돌파는 적합하지 않았다. 돌발 상황이 생길 수 있고, 사람이 죽거나 다치면 언론과 경찰의 주목을 받을 수밖에 없기 때문이었다. 어떻게든 침입을 해야 하는데 현재로서는 가능성이 보이지 않았다. 꼼꼼하게 살펴보고 돌아가서 계획을 세워야겠다고 생각하던 남자는 별장에 집중하느라 주변에서 들려오는 인기척을 느끼지 못했다.

뒤늦게 낙엽이 바스락거리는 소리를 듣고 아차 싶어진 남자가 주변을 돌아봤다. 좀처럼 하지 않는 실수였는데 별장을 관찰하는 데 열중하느라 접근하는 걸 알아차리지 못한 것이다. 위쪽 산기슭에서 두 명의 체구 좋은 남자들이 나란히 내려오는 중이었다. 파란색 등산복에 검정색 부니햇을 쓰고 있었는데 그가 관찰했던 별장의 경호원들이 입는 것과 같은 옷차림이었다. 남자는 다가오는 둘을 번갈아 바라보면서 반가운 척 연기했다.

"이 동네 사십니까?"

다가오던 두 명 중 덩치가 작은 남자가 검정색 부니햇을 벗었다. 깡마른 얼굴에 턱에 상처가 있는 걸 보면 평범한 경호원은 아니었다. 그가 접근하는 동안 다른 한 명은 좀 떨어진 곳에서 남자를 지켜봤다. 한쪽 손이 살짝 뒤로 돌아간 게 보였는데 아마 가스총이나 전기 충격봉을 쥐고 있는 것 같았다. 그쪽도 평범한 경호원처럼은 보이지 않았다. 예상 밖의 상황에 살짝 당황했지만 남자는 환하게 웃었다.

"산에서 길을 잃어버렸어요. 여기가 어딥니까? 휴대폰도 안 되고, 미치는 줄 알았어요."

휴대폰이 안 되는 건 사실이었기 때문에 남자는 구세주라도 만난 것처럼 반가워했다. 하지만 두 사람은 감정을 드러내지 않았다. 부니햇을 벗은 덩치 작은 남자가 고개를 살짝 기울인 채 물었다.

"이 동네 사람이 아닌 거 같은데?"

"아! 서울에서 왔어요, 서울."

"서울에서 여기까지는 무슨 일로 오셨습니까?"

남자는 어깨에 메고 있던 카메라를 보여 줬다.

"새 사진 찍으려고요. 여기 벌새가 서식하고 있거든요. 보신 적 있어요? 아주 작은데."

"카메라 좀 잠깐 봐도 괜찮겠습니까?"

무덤덤하지만 들어줄 수밖에 없는 강압적인 목소리였다. 남자 는 떨떠름한 표정을 지으며 카메라를 건넸다. 덩치 작은 남자가 카메라에 담긴 사진들을 들여다봤다. 물론, 오면서 미리 사진을 찍어 뒀기 때문에 남자는 여유로웠다. 카메라의 사진들을 확인 한 덩치 작은 남자가 그를 바라봤다.

"여긴 어떻게 오신 겁니까, 길이 없는 곳인데?"

"그게, 벌새를 찍다가 보니까 여기로 왔더라고요. 정신을 차려 보니 어디가 어딘지 모르겠고, 휴대폰도 안 터져서 무작정 내려 가는 중이었습니다. 읍내랑 멀리 떨어져 있습니까?"

"좀 떨어져 있어요."

카메라를 건네면서 덩치 작은 남자가 중얼거리듯 물었다.

"차를 가져오셨나요?"

"아뇨. 읍내까지 버스 타고 왔어요."

카메라를 건네받은 그가 엉거주춤 대답하자 덩치 작은 남자는 손으로 목덜미를 긁었다.

"일단 우리가 읍내까지 태워 드리겠습니다."

"저, 정말이요? 고맙습니다."

남자가 당장이라도 울 것 같은 표정을 지으며 고마워했다. 부니햇을 도로 쓴 남자가 뒤쪽에 서 있던 다른 남자에게 지시를 내렸다.

"잘 붙잡아 드려. 가파르다."

툭툭 던지는 말투며 균형을 잃지 않는 몸가짐을 보면서 남자는 그가 아주아주 특수한 곳에서 복무한 군인 출신이라고 확신했다. 부축해 주는 남자의 팔 힘 역시 만만치 않았다. 거기다 부축을 해 주면서 등과 허리를 살짝 만졌다. 무기 같은 걸 숨기고 있는지 확인한 것 같았다. 그런 남자의 짐작은 부축해 준 쪽과 앞서가던 쪽이 손짓으로 신호를 주고받는 걸 보면서 확신으로 변했다. 아무래도 둘 사이는 지휘관과 부하 같았다.

산기슭을 내려가서 별장과 연결된 도로에 도착하자 앞장섰던 작은 덩치의 남자가 같이 온 부하에게 명령했다.

"가서 3호차 끌고 와."

알겠다고 대답한 부하가 뛰어갔다. 그 모습을 바라보던 남자가 부니햇을 매만지는 덩치 작은 남자에게 물었다.

"그런데 뭐 하시는 분들입니까?"

"저기 별장을 관리하는 사람들입니다."

자연스럽게 별장 쪽을 바라본 남자가 의아하다는 표정으로 물었다.

"이런 곳에 별장이 있네요? 저런 곳은 누가 사는 겁니까? 꽤 커 보이는데요."

"지금 우리가 있는 곳도 별장 땅입니다."

상대방의 말에 남자는 서 있는 도로를 내려다봤다.

"그래요? 그럼 도로도?"

"네, 별장에서 낸 거죠. 주변 산도 개인 사유지라 사실은 무단 침입하신 겁니다."

"아! 전혀 몰랐습니다. 죄송합니다."

고개를 꾸벅 숙인 남자에게 상대방이 말했다.

"뭐, 그럴 수도 있죠. 그런데 이 근처에서 벌새는 본 적이 없었는데 어디서 보셨습니까?"

예상 밖의 날카로운 질문에 남자는 당황한 걸 감추기 위해 아까 내려왔던 산을 바라봤다.

"저기 큰 산 너머였어요. 정신없이 따라오다 보니까 어느 순간 사라졌더라고요."

손짓을 해 가면서 정신없이 얘기하는 남자를 본 상대방이 피식 웃었다.

"산에 오르면 길을 잃기 쉽죠."

"여긴 또 처음이라서요. 폐를 끼쳤습니다."

"아닙니다. 다음부터 주의하시면 되지 않겠습니까?"

"물론이죠. 다시는 정신 팔지 않으려고요."

잠깐 침묵이 이어지고 상대방이 주머니에서 담배를 꺼냈다.

"한 대 피우시겠습니까?"

남자는 바로 손사래를 쳤다.

"고맙습니다만, 저는 안 피웁니다."

실제로 안 피우기도 했지만, 지문과 DNA를 남기지 않으려고 한 것이었다. 상대방은 아쉬운 표정으로 담배를 입에 물고 불을 붙였다. 담배 연기가 어둑해지는 계곡 사이로 증발해 버렸다.

잠시 후 별장의 문이 열리고 검정색 SUV가 모습을 드러냈다. 그러면서 지지직거리는 무전기 소리가 들렸다. 상대방이 등산복으로 가린 허리 뒤쪽에 무전기를 차고 있었던 것이다. 검정색 SUV가 정확하게 두 사람 앞에서 멈췄다. 뒷문을 연 상대방이 손 짓했다.

"먼저 타시죠."

"고맙습니다."

안으로 들어간 남자 옆에 상대방이 탔다. 아까 봤던 상대방의 부하가 운전대를 잡고 있었다. 문이 닫히자 부하가 말했다.

"출발하겠습니다, 김 이사님."

김 이사라고 불린 남자는 대답 대신 고개를 끄덕거렸다. 차가 다시 출발하자 시트에 몸을 맡긴 남자는 안도의 한숨을 쉬었다. 그런 남자에게 김 이사라고 불린 상대방이 물었다.

"원래는 무슨 일을 하십니까?"

"아, IT 쪽에서 일하다가 쉬고 있습니다. 주식이랑 비트코인으로 좀 벌어 놔서요."

"손해 보는 사람들이 많다고 하던데 대단하시네요."

"욕심만 버리면 됩니다. 다들 끝까지 올라가기를 기다리는데 그러다가는 폭망하거든요."

은근슬쩍 잘난 척을 하면서 슬그머니 상대방을 살펴봤다. 하지만 김 이사는 별로 관심을 기울이지 않았다. 이후로 무미건조한 얘기들이 오고 가는 와중에 남자를 태운 SUV는 읍내에 도착했다. 주황색으로 칠해진 터미널 앞에 멈춰 선 SUV에서 내린 남자가 뒤따라 내린 김 이사에게 활짝 웃어 보였다.

"아이고, 정말 고맙습니다. 도와주지 않으셨으면 한밤중까지 헤맬 뻔했어요."

"아닙니다. 살다 보면 길을 잃을 때가 종종 있지요. 살펴 가십시오."

인사를 마친 김 이사는 도로 SUV에 탔다. 남자는 떠나가는 SUV에 손을 흔들어 주고는 길 건너편에 있는 터미널로 걸어갔다. 안으로 들어가자 낡은 의자에 몇 명의 노인들이 앉아서 TV를 보고 있었다. 사람이 표를 팔던 매표소는 폐쇄되어 있었고,

옆에 무인 판매대가 보였다. 그곳으로 가서 버스표를 끊은 뒤 빈 의자에 가방을 내려놓고 카메라만 챙겨 화장실로 갔다.

소변을 본 남자는 손을 씻고 밖으로 나오면서 천천히 주변을 살폈다. 평범한 사람들 사이에서 그렇지 못한 존재가 눈에 띄었다. 가방이 있는 곳으로 걸음을 옮기며 조심스럽게 주위를 훑었다. 대부분이 노인이라서 감시자가 붙기에는 좋은 환경이 아니었다. 하지만 남자는 오랜 경험상 누군가 자신을 주시하고 있다는 느낌을 지울 수가 없었다.

목이 뻐근한 척 머리를 한 바퀴 돌리면서 주변을 쓸어 봤지만, 역시 감시자로 보일 만한 인물은 없었다. 남자가 고민에 빠져 있는데 무전기가 지직거리는 소리가 들렸다. 아까 김 이사가 가지고 있던 무전기에서 나던 소리와 비슷했다. 소리를 듣고 놀란 척 주변을 돌아보는데 뒤쪽 자판기 옆에 서 있는 경찰이 보였다. 뭔가 무전을 하던 경찰과 눈이 마주친 남자는 가볍게 인사를 하고 도로 앞을 바라봤다.

잠시 후, 월령시로 가는 버스가 도착했다. 의자에 앉아 있던 노인들 몇 명이 힘겹게 몸을 일으키는 가운데 남자 역시 가방을 챙겨서 일어났다. 승강장으로 나와서 버스에 탄 남자는 가방을 위쪽 짐칸에 놓고 의자에 앉았다. 무심코 창밖을 쳐다보는 척하면서 승강장을 살펴보는데 따라 나온 경찰이 눈에 들어왔다.

"설마."

커튼을 치는 척하고 살짝 틈을 내서 바라봤다. 마지막 승객이 탄 후 기사가 안전벨트를 매라고 외치는 소리가 들렸다. 잠시후, 버스가 터미널을 서서히 빠져나갔다. 경찰은 승강장에 그대로 서 있었다. 옆으로 크게 커브를 돈 버스가 속도를 내기 전, 골목길 끝에 서 있는 검정색 SUV가 남자의 눈에 들어왔다. 커튼을 다시 친 남자는 머릿속으로 이후의 광경을 떠올려 봤다.

'저 경찰이 김 이사에게 가서 내가 떠난 걸 보고하겠지.'

일이 생각보다 복잡하게 돌아간다는 생각에 남자는 가볍게 신음 소리를 냈다. 치명적이지는 않지만 근래 드물게 실수를 한 것이었다. 거기다 얼굴까지 보였으니까 변장을 하지 않는 한 정문으로 들어가는 건 어려울 거 같았다. 남자는 잠시 생각하다가 눈을 감고 잠을 청했다. 오랜만에 사냥을 하는 게 아니라 사냥감이 되어 버린 기분을 빨리 털어 버리기 위해서였다.

*

권성호는 한때는 기원이었다가 정보지를 만드는 회의가 열리는 곳으로 들어섰다. 경찰청장에게 임무를 받은 이후 이곳에 드나드는 횟수가 줄어들었다. 어차피 그는 주요 멤버가 아니라서 다들 크게 신경 쓰는 눈치는 아니었다. 회의는 이미 시작된 상태라 조용히 끝쪽 빈자리에 가서 앉았다. 지금 조사하고 있는 것을 얘기하면 꽤 눈길을 끌 게 분명했지만 입을 꾹 닫고 다른 얘기만 꺼냈다. 대충 마무리가 될 즈음, 전직 국정원 정보관이 입을 열었다.

"확실한 건 아니지만 기술자 K가 사라진 거 같습니다."

"K가?"

리더의 물음에 전직 정보관이 고개를 끄덕거렸다.

"맞습니다. A급이죠. 무슨 일이든 처리해 주고, 뒤처리가 완벽해서 국정원에서도 비공식적으로 오더를 한 적이 있었죠."

"갑자기 사라졌다면 은퇴한 건가?"

"그건 아닌 거 같고, 보디가드들 말로는 누가 찾아왔었다고 합니다. 그 직후 사라졌고요."

대답을 들은 리더가 깍지 낀 손을 턱에 괴었다.

"계속 얘기해 봐."

"그러니까, 사무실에 있는데 누군가 택배를 가지고 들어온 척했다가 보디가드들을 순식간에 제압했답니다. 그리고 기술자도 제압했고 말이죠."

"찾아온 놈이 누군데?"

"얼굴을 제대로 못 봤답니다. 순식간에 제압당해서요. 그리고 기술자가 둘이 얘기하겠다며 나가라고 했는데 몇 시간 후에 돌아와 보니 사라졌답니다. 핏자국만 남긴 채로요."

"누군가 기술자를 삭제하려고 사람을 보냈군."

"그런데 방법이 좀 이상합니다. 지워 버리려면 목격자가 없는 곳에서 처리하든지, 아니면 목격자까지 같이 없애야 하는데 보디가드들은 그냥 풀어 줬거든요."

"기술자는 아직까지 행방불명인가?"

"모든 신호가 다 끊겼습니다. 사망한 것으로 보입니다."

"혹시 위험한 일에 발을 담갔다가 처리된 건가?"

"신중한 친구라 그런 일은 애초에 의뢰를 받지 않았을 겁니다."

"그 정도로는 정보지에 올리기 어려워. 안 그래?"

"좀 더 확인해 보겠습니다."

"사라진 기술자가 마지막으로 처리한 건이 뭐였지?"

"강남 오피스텔 건입니다."

"여고생이 성매매를 하다가 자살한 사건을 맡았다고?"

낯익은 단어가 나오자 권성호는 귀를 쫑긋 세웠다. 전직 정보관이 고개를 끄덕거렸다.

"오피스텔을 운영하던 금수저들 꼬리를 잘라 줬다고 합니다."

"혹시 그 건일까?"

"당사자가 사라져서 확인할 길이 없습니다."

잠깐 고민하던 리더가 깍지 낀 손을 풀었다.

"이 건은 확실해질 때까지 일단 보류. 우리 정보지를 읽는 사람은 항상 결론을 원해."

"알겠습니다."

몇 가지 얘기가 더 오가고 회의가 끝났다. 조용히 듣고 있던 권성호는 재빨리 전직 정보관에게 다가갔다. 노트북의 전원을 뽑고 짐을 정리하던 정보관이 다가오는 그에게 물었다.

"왜?"

"여쭤볼 게 있어서요."

"뭐가 궁금한데?"

"기술자 건이요."

"나도 잘 몰라. 정보지에 실리지 않으면 더 조사할 일도 없고."

"보디가드를 좀 만나 보고 싶은데요."

"파 볼 게 있어?"

"개인적으로 조사 중인 것과 연관이 있을지 몰라서요."

이 바닥에서 정보는 곧 돈이자 권력이었기 때문에 누구든 자신이 가지고 있는 건 쉽게 내놓지 않았다. 아무리 사소한 것이라고 해도 말이다. 권성호는 고민하는 전직 정보관에게 미끼를 던졌다.

"이걸로 뭔가 알아내면 넘겨드릴게요."

"진짜?"

"저는 따로 조사하는 게 있어서요."

미심쩍어하는 전직 정보관을 구슬린 권성호는 필요한 정보를 얻었다. 휴대폰으로 그가 보여 준 명함 사진과 정보들을 입력하던 권성호가 물었다.

"기술자는 어떻게 되었을까요?"

"죽었겠지. 이 바닥에서 소식 끊기면 뻔하잖아."

"은퇴했을 수도 있잖아요."

권성호의 물음에 전직 정보관이 피식 웃었다.

"너나 나나 은퇴하지 않았잖아. 이 바닥에서 자기 발로 일 그만두는 사람 봤어?"

틀린 얘기는 아니라서 수긍한 권성호에게 전직 정보관이 덧붙였다.

"찾아내는 정보는 곧장 얘기해 줘."

"그러죠."

필요한 정보는 얻었기 때문에 선선히 승낙한 권성호는 얼굴 사진을 전송받은 다음 밖으로 나왔다. 그리고 예전부터 거래하던 정보원들의 텔레그램에 이름과 사진을 뿌리고는 제일 먼저 연락하면 300만 원을 주겠다고 덧붙였다.

"낚싯대를 드리웠으니 이제 기다려 볼까?"

*

흔들의자에 앉아서 책을 읽던 남자가 와인 잔을 들었다. 스피커와 연결된 인공지능 왓슨이 물었다.

[무슨 책을 읽고 계십니까?]

"맞혀 봐."

[눈이 없는 인공지능에게 그런 걸 묻다니, 고약하십니다.]

"보지 말고 추론해 보란 뜻이야."

[그런 것에 알고리즘을 낭비할 이유가 없습니다.]

"인간미가 없어, 진짜."

남자의 투덜거림에 인공지능 왓슨이 대답했다.

[저는 인간미가 있을 이유가 없지 않습니까?]

"알았어. 세팅을 그렇게 한 내 잘못이지. 지금 읽고 있는 책은 헤밍웨이의 『노인과 바다』야."

[말투를 분석한 결과 사실일 확률이 87퍼센트네요. 그런데 의외군요.]

"뭐가?"

[그 책은 주인공이 목표를 이루지 못한 것으로 알고 있습니다. 항상 성공만을 바라는 분과는 맞지 않는 것 같습니다만.]

"마지막에는 살아남았잖아. 그리고 인간은 패배하기 위해 창조된 존재가 아니야. 인간은 파괴될 수는 있지만 패배하지는 않아."

[『노인과 바다』에 나오는 구절이군요.]

"맞아. 나는 실패할지는 몰라도 패배하지는 않아. 사라지지도 않을 거고."

[합리적인 결정을 내리면서 왜 이번 의뢰를 받아들이신 겁니까? 금전적이나 여타 다른 이득이 전혀 없는데 말이죠.]

"협박을 받았잖아. 사진이 넘어가면 그동안 내가 쌓은 신뢰는 사라져 버리고 말 거야."

[차라리 박기태를 죽이고 사진을 회수하는 게 훨씬 합리적입니다. IT를 잘 모르는 사람이라 백업을 만들어 뒀을 확률도 희박하고요.]

왓슨의 얘기를 들은 남자는 가볍게 혀를 차면서 와인 잔을 테이블에 내려놨다.

"인간은 패배하지 않는 존재라고 했잖아. 자식한테 패배하는 모습을 보이고 싶지 않았던 거겠지. 세상에서 제일 무서운 게 자식을 잃은 부모야. 더 이상 잃을 게 없으니까."

[전혀 합리적이지 않군요. 자신의 목숨이 가장 소중한데 말이죠.]

"그게 인간이야. 그러니까 잠자코 시킨 결과물이나 얘기해 줘 봐."

[일단 월령경찰서 내부 자료들을 해킹한 결과를 알려 드리겠습니다. 의심하신 대로 김 이사와 현지 경찰들 간의 유착 관계가 존재합니다.]

"얼마나?"

[현지 경찰서장이 '형님'이라고 지칭하면서 보낸 이메일이 몇 개 존재합니다. 몇몇 경찰들은 아예 정기적으로 돈을 받고 외곽 순찰을 규정 이상으로 자주 돌거나 개인적인 부탁을 들어주고 있습니다.]

"그래서 터미널에서 나를 감시한 거군."

[그런 것으로 추정됩니다. 따라서 월령시에 있는 해당 별장을 공격하거나 침입하다가 경찰에 체포되면 굉장히 위험한 상황에 처하게 될 가능성이 높습니다.]

"사실상 경찰도 한패거리라는 얘기군."

[그렇습니다. 침투하게 되면 적어도 경찰에게 들키지 않을 방법을 고려해야만 합니다. 잘못하면 공공의 적이 되어 버리는 셈이죠.]

"난 어둠의 존재니까 경찰과 엮이면 위험해. 일단 그건 알겠고, 다른 조사는?"

[드론 동호회에 비공식적으로 용역을 넣었습니다.]

"별장을 살펴본 거지?"

[네. 주간 두 차례, 야간에 한 차례 촬영했고, 결과물을 어제 받았습니다.]

"분석 결과는 어때?"

[긍정적인 대답을 원하십니까? 아니면 부정적인 대답을 원하십니까?]

"그런 것도 선택하는 알고리즘이 있어?"

[어차피 저의 정보는 참고만 하신다는 걸 알고 있습니다. 이미 결론을 내리고 빈틈을 찾기 위해 저에게 질문을 했던 경우가 78퍼센트가 넘습니다.]

"너무 넘겨짚은 거 아니야? 아무리 인공지능이지만 말이야."

살짝 장난치듯 말하자 인공지능 왓슨이 대답했다.

[저는 항상 데이터와 결론을 통해 상황을 파악하고 분석합니다. 마음에 안 드시는 답변은 할 수 있지만 틀린 답변은 하지 않습니다.]

"인정머리 없기는. 결과나 빨리 얘기해, 객관적으로."

불이 꺼지고 한쪽 벽에 드론이 상공에서 촬영한 별장의 영상이 보였다.

[일단 주간 촬영 영상을 분석한 결과, 짐작하신 대로 가운데 건물이 VIP용으로 추정됩니다. 건평은 200평이 조금 넘고 지하 1층과 지상 2층으로 만들어졌습니다. 건물 내부는 촬영하지 못했지만 일단 1층은 거실과 응접실로 구성되었고, 2층에 침실들이 있는 것으로 보입니다. 2층 외부 테라스에 인피니트 풀이 있고, 2층 지붕에는 파라솔과 미니 골프장이 설치되어 있습니다. 지하는 부엌 공간과 보일러를 비롯한 냉난방 장치, 그리고 비상식량 창고와 자가 발전기가 있는 것으로 보입니다. 앞으로 이곳을 '본관'으로 지칭하겠습니다.]

"부속 건물들은?"

[정문 옆에 대형 차고가 보입니다. 미니버스까지 들어갈 정도로 큰 차고이며, 평소에는 순찰용으로 보이는 SUV가 두 대 있습니다. 앞으로 '정문 옆 차고'로 지칭하겠습니다.]

"다음은?"

[본관 앞쪽에 단층 건물이 하나 보입니다. 일자형 건물이고 좌우 측과 앞뒤로 출입문이 있습니다. 위성 안테나가 설치되어 있으며, 대량의 배전 설비들이 있는 것으로 봐서는 별장 내부와 주변을 감시하는 CCTV 관제 센터로 보입니다. 앞으로 '관제실'로 지칭하겠습니다.]

"경호원들은 어디 머물지? 출퇴근할 상황은 아닌 것으로 보이던데 말이야."

[주야간 영상을 모두 분석한 결과 본관 뒤쪽 담장에 바짝 붙어 있는 단층 건물이 경호원용 숙소로 추정됩니다. 앞으로 '경호원 숙소'로 지칭하겠습니다.]

주간에 찍은 영상에서 본관 뒤쪽이 확대되었다. 나무 사이로 하얀색 단층 건물이 보였다.

"몇 명일까?"

[숙소의 크기와 창문의 크기를 보면 최소 12명, 최대 24명입니다. 하지만 영상들을 분석한 결과 10여 명 정도로 파악됩니다.]

"하긴, 서울 한복판도 아니고 경호원들을 무작정 늘릴 수는 없겠지. 무장 상태는?"

[눈에 띄는 무장은 없었습니다. 가스총과 전기총, 삼단봉 정도를 휴대했을 것으로 보입니다만, 주의할 점이 있습니다.]

"뭔데?"

[별장 관리인 김 이사의 이름으로 경찰서에 엽총 세 자루가 영

치되어 있습니다.]

"유사시에 쓸 생각인가?"

[가능성이 높습니다. 실제 수렵을 한 적은 한 번도 없었으니까요. 원래대로라면 경찰서에 있어야 하지만 저택 안에 있을지도 모릅니다. 게다가 별장은 외딴곳에 떨어져 있어서 총성이 외부에 들리지 않을 수도 있습니다. 가장 가까운 민가가 17킬로미터 정도 떨어져 있으니까요.]

"경호원들도 실력이 보통이 아닌 것처럼 보이는데?"

[영상이 촬영되는 시간 동안 26번의 순찰을 돌았는데 시간을 어긴 적이 한 번도 없었습니다. 움직임이나 감시 공간을 지켜보는 것도 효율적이고 경험이 많아 보였고요.]

"골치 아프겠군. 그 밖에 특이 사항은?"

[확실하지는 않지만, 외부로 이어지는 비밀 통로가 있을 것으로 추정됩니다.]

"왜 그렇게 생각하는데?"

[관리인 중 한 명이 정문으로 나가지 않고 도로에 나타난 걸 확인했습니다.]

"관리인? 경호원이 아니라?"

[경호원 숙소와 나란히 같은 크기의 건물이 하나 있는데 관리인들의 숙소로 추정됩니다. 전기 계통 담당자로 보이는 남성이 한 명 확인되었고, 식사와 청소를 맡은 여성 두 명도 확인되었습

니다. 확인은 못 했지만 별장을 관리하는 관리 책임자도 있을 것으로 추정됩니다.]

"그 많은 사람들이 모두 상주한다고?"

[평상시는 경호원 두세 명과 관리인만 상주하는 것으로 보입니다. VIP가 있을 때만 인원이 충원되는 것으로 추정됩니다.]

"VIP면?"

[유도영 아버지가 여러 가지 용도로 사용하는 별장으로 보입니다. 성적인 향응이 포함된 접대와 비밀회의, 그리고 뇌물이 아마 여기서 오고 갔을 겁니다. 그리고 강남 오피스텔 사건의 주동자인 유도영과 그의 친구들도 이용한 것으로 보입니다. 참고로 유도영의 작은아버지가 현직 경찰청장입니다.]

화면이 다시 바뀌면서 제복을 입은 중년의 경찰이 보였다.

"제대로 얽혀 있군. 강남 오피스텔 건이 묻힌 건 저 아저씨가 힘을 쓴 탓인가?"

[가해자 아버지들이 힘을 합쳐서 무마한 것으로 보입니다.]

"하긴, 돈이 넘쳐나는 부자에, 로펌 대표, 경찰청장까지 있으니 못 덮을 게 없었겠지. 기술자가 설계까지 했으니 말이야."

[현재 생존한 가해자는 주동자인 유도영과 김광준, 그리고 박진혁입니다.]

"셋 다 국내에 있지?"

[현재 대학교에 입학해서 재학 중입니다. 각자 SNS를 가지고

있어서 근황을 파악하는 중입니다.]

"친구들이 죽은 걸 알고 있을 텐데?"

[그래서 경호원들과 함께 움직이고 있고, 외출을 최대한 자제하고 있습니다.]

"점점 처리하기가 어려워지겠군."

[김교찬처럼 해외로 나갈 가능성이 큽니다. 셋 다 미국과 호주 국적을 보유하고 있는 상태입니다.]

"돈과 백이 있는 집안 자식들이라 그런가 보네. 군대 안 가고 외국으로 나갈 계획이었군."

[그럴 것으로 추정됩니다. 이번 사건이 불거지면 예상보다 빨리 외국으로 나갈 가능성이 있습니다.]

"빨리 처리해야겠어."

[이제는 경계가 심해져서 한요셉처럼 유인하는 것도 쉽지 않을 것으로 보입니다.]

"영상들을 계속 분석해서 침투할 수 있는 지점이 있는지 찾아봐. 아까 얘기한 비밀 통로도 찾아보고."

[알겠습니다.]

"그나저나 영상을 찍는 게 들키지는 않았겠지?"

[스티로폼과 FRP로 만든 드론으로 북한 지역을 촬영한 경력이 있는 팀입니다. 가상의 인물을 생성해서 텔레그램을 통해 의뢰했고, 가상 계좌로 보수를 입금했습니다.]

"좋아. 우선 영상 분석 부탁해. 최악의 경우엔 밀고 들어가야 할지도 모르니까."

[분석에 들어가도록 하겠습니다. 하지만 잠입한다고 해도 성공할 가능성은 매우 낮습니다. 설사 성공한다고 해도 문제가 발생할 가능성이 높습니다.]

"무슨 문제?"

[주동자인 유도영까지 죽는다면 다른 가해자들이 해외로 나가 버릴 겁니다. 그럼 처리할 수 있는 확률이 50퍼센트 이하로 떨어지는 분석 결과가 나왔습니다.]

"한곳에 모아 놓고 한꺼번에 처리해야겠네."

[서로 모이려고 하겠습니까?]

"생각이 없으면 그렇게 하도록 만들어야지."

[인간들의 문법은 너무 어렵습니다. 패배했는데도 파괴되지 않았다고 주장하는 것도 그렇고.]

"인간이 그만큼 복잡한 존재라는 뜻이지."

[이해했습니다. 다음 스케줄을 진행하러 가실 시간입니다.]

"그래, 영상 분석 잘해 놔."

[알겠습니다, 주인님.]

한쪽 벽이 열리자 남자는 아쉬운 표정으로 흔들의자에서 일어났다. 그리고 열린 문을 통해 바깥세상으로 나갔다.

＊

"저기야?"

권성호의 물음에 정보원은 고개를 끄덕거렸다. 권성호는 그런 정보원이 쓰고 있던 헌팅캡을 벗겼다.

"내가 뭐라 그랬어? 묻는 말에는 '예'나 '아니오'라고 대답하고 시작하라고 했지?"

갑작스러운 권성호의 반응에 정보원은 냉큼 태도를 바꿨다.

"죄송합니다. 저기 있는 거 맞아요."

"씨발, 내가 경찰 아니라고 개기는 거야? 전직 경찰은 경찰이 아니지?"

"그, 그건 아니고요."

"너 태도가 개 불량하다고 썰 한번 풀어 줘? 내일부터 손가락 빨게 해 줄까?"

"자, 잘못했습니다."

바짝 기가 죽은 정보원에게 헌팅캡을 던져 준 권성호가 물었다.

"저기 3층 맞지? 저 거지 같은 병원은 뭐 하는 곳이야?"

"프로포폴 전문 병원이요."

대답을 들은 권성호는 2차선 도로 건너편의 허름한 3층 건물을 바라봤다. 1층에는 편의점과 허름한 식당이 있었고, 2층은 학원 간판이 걸려 있었다. 3층은 병원이었는데 건물 자체가 너무 허름해서 보디가드까지 고용해서 올 손님은 없을 것 같았다. 그런데 프로포폴이라면 얘기가 달랐다.

"돈 버는 방법을 알아차렸군."

"엄청 긁어모아요. 프로포폴에 환장한 사람들은 뽕보다 더하다고 했으니까요."

"그런데 왜 보디가드까지 대동하는데?"

"그걸 맞는 동안 정신이 오락가락하거든요. 여자들 같은 경우 남자 의사들이 못된 짓을 하거나 벗겨 놓고 동영상이나 사진을 찍는 경우가 종종 있으니까요."

"정말 못 믿는 세상이 되어 버렸네, 그치?"

"그, 그럼요."

권성호는 비위를 맞춰 주기 위해 웃는 정보원에게 품속에서 봉투를 꺼내서 던졌다.

"5만 원짜리라 봉투가 얇은 거야."

"저, 정말 고맙습니다."

"이제 시키는 대로 해."

돈을 챙긴 정보원이 조심스럽게 대답했다.

"꼭 그거까지 해야 합니까? 메시지는 그냥 행방만 알아봐 달라고 하셨는데."

"넌 진짜 많은 문제가 있는데 말이야. 그중에서 가장 큰 문제는 말대꾸한다는 거야. 하기 싫으면 다시 내놔."

"아니, 줬다가 뺏는 건 너무하시지 않습니까?"

"말대꾸하는 건 너무하지 않고? 내가 얘기한 대로만 해."

"그럼 저 앞으로 저 형님이랑 평생 척지게 된다고요."

권성호는 울상을 짓는 정보원을 보면서 혀를 찼다.

"얘가 진짜 상황 파악을 못 하네. 저울의 어느 쪽이 무거워? 저쪽이야?"

병원이 있는 3층 창문을 힐끔 본 권성호가 덧붙였다.

"아니면 내 쪽이야?"

압박을 받은 정보원은 바로 굴복했다. 두 손을 든 그가 말했다.

"알겠어요. 시키는 대로 할게요. 대신 보너스 좀 챙겨 주세요. 당분간 잠수 타야 한다고요."

"걱정 마."

권성호는 징징거리는 정보원을 보면서 재킷을 입은 가슴을 툭툭 쳤다. 건네받은 헌팅캡을 푹 눌러 쓴 정보원은 좌우를 살피면서 2차선 도로를 건넜다. 공유 킥보드 한 대가 기대져 있는 좁은 입구로 들어간 정보원의 모습이 위로 사라졌다. 권성호는 근처에 있는 전봇대에 몸을 기댔다가 화들짝 놀랐다.

"앗! 따가워."

전봇대에는 전단지를 붙이지 못하도록 뾰족한 가시 같은 것이 다닥다닥 붙어 있었다. 권성호는 어깨를 만지작거리며 투덜거렸다.

"지압판도 아니고 말이야."

정보 수집은 시간과의 싸움이었다. 상대방이 내 뜻대로 한다는 보장이 없기 때문에 하염없이 기다려야만 했다. 경찰이 잠복하는 것과 같은 방식인데 결국은 끈질기고 절박한 쪽이 이기게 되어 있었다. 팔짱을 낀 채 허름한 건물의 3층 병원을 하염없이 바라보던 권성호가 길게 하품을 했다. 그렇게 한 시간쯤 지나고 나서 창가에 정보원의 모습이 보였다. 천천히 내려오는 정보원의 뒤에는 기술자의 보디가드였던 놈이 따라오고 있었다.

'완전 문신 돼지네.'

그는 확 밀어 버린 머리에 안경을 쓰고 요란한 무늬가 있는 반바지와 후드티를 입은 괴상한 패션 감각을 자랑하고 있었다. 하지만 덩치가 엄청나게 컸고, 팔다리에 문신이 적지 않아서 보는 것만으로도 상대방을 움찔하게 만들기에 충분했다.

밖으로 나온 기술자의 전직 보디가드는 미심쩍은 표정으로 정보원과 얘기를 나눴다. 정보원은 다른 곳에서 더 많은 돈을 주는 의뢰가 있다며 손짓과 발짓에 표정 연기까지 더하면서 의심을 덜어 냈다. 기술자가 사라지고 끈이 떨어졌다면 하루하루 일하는 수밖에는 없었을 것이니 돈을 많이 주는 의뢰를 거절하기는 어려울 것이라는 판단이었다. 그냥 돈을 주고 물어볼까도 생각해 봤지만 어떤 식으로 대답할지 알 수 없었기 때문에 돈도 절약할 겸 세게 나가기로 했다.

'그게 더 스릴 넘치기는 하지.'

조용히 지켜보는 가운데 결국 정보원이 설득에 성공했다. 기술자의 전직 보디가드이자 권성호가 '문신 반바지'라고 이름 붙인 목표물이 정보원을 따라 걸어갔다. 둘이 걸어가는 걸 본 권성호는 천천히 지켜보던 골목에서 나왔다. 일단 정보원이 돈을 주고 일을 맡기겠다는 사람에게 데려가기 위해 같이 차를 타고 가기로 했다. 차는 건물 모서리의 골목길에 주차되어 있었다. 권성호는 천천히 눈에 띄지 않게 뒤따라갔다. 정보원과 문신 반바지는 모서리를 돌았고, 그걸 본 권성호는 살짝 속도를 높였다.

골목길 안쪽에 있는 파란색 승용차의 운전석에 정보원이 탔고, 문신 반바지는 잠깐 주저하다가 조수석에 올라탔다. 한낮이긴 하지만 골목길 안쪽이라 보는 사람도, CCTV도 없었다. 차는 일부러 진하게 선팅된 것을 골랐다. 주머니에 손을 넣은 권성호는 천천히 차 옆으로 접근했다. 혹시나 찾고 있던 놈이 맞는지 마지막으로 확인한 것이다.

다행히 문신 반바지는 그가 찾고 있던 사람이 맞았고, 운전석의 정보원과 얘기를 나누느라 권성호에게 딱히 관심을 기울이지는 않았다. 슬쩍 지나가면서 상태를 살핀 권성호는 뭔가를 깜빡 잊은 척하며 돌아서서 조수석 쪽에 바짝 붙어 걸어갔다. 뒤늦게 문신 반바지가 사이드미러로 다가오는 권성호를 바라봤다.

'늦었어, 친구.'

권성호는 주머니에 넣어 둔 전기 충격기를 꺼내서 문신 반바지의 목에 갖다 댔다. 따닥 하는 소리와 함께 문신 반바지가 움찔하고는 옆으로 축 늘어졌다. 한낮이긴 하지만 골목길 안쪽이라 오가는 사람이 없었다. 길 건너편에 야쿠르트 아줌마가 있었지만 할머니들과 얘기를 나누느라 이쪽을 보지는 않았다. 조수석 창밖으로 삐져나온 문신 반바지의 팔을 안으로 넣은 권성호가 운전석에서 내리는 정보원에게 말했다.

"이 새끼 안 지렸지?"

"그런 거 같아요."

권성호는 재킷 안에 넣어 둔 다른 봉투를 꺼내서 던졌다.

"보너스야."

"당분간 잠수 탈 겁니다."

"푹 잠수해라. 잠망경도 내밀지 말고."

장난스러운 권성호의 대꾸에 정보원은 헌팅캡을 푹 눌러쓰고 사라졌다. 400만 원이라는 거금을 쓰긴 했지만 추격의 실마리를 찾을 수 있는 정도라면 나쁘지 않았다.

정보원이 자리를 뜨자 권성호는 라텍스 장갑을 끼고 운전석에 앉았다. 문신 반바지는 여전히 정신을 차리지 못하고 축 늘어져 있었다. 안전벨트를 채운 다음 천천히 시동을 걸었다. 폐차 직전의 대포차라 상태가 몹시 안 좋았지만 크게 상관없었다. 어차피 멀리 움직일 생각이 없었기 때문이었다.

천천히 도로로 진입한 권성호는 운전석과 조수석의 창문을 올렸다. 진하게 선팅이 되어 있어서 조수석에 문신 반바지가 전기 충격으로 인해 기절해 있다는 것을 알아차리는 사람은 없었다. 혼잡한 도로를 벗어나서 서울 근교에 도착하자 해가 질 기미를 보였다. 인적이 드문 굴다리 아래 차를 세운 권성호는 문을 열고 밖으로 나갔다. 가볍게 몸을 풀고, 트렁크를 열어 장비가 든 가방을 집어 들었다. 다시 트렁크를 닫고 보닛 쪽으로 가서 가방의 지퍼를 열고 안에 있는 걸 꺼냈다. 텐션을 끌어올리기 위해 권성호가 콧노래를 흥얼거렸다.

"고무테이프, 털모자, 칼."

꺼낸 장비들의 이름을 하나씩 부르면서 조수석을 살폈다. 축 늘어져 있던 문신 반바지가 조금씩 움직이는 것 같았다. 혹시나 하는 마음에 다가가서 눈꺼풀을 까 봤다.

"아직 괜찮네."

하지만 움직이는 것으로 봐서는 빨리 처리하는 게 좋을 것 같았다. 뒷좌석의 문을 열고 들어간 권성호는 테이프를 길게 뜯어서 조수석에 앉은 문신 반바지의 몸을 감았다. 몇 바퀴 감은 다음에 칼로 테이프를 뜯었다. 그리고 다시 칼로 테이프를 잘랐다. 테이프를 뜯고 자르는 소리에 문신 반바지가 드디어 정신을 차린 듯 눈을 깜빡거렸다. 권성호는 가져온 털모자를 서둘러 머리에 푹 눌러 씌웠다. 거의 목까지 내려온 털모자의 눈 부위에도 테이프를 감아서 아무것도 보지 못하게 했다. 테이프를 계속 감아서 문신 반바지가 좌석에서 꼼짝도 못 하게 만들 즈음에야 목소리가 들려왔다.

"너, 누구야."

거칠었지만 겁에 질려 있는 것을 감출 수 없는 목소리. 경찰서의 심문실에서 가장 많이 듣는 목소리였다. 대개는 동료와 변호사에게 쫄지 말라는 말과 함께 묵비권을 행사하라는 조언을 가장 많이 듣는다. 심지어 법무 법인에서는 모의 조사실을 만들어 놓고 전직 경찰로 하여금 모의 심문을 받도록 했다. 하지만 아무 소용이 없었다. 모의 조사실과 전직 경찰이라고 해도 조사실 특유의 어둡고 무거운 분위기를 그대로 재현해 낼 수는 없었기 때문이다.

말을 하지 않는 묵비권도 별다른 소용이 없었다. 대개는 경찰에게 자신의 억울함을 호소하거나 존재감을 드러내고 싶어 했고, 그러기 위해서는 입을 열어야만 했기 때문이다. 경찰은 잘 들어 주는 척하다가 허점이 나오면 그때부터 꼬투리를 잡기 시작해서 결국은 자백을 하게 만들었다. 장소와 상황은 바뀌었지만 그때와 비슷한 일이 펼쳐질 것이라는 생각에 권성호는 가볍게 웃었다.

아무런 대답이 없자 문신 반바지는 몸을 흔들어 댔다. 하지만 몸통은 좌석과 함께 테이프에 칭칭 감긴 상태라서 쓸모없는 짓으로 그치고 말았다. 그 모습이 웃긴 권성호는 가볍게 웃다가 입을 열었다.

"불편하지? 물어보는 얘기에 대답을 잘하면 금방 끝날 거야. 하지만 거짓말을 하거나 답변이 마음에 들지 않으면 그냥 버리고 갈 거야."

"너 누구냐니까!"

"지금 내가 누군지가 중요한 거 같지는 않은데? 여기에서 입만 막아 버리면 소리도 못 지를 거잖아."

"아, 알았어. 뭐가 궁금한데 이렇게까지 한 거야?"

"너 기술자 보디가드였지?"

"기술자가 누군데?"

발뺌하는 문신 반바지를 향해 권성호는 코웃음을 쳤다.

"전기 맛 한번 볼까? 매운맛으로 말이야."

털모자를 쓴 채 운전석에 묶여 있는 문신 반바지는 바로 고개를 저었다. 그런 문신 반바지의 귀 옆에 대고 전기 충격기를 켰다. 파지직거리는 전기 충격기 특유의 소리가 들리자 문신 반바지는 오줌을 지리는 것처럼 온몸을 부르르 떨었다. 권성호가 전기 충격기를 끄고 낮은 목소리로 물었다.

"어때? 대답할 마음이 생겼어?"

문신 반바지는 고개를 필사적으로 끄덕거렸다.

"자, 그러면 그날로 가 보자고."

"어, 어떤 날이요?"

"기술자가 사라진 날."

마른침을 삼키는 소리가 털모자를 뚫고 들려왔다. 생각을 많이 한다는 뜻이고 고민에 빠졌다는 뜻인데, 일단 사건 자체는 사실이었던 것으로 보인다.

"자, 말할 준비가 되었어? 아니면 전기 충격기랑 얘기해 볼래?"

"아뇨, 말씀드릴게요. 이 사장님과 사무실에 있었습니다."

"이 사장이면 기술자 말이지?"

"네, 시킬 일이 있다고 해서 건물의 인력 사무실에서 동욱이와 셋이서 얘기를 나누는 중이었어요."

"동욱이가 누군데?"

"친구요. 둘이 같이 이 사장 보디가드였어요."

"그때 침입자가 들어온 거야?"

"네, 택배 배달을 왔다면서 불쑥 들어왔어요."

"어떻게 생겼는데?"

권성호의 물음에 문신 반바지가 마른침을 다시 삼켰다.

"보이지 않았습니다."

문신 반바지가 대답하자 권성호가 코웃음을 쳤다.

"방금 문을 열고 들어왔다고 했잖아. 그런데 안 보였다니, 투명 인간이기라도 했단 말이야?"

"투, 투명 인간은 아니었지만 보이지 않았습니다."

"말이 앞뒤가 안 맞고 두서가 없는 건 말이야, 거짓말이라는 뜻이지. 말을 해야겠는데 들키면 안 되니까 이것저것 빼니까 그런 거거든. 그럴 때는 한번 싹 정리해 줘야 하는데 제일 좋은 방법이 있어."

전기 충격기를 다시 켠 권성호가 문신 반바지의 목덜미에 갖다 댔다. 전기가 살갗을 통해 핏줄을 타고 흘러갔고, 문신 반바지는 미친 듯이 몸부림쳤다. 정신없이 내지르는 비명이 굴다리를 유령처럼 맴돌았다. 전기 충격기를 끈 이후에도 문신 반바지의 비명은 메아리처럼 이어졌다. 오줌을 지렸는지 매캐한 암모니아 냄새가 느껴졌다. 권성호가 다시 물었다.

"자, 보이지 않는 그놈에 대해서 얘기해 봐."

"정말입니다. 모자를 푹 눌러써서 얼굴을 제대로 못 봤어요. 체구나 키도 극히 평범했고요."

"옷은?"

"택배 회사 조끼에 청바지 같았어요."

"그래도 기억나는 게 있을 거 아니야?"

"누, 눈빛이요. 다짜고짜 들어와서 동욱이가 쌍욕을 하면서 쫓아내려고 했는데요. 택배 상자를 건네주는 척하면서 스프링 봉을 꺼내서 휘둘렀어요."

"변장을 하고 습격했다고?"

"네, 저와 동욱이는 한 방에 나가떨어지고 이 사장과 둘이 싸웠죠. 이 사장 칼 솜씨가 장난이 아닌데 결국 졌어요, 그놈한테.

우린 쫄아서 지켜보기만 했고요."

"그리고?"

"그놈이 이 사장에게 물어볼 얘기가 있다고 했고, 우리 둘은 쫓겨났어요."

"사장한테?"

"네, 밥값도 못 하는 놈들이라고 했는데, 억울했어요. 자기도 이기지 못하는 고수를 우리가 어떻게 해요."

"그래서 쫓겨난 거야?"

권성호의 물음에 문신 반바지가 고개를 끄덕거렸다.

"네, 이 사장이 나가라고 해서 나왔습니다."

"그리고?"

"사우나 가서 몸을 좀 지지고 연락을 기다렸는데 아무 얘기가 없어서 동욱이랑 돌아갔었죠. 그런데."

잠시 숨을 고른 문신 반바지가 말을 이었다.

"사무실이 비어 있었어요. 핏자국밖에 못 봤죠."

"죽었다는 얘기야?"

"모르죠. 하지만 피는 사람이 죽었다고 생각할 만큼 충분했어요."

문신 반바지의 대답을 들은 권성호가 물었다.

"그다음은?"

"우리가 뭘 할 수 있었겠어요. 그냥 문 잠그고 튀었죠. 금고나 뭐 쓸 만한 게 있는지 살펴봤지만 없었어요. 사장이 우리도 못 믿었던 거죠."

권성호는 문신 반바지의 얘기를 들으면서 당시 상황을 머릿속으로 재구성했다. 정황상 기술자 혹은 이 사장을 찾아온 자는 진모태와 한요셉을 은밀히 제거한 전문가가 맞는 것 같았다. 그런데 눈앞에서 목격한 놈의 얼굴을 제대로 기억하지 못하고 있었다. 거기다 중간에 쫓겨나서 둘이 무슨 얘기를 나눴는지도 파악할 수 없었다. 속으로 이놈을 끌고 오려고 깨진 돈을 생각하니 속이 부글부글 끓어올랐다. 그런 권성호의 속내를 알아차리기라도 했는지 문신 반바지가 엉덩이를 들썩거리며 말했다.

"이 사장이 걱정하긴 했어요."

"뭘?"

"마지막으로 처리한 건 때문에요. 강남 오피스텔 건인데 설계부터 설거지까지 다 해 줘서 돈을 제법 받았거든요."

"그런데 왜 겁을 먹은 거지?"

"가해자 새끼들이 하나둘씩 죽었다고 하더라고요. 알아보니까 사고사이긴 했는데, 젊은 애들이 그렇게 속속 죽어 나가는 것이 아무래도 이상했던 거죠. 거기다 돈을 받고 기사를 쓴 기레기 새끼도 죽었거든요. 자살이라고 했지만, 이 사장은 믿지 않았어요."

"왜?"

"돈에 환장한 놈이 그 많은 돈을 놔두고 죽을 리가 없다면서 말이죠."

"놈이 그 건 때문에 찾아온 거야?"

"잘 모르겠지만 그런 느낌이 들었습니다. 사실, 이 사장님이 실력도 좋고 백도 있는 편이라서 대놓고 지랄하는 경우는 거의 없었거든요. 그런데 이번 건은 좀 다를 거 같다면서 걱정했어요."

"일을 잘못 잡았군."

"네, 설계를 맡긴 놈이 처음 찾아왔을 때 어디서 어린 새끼가 와서 바로 쫓아 버렸는데 다음 날 전화가 몇 통 오더라고요. 그러더니 이 사장이 한숨을 푹푹 쉬었고, 다음 날 그놈이 다시 찾아왔어요. 그리고 일을 받았죠."

"찾아온 놈이 누군데?"

"고등학생이었어요. 유도영이라고 하던데요."

이 모든 사건의 발단인 낯익은 이름이었다.

"그러니까 유도영이라는 놈한테 의뢰를 받은 일을 처리한 걸로 당한 거 같다 이거지?"

"확실해요. 저와 동욱이가 뻗는 걸 보고 이 사장이 올 게 왔다는 식으로 중얼거리는 걸 들었거든요."

"근데 너는 그놈 얼굴을 보고도 못 봤네? 도움이 전혀 안 되겠어."

"원하시는 대로 말씀해 드릴게요. 그놈은 너무 이상했어요. 어떻게 설명을 할 수가 없어서 저도 답답해요."

"널 보니까 내가 더 답답하다."

"그런데 누구세요?"

"누굴 것 같아?"

"저, 정말 모르겠어요. 짭, 아니 경찰이라면 이렇게 하지는 않았을 거 같고."

"내 얼굴은 기억나?"

권성호의 물음에 문신 반바지는 잠시 주저하다가 고개를 저었다.

"아뇨."

"대가리가 비어 있는 줄 알았더니 처세술이 끝내주는구나."

"정말 기억이 안 납니다. 살려 주십시오."

권성호는 대답 대신 옆에 던져 놓은 칼을 집었다. 그냥 칼을 써도 되었지만 일부러 소리가 나는 발리송 나이프를 사용했다. 버터플라이 나이프라고 불리는 발리송 나이프의 핸들을 흔들어 대자 문신 반바지가 움찔하는 게 느껴졌다.

"형님! 저는 아무것도 못 봤습니다. 아는 것도 없고요. 살려 주십시오. 가진 돈 다 드릴게요. 제발 살려 주십시오, 형님!"

문신 반바지가 울부짖으며 몸을 움직였다. 하지만 여러 겹의 테이프에 감겨 있어서 제대로 움직이지 못했다. 혀를 찬 권성호가 발리송 나이프로 감겨 있던 테이프를 반쯤 잘라 내고는 나이프를 조수석에 던졌다.

"나머지는 네 힘으로 해결해. 할 수 있지?"

"무, 물론입니다."

"그리고 테이프 벗은 다음에 마포경찰서로 가서 박형도 형사를 찾아."

"마, 마포경찰서 박형도 형사님 말입니까?"

"그래, 가서 자수하겠다고 하고 아까 나한테 했던 얘기 해."

"그런데 저는 잘못한 게 없는데요, 형님."

"너 살면서 정말 한 번도 실수하거나 사고 친 거 없어?"

"그, 그렇지는 않죠."

"그리고 이번 건은 사이즈가 커. 무더기로 죽어 나가고 있는 것 알지?"

"대충은요."

겁에 질린 문신 반바지의 대답에 권성호가 뒤통수를 치면서 말했다.

"그 불똥이 너한테 튀지 말라는 법 있어? 이럴 때는 어디가 가장 안전할까?"

"구, 구치소나 감방이죠."

"거, 머리가 생각보다 좋네. 대충 한두 개 털어놓고 잠잠해질 때까지 빵에 좀 들어가 있다가 나와. 그게 사는 길이다."

"명심하겠습니다, 형님."

일을 마무리하려던 권성호는 아쉬움에 다시 물었다.

"이 사장 잡으려고 쳐들어온 놈 말이야, 정말 얼굴 기억 안 나?"

미련이 남은 권성호에게 문신 반바지가 대답했다.

"예, 순간적으로 보긴 했는데 전혀 기억이 나지 않습니다. 다시 봐도 모를 거 같아요. 그냥 이렇게 생겼지라고 물어보면 대답할 정도로 생각나는 게 없습니다, 형님."

"그래, 알았어. 만약 자수 안 하고 잠수 타면 영원히 못 떠오르게 만들어 준다."

"마포경찰서 박형도 형사님에게 바로 가겠습니다."

권성호는 순순히 대답하는 문신 반바지에게 전기 충격을 한 번 더 가했다. 돼지 멱따는 소리를 낸 문신 반바지의 고개가 앞으로 푹 수그려졌다. 손을 뻗어서 맥박이 이상 없는 걸 확인한 권성호는 장비들을 가방에 넣고 밖으로 나와 라텍스 장갑을 벗어서 가방 안에 쑤셔 넣었다.

차가 세워진 굴다리에서 조금 더 걸어가자 또 다른 빈 차가 보였다. 미리 가져다 놓은 차의 조수석에 가방을 던진 권성호가 운전석에 앉아서 시동을 걸었다. 국도로 나와 서울로 향하던 권성호는 재킷에 넣어 둔 휴대폰을 꺼내서 통화 버튼을 눌렀다. 신호음이 조금 이어지고 나서 낯익은 목소리가 들렸다.

[넌 왜 맨날 회의 중에만 전화를 거니?]

"회의를 안 하실 때가 없으시잖아요. 그래서 별명이 회의주의자였으면서."

[넌 경찰청장이 우습냐?]

"배지 달고 있을 때나 무섭지, 지금은 뭐 그렇게 무섭지는 않습니다."

[죽고 싶어서 환장했구나. 어디야? 차 소리 나는 거 같은데?]

주변의 도로를 힐끔 본 권성호가 대답했다.

"어디 몰래카메라 있습니까? 귀신 같으시네."

[야, 너 운전 중에 통화하면 벌금 나오는 거 몰라?]

"급한 일로 전화드렸는데 벌금이 무서워서 끊어야겠네요."

[뭔데, 얼른 얘기하면 봐줄게.]

"기술자가 갑자기 사라져서 보디가드를 하나 잡아서 족쳤습니다."

[너 테이프로 묶어 놓고 전기 충격기로 지졌니?]

"역시 귀신이십니다."

[그러다 문제 생기면 나 아는 척하지 마라. 그래서 알아낸 게 뭔데?]

"기술자가 마지막으로 처리한 게 강남 여고생 오피스텔 건이랍니다."

무겁고 긴 침묵이 이어졌다. 잠시 후, 경찰청장의 목소리가 들렸다.

[단서는?]

"보디가드 놈이 눈이 나빠서 못 봤답니다."

[다짜고짜 그렇게 건너가 버리면 어떡해?]

"아! 기술자랑 보디가드들이 있던 사무실에 놈이 쳐들어왔답니다."

[진모태랑 한요셉을 제친 놈? 걔가 왜 거길 가서 깽판을 쳤는데?]

"깽판을 친 정도가 아니라 기술자 K를 제거한 거 같습니다."

[정말? 대놓고 제거하는 스타일이 아니잖아.]

"관련자들을 싹쓸이하려고 작정한 거 같습니다. 보디가드가 중간에 쫓겨나서 어떤 얘기를 나눴는지는 모르겠지만 그 건의 주동자를 확인했을 수도 있습니다."

[주동자?]

"네, 진모태나 한요셉은 따까리지 주동자는 아니었으니까요. 물론 걔들이 자백했겠지만 어떻게 기술적으로 진행되었는지를 파악하려고 했던 거 같습니다."

[치밀한 놈이구먼. 발각될 위험을 무릅쓰고 확인하려고 들다니 말이야.]

"대담하고 치밀하죠. 공무원들이 배워야 할 자세라고 생각됩니다만."

권성호의 대답을 들은 경찰청장이 벌컥 화를 냈다.

[배우긴 뭘 배워. 쓸데없는 농담 그만하고 더 얘기해 봐.]

"보디가드 얘기로는 다짜고짜 쳐들어와서 기술자를 제압했답니다. 그리고 쫓겨난 보디가드가 돌아와 보니까 핏자국만 있었대요."

[죽인 거야? 시신은?]

"거기까진 모르겠습니다. 저한테 자백한 보디가드한테 경찰서에 가서 자수하라고 했어요. 마포경찰서 박형도 형사요. 찾아오면 잘 보살펴 주십시오. 못 봤다고는 하지만 지금까지 그놈을 가장 가까이서 본 사람이니까요."

[쫓아 볼게. 뭉그적거리는 줄 알았더니 일을 했네.]

"제가 성과주의자라서요. 놈의 다음 목표가 유도영과 남은 놈들인데 대책을 세워야 하지 않겠습니까?"

[그건 내가 알아서 할게. 신경 쓰지 말고 놈이나 쫓아.]

"함정을 파는 건 어때요?"

[유도영을 함정으로 쓰자고?]

미심쩍어하는 경찰청장에게 권성호가 말했다.

"가장 확실한 방법이지 않겠습니까?"

[우리는 사냥꾼이 아니라 경찰이야. 미끼 같은 걸 쓰면 안 돼.]

"청장님답지 않으시네요."

[뭐가 나답지 않은데? 경찰청장한테 미끼를 쓰라고 하는 놈이 제정신이야?]

화를 내는 경찰청장의 목소리를 듣던 권성호는 진모태의 아버지에게 들었던 얘기가 떠올랐다. 항상 냉정하고 여유롭던 경찰청장이 이성을 잃은 것처럼 화를 내는 걸 보니 친척 관계라는 것이 사실인 듯했다. 거기다, 이번 사건을 가급적 조용히 처리하기위해서 자신을 고용했다는 것도 확신했다. 자신이 버리는 패라는 생각이 들자 권성호가 냉정한 목소리로 말했다.

"수단 방법을 가리지 말라고 저를 고용하신 게 아니었습니까?

이거 터지면 핵폭탄일 것 같은데요."

[야! 너 핵폭탄이 터지는 거 봤어? 그거 누르면 누르는 놈부터 싹 다 죽는 거야. 그러니까 서로 협박만 하고 못 눌렀잖아.]

"무림에서는 같이 죽는 걸 '동귀어진(同歸於盡)'이라고 부르죠?"

[맞아. 고수들은 절대 쓰지 않지. 죽긴 왜 같이 죽어? 살아남을 수 있으면 필사적으로 싸워야지.]

"이번에도 서로 핵폭탄 스위치를 못 누를 것 같습니까?"

[모르지. 그걸 알아내는 게 네가 할 일이라고.]

"스위치 대신 제가 눌리는 거 아니고요?"

[너 혹시 버리는 패가 될까 봐 두려운 거야? 이것저것 안전장치는 걸어 놨을 것 아니야?]

비아냥인지 궁금해서인지 모르는 경찰청장의 말에 권성호는 쓴웃음을 지었다.

"안전장치건 뭐건 제가 죽으면 무슨 소용입니까?"

[그렇긴 하지. 그러니까 버리는 패가 되지 않으려면 말이야.]

"제가 먼저 버려야 합니까?"

[넌 버릴 수 있는 존재가 아니지. 버림받을 수는 있어도 말이야.]

"서글프네요. 버림만 받고 버릴 수 없다니."

[나도 비슷한 처지야. 고수 위에 초고수 있는 거 몰라?]

"여기서는 보이지 않습니다."

[아무튼 버리는 카드가 되지 않으려면 쓸모가 있다는 걸 증명

해 봐.]

"열심히 구르라는 얘기군요."

[빨리 알아듣네. 솔직히 카드 버리는 것도 쉽지 않아. 그 카드가 어떻게 나올지도 모르고, 새로 뽑은 카드가 원래 카드보다 더좋다는 보장도 없어. 똥 카드 뽑으면 끝이잖아.]

"나름 고충이 있군요."

[그럼, 윗사람이라고 다 편하게 늘어져 있다가 도장이나 찍는줄 알아?]

"다른 건 몰라도 유도영이나 다른 관련자들에 대한 보호 조치는 필요할 거 같습니다. 경찰에서 움직이면 안 됩니까?"

[야! 미쳤냐? 그러면 경찰에서 당장 냄새를 맡고 파헤친답시고 들쑤실 거야. 심지 약한 놈은 거기에 빨려 들어간단 말이야. 안 돼!]

"그럼 해외로 나가라고 하세요."

[알았어. 내가 설득해 볼게. 너는 계속 추적해.]

"유도영은 한번 만나 보고 싶은데, 안 됩니까?"

[만나 주겠냐? 누가 자기를 죽이려는지도 모르는 마당에!]

"그렇긴 하네요."

권성호의 힘 빠진 대답을 들은 경찰청장이 미안했는지 구슬리는 말을 했다.

[너 수고하는 거 내가 잘 알아. 아니까 좀만 수고해. 꼬리는 거

의 잡았잖아.]

"이게 끝이죠. 경찰로 보낸 놈이나 잘 조사해 주세요."

[알았어. 어차피 기술자에 대해서는 알아봐야 할 게 있어서 나도 궁금했어.]

"그럼, 또 연락드리겠습니다."

[오케이. 수고.]

통화를 끝낸 권성호는 휴대폰을 조수석 시트에 던지고는 핸들을 움켜쥐었다.

"버림받는 패가 되지 않으려면 열심히 정보를 물어 오라고?"

권성호가 씁쓸한 표정으로 힘없이 웃었다.

*

기태는 비가 내리는 창밖을 하염없이 바라봤다. 동네에 새로 생긴 카페의 창가에 앉아서 30분째 커피를 마시는 중이었다. 젊고 의욕이 넘치는 사장은 동네 주민인 것 같은 기태에게 직접 로스팅한 커피를 서비스로 줬다. 고맙다고 말한 기태는 입고 있는 후드의 주머니 속에 있는 휴대폰을 계속 만지작거렸다. 어제저녁에 그 남자에게서 내일 낮에 통화하자는 메시지가 왔었다. 정해진 시간이 되자 초조함에 마른침이 연신 넘어갔다. 그러다가 마침내 휴대폰이 부르르 떨었다. 휴대폰을 꺼낸 기태는 주변을 살짝 살펴보고는 통화 버튼을 눌렀다.

"여보세요."

[주변에 누구 듣는 사람 없지?]

"조용한 카페에 왔어. 주변에 아무도 없어."

주변을 돌아본 기태가 대답하자 남자가 말했다.

[의뢰한 건은 잘 진행되고 있어.]

"소식은 잘 듣고 있어. 너무 고마워."

[이상하군.]

"뭐가?"

[내 일은 고맙다는 인사를 받는 성격의 것이 아니라서.]

"어쨌든 나한테는 딸의 원수를 갚아 주는 고마운 존재지."

진심을 담은 기태의 말에 남자가 피식 웃었다.

[재미있군. 이번 일이 성공하면 죽어야 하는데 말이야.]

"딸의 복수만 한다면 무섭지 않아."

사실은 휴대폰을 들고 있지 않은 손은 두려움 때문에 떨리고 있었다. 떨리는 손을 물끄러미 바라보는 그에게 남자가 말했다.

[도움이 필요해.]

"내 도움이 필요한 건가?"

예상 밖의 말에 다소 놀란 기태가 묻자 남자가 대답했다.

[일단 지금까지의 상황에 대해서 설명하지. 주모자 여섯 중에 셋을 처리했어. 가짜 기사를 쓴 기자와 엉터리로 수사한 경찰도

처리했고. 자살이나 사고로 위장해서 말이야.]

"이제 세 놈이 남았군."

[맞아. 그중에 주동자인 유도영도 포함되어 있어. 그런데 경계가 심해져서 접근이 쉽지 않아.]

혹시나 포기하겠다는 말이 나올까 두려워진 기태는 휴대폰을 바꿔 잡으며 조심스럽게 대답했다.

"그러겠지. 같이 범죄를 저지른 친구 중에 셋이나 죽었으니까 말이야."

[이리저리 조사 중이지만 시간이 좀 걸릴 거 같아. 문제는 시간을 너무 끌면 빠져나갈 수 있다는 얘기지.]

"그래서 내가 어떻게 도와주면 되는데?"

[아주 간단해.]

"말해 봐."

이번에는 남자가 긴장했는지 잠시 침묵이 흘렀다. 기태는 담담하게 물었다.

"딸의 복수를 위해서라면 뭐든 할 수 있어. 그러니까 걱정하지 말고 말해 봐."

[그럼 다행이군. 당신이 좀 죽어 줘야겠어.]

"지금? 복수가 끝난 다음이 아니라?"

[미리 당겨 받는 걸로 하지. 죽음은 아무리 무능력하다고 해도 겪을 수 있는 경험이니까.]

"어디서 나온 문구지?"

[제수알도 부팔리노가 쓴 『그날 밤의 거짓말』.]

잠깐 고민하던 기태가 대답했다.

"알겠어. 어떻게 죽어 줄까?"

[진짜로 죽지 않을 정도로.]

7 장

"빅 브라더가 당신을 지켜보고 있다."

~ 조지 오웰 ~

권성호는 모니터를 보면서 짜증을 냈다.

"졸라맨도 아니고. 이게 누구야."

블루 코드를 이용해서 경찰 내부망에 접속한 권성호는 실망감을 감추지 못했다. 문신 반바지는 시키는 대로 마포경찰서로 가서 박형도 형사에게 자수를 했다. 그리고 기술자의 실종에 관해서 이것저것 털어놨다. 사무실을 습격한 남자의 몽타주도 만들었다. 그런데 얼굴이 너무 평범해서 누구와 비교해도 비슷한 것처럼 보였다. 어떻게 보면 예상했던 결과였을 수도 있지만 말이다. 자백을 한 문신 반바지는 유치장에 남게 되었다. 어쨌든 상대적으로 안전한 감옥에 가는 것으로 살길을 찾은 것이다. 하지만 기껏 따라잡았던 단서는 눈앞에서 사라지고 말았다.

"씨발."

권성호가 짧게 욕설을 내뱉는데 키보드 옆에 놔둔 휴대폰이 부르르 떨면서 벨 소리를 냈다. 화면을 본 권성호는 얼른 전화를 받았다.

"아이고, 어쩐 일이십니까?"

전화기 너머에서는 슬픔이 가득한 기태의 한숨 소리가 들렸다.

"전화를 주셨으면 말씀을 하셔야죠, 형님."

[내가 정말 고맙고 미안해.]

"아이, 형님이 미안할 게 뭐가 있다고 그러세요. 술 드셨습니까?"

[한 잔, 아니 한 모금 했어.]

"같이 드시지 왜 혼자 드셨어요."

지난번에 만난 이후 형 동생 하기로 해서 그런지 반말이 자연스럽게 나왔다. 하지만 그게 정보를 캐내기 쉽다는 걸 알기 때문에 권성호는 개의치 않았다.

[나, 큰 결심을 했어.]

"무슨 결심이요."

불안해진 권성호의 물음에 기태가 큼지막한 한숨과 함께 대답했다.

[죽기로 결심했어. 그래서 마지막으로 동생한테 전화한 거야.]

"뭐라고요?"

예상 밖의 말에 놀란 권성호는 의자에서 벌떡 일어났다.

"형님! 지금 어디세요?"

[저승 문턱. 잘 있어. 내가 죽으면 왜 죽었는지 꼭 세상에 알려 줘.]

"직접 알리셔야죠. 죽긴 왜 죽습니까? 진짜."

짜증이 확 난 권성호가 하소연하듯 말했다. 기술자 K의 보디가드를 조사하면서 킬러의 정체에 한 걸음 다가갔다고 생각했지만 빈손이었다. 그런데 유일한 연결 고리인 박기태마저 사라지면 진짜 빈털터리처럼 손에 아무것도 넣을 수 없는 상황이었다.

"어딥니까, 형님? 제가 갈게요. 저랑 순댓국에 소주 한잔하면서 다 털어놔요."

[그러면 풀릴 줄 알았는데 아니더라고. 더 괴롭기만 해.]

"아이씨, 따님을 죽인 놈들이 하나씩 죽어 나가고 있잖아요. 마지막 남은 놈 뒈지는 거까지 봐야죠."

[하루하루가 힘들어서 그래. 미안해. 숨만 쉰다고 사는 게 아니더라고. 왜 사람들이 우울증에 죽는지 알 것 같아. 더 이상 견딜 수가 없네.]

"그래도 이러시면 안 돼요, 형님."

[고맙고 미안해. 내 심정은 SNS에 올렸으니까 꼭 기사로 써줘. 내가 죽어서 저승에 가더라도 그놈들이 어떻게 되는지 두 눈 시퍼렇게 뜨고 지켜볼 테니까.]

"아이고, 형님!"

[이제 머리도 핑핑 돌고 혀가 굳어 가고 있네. 잘 있어.]

뚜뚜거리는 소리가 들리자 권성호는 재빨리 긴급 통화 버튼을 눌러서 신고했다.

"자살 시도하고 있으니까 빨리 출동해 주세요."

권성호와의 통화를 끝낸 기태는 휴대폰을 물속에 떨어뜨렸다. 수면제를 한 움큼 먹고 왼쪽 손목을 그은 상태에서 뜨거운 물이 가득한 욕조로 들어갔다. 습관적으로 옷을 벗으려고 하다가 도로 챙겨 입고 물속에 들어갔다. 뜨거운 물 속으로 칼로 그은 왼쪽 손목을 넣자 붉은 피가 흘러나와 비단잉어처럼 헤엄쳤다. 눈이 쓰라릴 정도로 따가워지면서 눈꺼풀이 감겨 왔다. 그는 손목에서 흘러나온 피로 욕조의 물은 금방 붉어졌다. 고개를 뒤로 젖힌 기태는 흐릿해지는 시선을 닫으며 중얼거렸다.

"윤지야, 기다려라."

의식이 사라지기 직전, 현관문이 부서지는 소리가 들렸다.

*

[뭐라고? 박기태가 자살을 했다고?]

"자살 시도입니다. 경찰과 119가 문을 부수고 들어가서 병원으로 데리고 갔답니다."

전화로 보고를 받은 경찰청장은 기가 막히는지 한동안 말이 없었다. 엄청나게 안 좋은 징조라는 걸 알고 있던 권성호는 아랫입술을 살짝 깨물었다. 잠시 후, 예상했던 것보다 더 큰 호통이 터져 나왔다.

[야! 너는 인마, 일을 똑바로 하는 게 없어.]

"일단 병원으로 가는 중입니다. 상태 확인하고 다시 보고드리겠습니다."

[인터넷에 이미 소식 돌고 있어. 억울한 딸의 죽음에 자살로 응답한 아버지라고 말이야. 이제 어떡할 거야?]

"자살할 거라고는 미처 예상하지 못했습니다. 짐작했다고 해도 막을 수 있는 방법이 없었고 말입니다."

[그걸 말이라고 해? 얼른 가서 살펴보고 보고해. 일을 시키면 똑바로 해야 할 거 아니야!]

전화를 끊자마자 타고 있던 택시가 병원에 도착했다. 카드로 결제한 권성호는 곧장 응급실로 향했다. 경찰서와 비슷한 아수라장이 펼쳐진 응급실 한쪽 구석에 누워 있는 박기태를 발견했다. 여러 명의 의사와 간호사들이 달라붙어서 조치 중이었다. 저런 상황이면 죽지 않고 살아날 가능성이 높다는 사실에 권성호는 땅이 꺼져라 안도의 한숨을 쉬었다.

그렇게 멍하니 지켜보는데 바로 옆으로 안면이 있는 기자가 불쑥 지나갔다. 아는 척을 하기 애매한 상황이라 권성호는 슬쩍 기둥 뒤로 숨었다. 기자는 응급 치료를 받고 있는 박기태의 곁으로 가려다가 의사와 간호사의 제지를 받았다. 상태를 확인하려던 기자는 결국 응급실 경비원에게 쫓겨나고 말았다. 언론의 자유 어쩌고 하면서 투덜거리던 기자는 밖으로 나갔다. 슬쩍 따라나간 권성호는 기자가 응급실 밖 벤치에 앉아서 소형 태블릿 PC로 기사를 작성하는 모습을 봤다. 권성호가 옆자리에 불쑥 앉자 기자가 화들짝 놀랐다.

"어우! 이게 누구야."

"안녕하십니까? 전직 짭새 권성호올시다."

"경찰 중에 스스로 짭새라고 하는 건 너밖에 없을 거다, 진짜."

권성호의 넉살에 웃음으로 대답한 기자가 물었다.

"그런데 여긴 웬일이야?"

"그냥 놀러 왔어."

"여기가 무슨 유원지나 골프장도 아니고, 왜 놀러 와?"

권성호가 응급실을 힐끔 보면서 대답했다.

"아는 사람이 입원했다고 해서 온 거야."

"누구? 혹시 박기태?"

권성호가 긍정도 부정도 하지 않는 제스처를 취하자 기자가 태블릿 PC를 접고 바라봤다.

"진짜 알아주는 마당발이라니까. 박기태는 어떻게 아는데?"

"건너 건너, 내가 하던 일이 뭔지 알잖아."

"거미줄을 치는 거지. 사방에 쳐 놓고 아무나 걸려라…… 하는."

기자의 대답에 권성호가 씩 웃었다.

"잘 아시네."

"근데 전직이잖아. 요즘도 그런 일 해?"

"더 바빠졌어."

"그렇긴 하겠네. 그나저나 썰이나 좀 풀어 봐. 조회수가 나올 것 같아서 와 봤는데 도통 파고들 수가 없잖아."

"환자가 응급실에서 목숨줄이 왔다 갔다 하는데 기자가 인터뷰하겠다고 하면 퍽이나 들어주겠다. 예나 지금이나 들이받는 건 여전하다니까. 기자야? 불도저야?"

"불도저 정신을 가진 기자지. 그러지 말고 썰 좀 풀어 보라니까. 익명으로 해 줄게."

"웃기시네. 옛날에 '정보과에 근무하는 익명의 경찰'이라고 해서 쪼그라든 심장이 아직도 펴지지 않고 있어."

"그놈의 심장 타령은 진짜, 백 년은 더 가겠네."

"나도 익명의 누군가한테 의뢰를 받고 조사 중이야."

"무슨 조사?"

"저 사람 딸이 죽은 사건."

권성호의 얘기를 들은 기자의 눈빛이 반짝거렸다.

"그럴 줄 알았어. 내가 딱 감이 왔다니까."

"감 좋아하네. 돈을 더 좋아하면서."

"돈 싫어하는 놈 못 봤다. 기자도 사람이야."

"환장하겠네. 어쨌든 내가 얘기해 줄 수 있는 건 딱 거기까지."

"이거 또 왜 이래? 시작을 했으면 끝을 봐야지."

아쉬워하는 기자를 본 권성호가 피식 웃었다.

"그러다가 내가 짤렸거든. 끝을 좋아했다가는 끝까지 가서 절벽에서 떨어져. 박기태 씨 딸 관련해서 쓰레기 같은 기사 쓴 기자 어떻게 됐는지, 몰라?"

"알지, 그 새끼는 쓰레기 중에서도 왕 쓰레기였다니까."

"그놈은 진짜 인생 헛살았네. 어떻게 같은 기자도 편을 안 들어 줘."

"각자도생이긴 하지만 그 새끼는 진짜 너무했으니까. 어쨌든 좀 더 풀어 줘 봐."

권성호는 안 된다고 하며 일어나려고 했다. 당연히 기자는 팔을 잡으며 만류했다.

"아이고, 내가 신세 한번 진 걸로 할게. 내가 원한은 잊어도 은혜는 잊지 않잖아."

기자의 만류에 권성호는 못 이기는 척 입을 열었다.

"이 사건이 뭔지는 알지?"

"오면서 찾아봤지. 스펙터클하더만."

"아주 막장이기도 하지. 박윤지라는 여고생을 같은 반 친구들이 반강제로 성매매를 시켰어. 그걸 뭐라고 하더라?"

"또래 포주."

"맞아. 그걸 못 견딘 박윤지가 벗어나려고 하다가 자살을 당했지."

"자살을 당했다고?"

기자의 반문에 권성호가 어깨를 으쓱거렸다.

"거, 알아들었으면서 자꾸 깊게 들어오면 안 되지."

"아이고, 못 보는 사이에 깐깐해졌어, 진짜."

"원래 깐깐했거든. 어쨌든 그 일과 관련된 인간들한테 변고가 있는 중이야."

"변고? 죽었다는 얘기야?"

어깨를 으쓱거리는 것으로 대답을 대신한 권성호가 말을 이어 갔다.

"그 와중에 죽은 여고생의 아버지도 자살 시도를 한 거지. 과 연 자살을 한 걸까? 당한 걸까?"

"이야, 사이즈 나오네."

"근데 좀 커."

"얼마나?"

기자의 물음에 손으로 대충 어깨너비까지 벌려 보인 권성호가 씩 웃었다.

"그대로 삼키면 체할걸."

"소화제 먹으면 되지. 요즘 부장이 쪼아서 미치는 중이야."

자신만만하게 대답한 기자에게 주먹을 불끈 쥐어 보인 권성호 가 말했다.

"파이팅."

"아, 파이팅할 테니까 좀만 더 풀어 줘 봐. 여기까지 온 성의가 있는데 말이야. 아닌 말로 요즘 누가 발로 뛰나? 다 인터넷만 들여다보지."

"아이고, 날로 먹으려고 드네. 관련 사건들은 경찰에서도 조사했으니까 시경 캡한테 물어봐."

"진짜? 그런데 왜 쉬쉬한 거야?"

기자의 물음에 권성호가 어깨를 으쓱거렸다.

"패거리들 빽이 어마어마했어. 기술자도 개입한 것 같고 말이야."

"그래서 기사로 안 나온 거야? 여고생이 성매매를 하다가 죽었는데."

"히스토리가 좀 있어. 그러니까 섣불리 삼키려고 하지 말라고, 진짜 체하면 약도 없어."

"그러다 딴 놈이 먹으면 배가 아파서 못 살 거야."

"욕심 하나는 끝내준다니까, 정말."

"아무튼 고마워. 오늘 운이 좋을 것 같더라니."

"잘 풀어 보시고, 나는 모르는 일이야."

"이거 설마, 작전 짜는 거 아니지?"

기자의 물음에 권성호는 코웃음을 쳤다.

"작전은 무슨, 내가 작전 짤 머리 있었으면 옷 벗었겠어?"

"하긴, 뭐 작전이라고 해도 나는 상관없으니까."

권성호가 기자의 어깨를 토닥거리며 일어났다.

"입 꽉 다물고 잘 풀어 봐요, 기자님."

"시간은 얼마나 줄 거야?"

기자의 물음에 권성호는 눈알을 장난스럽게 굴리며 대답했다.

"사흘이면 되려나?"

"충분하지. 그때까지는 입 꽉 다물어."

지퍼로 입을 닫는 시늉을 한 권성호가 잘 있으라는 손짓을 했
다. 몇 걸음 걷는데 기자가 부르는 소리가 들렸다. 한 손에 휴대
폰을 든 기자가 궁금해 죽겠다는 말투로 물었다.

"꽤 민감한 정보를 알려 주네? 원래 그런 성격이 아니잖아."

"버리는 패가 되기 싫어서."

대략 짐작한다는 표정을 지은 기자가 휴대폰을 귀에 대는 게
보였다. 아마도 시경 캡에게 전화를 하는 듯했다.

*

남자는 모니터를 뚫어지게 바라봤다. 몇 분 동안 아무 대답이
없자 인공지능 왓슨이 물었다.

[주무십니까?]

"고민 중이야."

[이 정도면 최적의 솔루션인데요. 망설이시는 이유가 무엇입

니까?]

화면에는 원래의 얼굴과 전혀 다른 이미지가 보였다. 손가락으로 모니터가 있는 탁자를 가볍게 두드린 남자가 말했다.

"이 정도면 김 이사가 알아차릴 수 있겠어."

[같은 사람으로 인식할 확률은 0.2퍼센트 이하입니다.]

"인간을 숫자로 파악하지 말랬지."

[저는 숫자로 존재하니까요. 불가능한 솔루션입니다.]

"아무래도 변장을 하는 건 어렵겠어. 다른 방법은?"

[별장을 완전히 폭파시켜서 머물지 못하게 하는 방법이 있습니다.]

"불꽃놀이를 하면 사방팔방에서 들여다볼 거야. 다른 건?"

[김 이사를 그곳에 있지 못하게 하면 될 것 같습니다.]

"괜찮은 방법이군. 어떻게?"

[김 이사의 딸이 해외에 있는데 무슨 문제를 일으켜서 가도록 만드는 게 가장 확실합니다.]

"너무 고전적이야. 다른 방법은?"

[헤드헌팅을 당하도록 만들어 볼까요?]

"다른 일자리?"

[예, 김 이사 이메일을 해킹해 보니 다른 일자리를 찾는 내용이 있었습니다.]

"겉보기보다는 충성스럽지 않은 모양이네."

[정확하게 쓰지는 않았지만 근무 시간과 환경에 불만이 있는 모양입니다. 서울뿐만 아니라 월령시의 별장에 자주 내려가야 하는데, 그것 때문에 친구들이나 가족들과 제대로 시간을 갖지 못하고 있죠.]

"젊었을 때야 일이 먼저지만 나이가 들면 생각이 달라지지."

[서울 강남에 있는 빌딩 주인이 최근에 협박 편지를 받아서 경호를 의뢰하는 내용으로 해 보면 괜찮을 것 같습니다. 6개월에서 1년 정도 경호를 맡기고 싶다고 헤드헌터 업체를 통해서 이메일을 보내면 되니까요.]

"넘어갈까?"

[조건만 맞으면 관심을 보일 확률이 89퍼센트입니다. 작전을 시작하는 날짜에 맞춰서 미팅하자고 하면 다른 핑계를 대고 월령시의 별장으로 내려가지 않을 겁니다.]

"좋은 방법이군. 가짜 업체 만들어서 이메일 보내 봐. 답변 오면 알려 주고."

[알겠습니다. 그리고 방금 박기태 씨 관련해서 새로운 뉴스가 포털사이트에 올라왔습니다.]

"화면에 띄워 줘. 일주일 동안 몇 건이었지?"

[중앙 일간지는 22번, 인터넷 매체는 148건입니다. 그중 90퍼센트가 중복 내지는 다른 매체의 뉴스를 인용한 겁니다.]

"재탕에 삼탕이란 얘기군. 얼마나 봤지?"

[일주일 기준 조회수는 191만 건으로 확인되었고, 13,881번 공유되었습니다. 주요 검색어는 딸을 잃은 아버지, 자살, 여고생 성매매, 강남 오피스텔입니다.]

남자는 인공지능 왓슨의 설명을 들으면서 새로 뜬 기사들을 살펴봤다. 박기태가 자살하려고 한 이유가 인터넷에 퍼지면서 기사들이 봇물 터지듯 쏟아져 나왔다. 유도영 패거리가 감추려고 했던 것들이 속속들이 드러난 것이다. 손을 쓰는 것인지 삭제되는 기사나 반박하는 내용의 기사들이 나오고는 있었지만, 손바닥으로 하늘을 막는 꼴이었다. 오히려 감추고 덮으려 했다는 사실까지 공개되면서 누리꾼들은 크게 분개했다. 기사를 읽던 남자에게 인공지능 왓슨이 물었다.

[항상 조용히 처리하셨는데 일부러 일을 키우신 이유가 무엇입니까?]

"그런 걸 미리 알아차리는 게 네 일 아니야?"

[제 알고리즘의 계산 범주 밖이라서요.]

"지금 스스로 무능하다고 고백하는 거야?"

[계산 범주 밖의 문제를 처리하지 못하는 것으로 무능하다는 평가를 받는 건 부적절합니다.]

"먹잇감이 도망치지 못하게 하려면 발목을 잡아야 했거든."

[그게 효과가 있겠습니까?]

"지켜보면 알겠지."

인공지능 왓슨이 대답을 하려는 찰나, 모니터에 텔레그램 메시지가 왔다는 아이콘이 떴다. 내용을 확인한 남자가 말했다.

"거봐, 내 얘기대로 됐지?"

[0.9퍼센트의 성공률로 봤는데 제가 틀렸군요.]

"그래, 그런 자세 좋아. 반성해야 발전이 있지."

[나머지 얘기는 전화로 나누자고 하는군요. 어떻게 할까요?]

"통화해 보라고 하지. 저쪽 문 열어."

[개방하겠습니다.]

인공지능 왓슨의 대답이 끝나기도 전에 남자가 항상 나가던 문의 반대쪽 벽에 있던 숨겨진 문이 열렸다. 감옥의 독방과 비슷하게 생긴 공간이 나왔고, 바닥에 누워 있던 기술자가 몸을 일으켰다. 둘 사이는 두툼한 방탄 유리가 가로막혀 있었다. 남자가 방탄 유리 앞으로 다가가서 물었다.

"가슴의 상처는 좀 괜찮아?"

"많이 나아졌어. 이제 풀어 주는 거야?"

"일 하나만 해 주면 자유의 몸이 되게 해 주지."

"믿고 싶군. 진짜 감옥과 똑같아서 교도소에 온 줄 알았어."

"옛날 생각이 났겠군."

"내가 있을 때는 이렇게 좋지 않았어. 그냥 콘크리트 동굴 같았지."

"세상이 좋아졌으니까. 텔레그램으로 메시지가 왔어."

"무슨 메시지?"

남자는 위쪽의 모니터를 보라고 손짓했다. 모니터에 뜬 내용을 읽은 기술자가 한숨을 쉬었다.

"여론을 조종하는 건 진짜 힘든데."

"굉장히 급한가 봐."

"그랬겠지. 그러니까 다시는 연락하지 말라고 했던 나한테까지 연락한 거 아니겠어?"

"이제 자유를 찾을 기회를 주지."

"어떻게?"

남자는 방탄 유리에 몸을 기댄 채 여유롭게 대답했다.

"일단 승낙하고, 일이 좀 있어서 대리인을 보내겠다고 해."

"그 대리인은 너고?"

기술자의 물음에 남자는 고개를 끄덕거렸다. 기술자가 난감한 표정을 지었다.

"그런 기술을 쓰면 나는 이 바닥에서 얼굴 못 들고 다녀."

"걱정 마."

자세를 고쳐서 기댄 남자가 기술자를 차가운 눈으로 바라보며 덧붙였다.

"그걸 증언할 사람은 없을 테니까."

잠깐 남자의 눈빛을 읽은 기술자가 한숨을 툭 내뱉었다.

"씨발, 진짜 그 의뢰를 받는 게 아니었는데 말이야."

"지나간 일은 잊어버리라고, 그래야 앞으로 나갈 수 있지."

"내가 나갈 수는 있고?"

"나는 약속을 지키는 사람이야."

"네 얼굴을 알고 있는데 날 풀어 준다고?"

기술자의 물음에 남자는 얼굴을 쓱 만졌다.

"이게 내 진짜 얼굴일까?"

남자의 질문에 기술자는 방탄 유리에서 뒷걸음질 쳤다.

"무서운 놈. 대체 어떤 배경을 가진 거야?"

"내 진짜 얼굴처럼 모르는 게 좋을 거야. 그나저나 어떻게 할 거야?"

기술자는 침대에 걸터앉은 채 고개를 절레절레 저었다. 그리고 남자에게 물었다.

"뭐라고 대답할까?"

"의뢰는 받겠지만 사정이 있어서 대리인을 보내겠다고 해. 돈은 더블로 달라고 하고."

"발 빼면 어쩌려고?"

"안 빼게 만들어야지, 네가."

쏘아보는 듯한 남자의 명령에 기술자가 자포자기한 표정으로 말했다.

"그럼 풀어 주는 거야?"

"내가 돌아오면."

7 장 329

"안 돌아오면?"

기술자의 물음에 남자는 탁자 위에 있는 인공지능 왓슨을 가리켰다.

"쟤가 널 풀어 줄 거야. 아니면 죽이거나."

"내 운명이 기계한테 달려 있는 건가?"

"어차피 죽음은 누구한테나 찾아오는 거니까, 마음 편하게 생각하라고."

"그렇게 별장으로 잠입해서 무슨 짓을 하려고?"

남자는 질문을 한 기술자를 향해 손가락을 까닥거렸다.

"오래 살고 싶으면 호기심을 좀 누르고 할 일을 하라고."

"그러지. 무병장수하는 게 내 꿈이니까. 메시지는 어떻게 보낼까?"

"내가 보냈어, 이미."

"그럼 난 왜 잡아 두고 있는데."

"영상 통화 하자고 할까 봐."

남자는 테이블 모서리에 있던 기술자의 휴대폰을 가지고 와서 방탄 유리 위쪽에 있는 틈으로 밀어 넣었다. 떨어지는 휴대폰을 두 손으로 잡은 기술자가 침대에 걸터앉자 남자가 돌아섰다. 그러자 열려 있던 벽이 스르륵 닫혔다.

*

지하 주차장으로 흰색 SUV가 유령처럼 들어왔다. 전기 자동차라 주행 소음이 거의 없어 기다리고 있던 경찰청장은 휴대폰의 텔레그램 메시지를 보고서야 도착한 걸 알았다. 경찰청장이 타고 있던 라이트를 켜서 신호를 보내자 흰색 SUV는 서서히 다가와 옆의 빈자리에 주차했다.

CCTV가 없는 사각지대인 데다가 라이트를 켜서 맞은편에 주차된 차량의 블랙박스에도 찍히지 않았다. 흰색 SUV의 운전석과 뒷좌석 문이 열리고 두 사람이 나란히 나왔다. 그러고는 경찰청장이 타고 있던 중형 승용차의 조수석과 뒷자리의 문을 열고 각각 앉았다. 조수석에 앉은 경찰청장의 형이 낮고 무거운 목소리로 말했다.

"미행은 없었어."

그러고는 뒤쪽을 힐끔 쳐다봤다. 윈드점퍼에 녹색 모자를 쓴 젊은 남자가 살짝 고개를 숙였다.

"심려를 끼쳐 드려서 죄송합니다, 작은아버지."

백미러로 뒷좌석에 앉은 녹색 모자를 한심스러운 눈으로 바라보던 경찰청장이 으르렁거렸다.

"너 언제 정신 차릴래, 유도영."

"잘못했습니다."

아랫입술을 질끈 깨문 경찰청장에게 조수석에 앉은 남자가 조심스럽게 말했다.

"성훈아, 미안하다."

"이게 미안하다는 말로 넘어갈 수 없다는 거, 형님도 잘 아시잖아요. 둘이 만나는 것도 이렇게 해야 하는 판국이 되어 버렸어요, 진짜."

경찰청장이 주먹으로 핸들을 내리치며 짜증을 내자 조수석의 남자가 차의 천정을 올려다보면서 한숨을 쉬었다.

"내가 잘못했어. 자식놈을 제대로 건사하지 못했으니 말이야."

"지금 다 난리 났어요. 청와대 비서실에서도 몇 번이고 확인 전화가 오고, 기자 새끼들은 냄새를 맡고 빨빨거리고 다니고 있고요."

"일단 도영이를 외국으로 보내는 건 어떨까?"

"외국으로 가면 죄를 자백하는 꼴 아닙니까?"

"그, 그냥 유학이지, 뭐."

조수석에 앉은 남자의 대답에 경찰청장은 어이없는 표정을 지었다.

"아이고 형님, 세상 참 편하게 사십니다. 사람들이 그걸 믿겠어요, 이 판국에?"

경찰청장이 쏘아붙이자 조수석에 앉은 남자는 입을 다물었고, 뒤에 앉은 유도영이 끼어들었다.

"제가 해결을 해 볼게요."

"넌, 이 새끼야! 입 닥치고 있어! 명색이 작은아버지가 경찰청장인데 조카 놈이 이런 사고를 치면 어쩌란 말이야!"

차 안을 쩌렁쩌렁 울리는 경찰청장의 말에 유도영은 고개를 푹 숙였다. 이글이글 불타오르는 눈으로 뒷좌석의 유도영을 노려보던 경찰청장이 이내 한숨을 쉬었다.

"진짜, 국회의원 배지가 코앞인데."

경찰청장이 투덜거리자 조수석에 앉은 남자가 창밖을 바라봤다. 그러자 아까 그가 타고 온 흰색 SUV에서 누군가가 내리더니 경찰청장이 타고 있던 차의 트렁크를 열고 가방을 넣었다. 백미러로 그걸 본 경찰청장이 물었다.

"뭡니까?"

"이것저것 미안하기도 하고, 고생도 하는 것 같아서 좀 챙겼어. 깨끗한 거니까 걱정하지 마."

"형님, 제가 돈이 필요해서 이러는 거 아니잖아요."

"알아. 잘 알지. 내가 너를 볼 면목이 없어. 하나밖에 없는 아들이라고 오냐오냐했더니 저런 사고를 칠 줄 누가 알았겠어. 그런데 이미 엎질러진 물이잖아."

"이 바닥은 서로 물고 물리는 뱀들이 우글거려요. 제가 경찰청장 자리에 올라갈 때 몇 명을 어떻게 제쳤는지 잘 아시잖아요. 지금 그렇게 저를 제치려는 놈들이 한둘이 아닌 판국이란 말입니다."

"일단 수습이 중요하잖아. 어떻게 하면 좋을까? 나는 도영이를 외국으로 보내서 잠잠해지길 기다리려고 했지."

"요즘에는 소용없어요. 외국에 나간 교포랑 유학생들이 한둘이 아닌데 걔들 눈을 어떻게 다 피해요."

"그렇긴 하지."

아버지가 수긍하는 모습을 본 유도영이 슬쩍 끼어들었다.

"지난번에 우리 일을 도와준 기술자가 있었는데요."

"K? 죽었다고 하던데?"

청장의 말에 유도영이 고개를 갸웃거렸다.

"제 연락을 받았어요. 상황을 얘기했더니 여론 조작을 해 주겠다고 답이 왔더라고요."

유도영의 말을 들은 경찰청장이 가만히 생각에 잠겼다가 입을 열었다.

"어떻게?"

"댓글 부대에 외주를 주고 기자를 몇 명 섭외해서 물타기를 하면 된다고 했어요."

"그걸로 해결이 된대?"

"일단 해외 말고 국내에 잠적하면서 조용히 있으라고 했어요. 그리고 다른 사건으로 덮으면 금방 가라앉을 거라고요."

"정석이네. 그런데 요즘은 사람들 머리가 잘 돌아가서 쉽지 않아."

"그래도 실력은 믿을 만한 사람이라서요. 대리인을 곧 만나기로 했어요. 잘 해결해 볼게요."

"대리인이라고? 그쪽 계통은 누굴 잘 안 믿는데."

"일단 만나 보겠습니다. 조금이라도 이상하면 제가 처리할게요."

유도영의 대답을 들은 경찰청장이 백미러를 노려봤다.

"조금이라도 삐끗하면 다 끝장이야, 너나 나나."

그러고는 고개를 옆으로 돌리며 덧붙였다.

"그리고 네 아버지도."

"잘 알고 있습니다, 작은아버지."

"너, 우리 집안이 어떻게 다시 일어났는지 모르지? 우리 아버지가 사업하다가 IMF 때 부도나고 화병으로 돌아가신 다음에 네아버지가 안 한 일이 없었어. 나도 학비가 없어서 경찰대로 갔단 말이야. 그런데 네가 한순간에 무너뜨리려고 해?"

"절대 그럴 생각은 없습니다. 저도 잘해 보려고."

"잘해 보려고 동창생을 시켜서 몸을 팔게 만들어? 너 그거 때문에 지금 몇 명이 죽었는지 알아?"

경찰청장의 말이 격해지자 조수석에 앉은 남자가 슬쩍 팔을 잡았다.

"성훈아, 내가 아주 눈물이 찔끔 나게 혼을 냈다. 일단 이번 일을 잘 넘기자."

"덮을 만한 사건이 있는지 찾아볼게요."

그 말에 유도영이 기다렸다는 듯 휴대폰을 보여 줬다.

"뭔데?"

"제가 운영하던 오피스텔에 왔던 아이돌 애들 영상이요. 슬쩍 풀면 어떨까요?"

"너 진짜 미쳤어? 그랬다가 무슨 후폭풍이 밀려올 줄 알고?"

"죽은 모태나 교찬이가 주모자라고 하면 되잖아요."

유도영의 얘기를 들은 경찰청장이 곰곰이 생각에 잠겼다. 그러다가 고개를 저었다.

"모태는 빼. 걔네 아버지가 로펌 대표인 거 몰라?"

"그럼 교찬이로 하죠. 그리고 사건을 한두 개 같이 터트리면 시선이 분산될 거라고 기술자가 말했어요."

"터트릴 사건은 어디서 찾고?"

"소스 몇 개를 주긴 했는데 대리인을 보낼 테니까 만나서 얘기 나눠 보라고 하더라고요."

"직접 안 오고?"

"사정이 있다고 했어요. 그래서 일단 별장에서 보기로 했어요."

"월령에 있는?"

"네."

조수석에 앉은 유도영의 아버지이자 경찰청장의 형이 끼어들었다.

"김광준과 박진혁도 같이 있으라고 하더라. 한 놈이라도 사고 치면 뭉텅이로 엮인다면서 말이야."

"기술자가요?"

"그래, 거긴 기자들도 찾기 힘든 곳이잖아. 태풍이 불 때면 납작 엎드려야지. 예전에도 그렇게 해서 위기를 넘겼잖아."

형과 조카의 얘기를 들은 경찰청장이 손가락으로 턱을 긁으면서 고민에 빠졌다. 그러자 형이 안주머니에서 두툼한 봉투를 꺼냈다.

"이번에 청와대 사람 만난다며? 선물로 줘라."

"아이고, 요즘 다들 몸 사리는 중이에요."

"얇은 금이야. 보관하기 편하고 하나쯤 가지고 있으면 든든하지. 처분하기 쉽고 말이야."

"자꾸 이런 걸……."

말은 그렇게 했지만 경찰청장은 재빨리 받아서 안주머니에 넣었다.

"돈 나올 구멍들이 다들 막혔잖아. 그러니까 돈이 더 필요하지 않겠어? 어차피 내년 총선 때 상당수는 거길 나와서 국회 의원 선거 나가야 하는 걸로 알고 있는데 말이야."

"그렇긴 하죠."

"아들 녀석 일은 미안하다. 하지만 이미 벌어진 일이니 어쩌겠어. 내가 돈을 얼마든지 써서 무마할 테니까 걱정 마라. 외아들이라 제대로 키우질 못했다."

형의 간곡한 말에 경찰청장은 갑자기 형의 머리를 쓰다듬어 줬다.

"아이고, 형님 머리가 하얗게 변하셨네."

"회사가 부도 일보 직전에 몰렸을 때도 잠은 잘 왔는데 요즘은 통 못 자고 있어."

"이 또한 지나가겠죠. 아버지 부도나고도 버텼는데요."

"잘 버텨 보마. 널 볼 면목이 없다. 그나저나 도영이 친구들은 대체 누가 죽이고 있는 거니?"

조심스러운 형의 물음에 경찰청장이 가볍게 얼굴을 찌푸렸다.

"전직 정보 경찰 시켜서 알아보고 있는데 꼬리를 못 잡겠어요. 똑똑한 놈인데 단서를 제대로 못 잡고 있어요."

"너도 어떻게 손을 못 쓰는 거냐?"

"공개 수사를 못 하니까 한계가 있죠."

"사방이 지뢰밭이구나, 정말."

"이럴 때는 조용히 터지지 않고 넘어가는 게 최곱니다."

"터지지 않게 도와 다오. 아무리 그렇다고 아들 녀석에게 콩밥을 먹일 수는 없잖아."

"콩밥 안 나온 지 오래예요. 어쨌든 애들을 일단 별장에 숨겨 두고 시간이 지나기를 기다려 보죠."

"그래, 오늘 당장 내려보내마."

형과 얘기를 마친 경찰청장이 백미러로 조카인 유도영을 노려봤다.

"거기서 꼼짝도 하지 마. 이번에도 사고 치면 진짜 너 죽고 나

죽고야."

"얌전하게 있을게요."

"친구들도 입단속 잘 시키고, SNS도 하지 마."

"그럴게요."

미안하다는 말을 마지막으로 뒷좌석 문을 열고 나간 유도영이 흰색 SUV에 올라탔다. 그걸 보고 한숨을 쉰 형이 경찰청장에게 물었다.

"김 이사 후임으로 적당한 애 없을까?"

"관둔대요?"

"그럴 기미가 보여. 쉬는 날을 자꾸 달라고 하고, 이번에 월령에도 안 내려간다고 하더라고, 집안일이 있다면서 말이야."

"김 이사 같은 사람 요즘 없어요. 월급 더 준다고 해요. 보너스 좀 챙겨 주고."

"그랬지. 그래도 별로 내켜 하지 않더라고."

형의 얘기를 들은 경찰청장이 핸들을 손가락으로 두드리며 투덜거렸다.

"하필이면 지금 난리야."

"급한 건 아니니까 천천히 알아봐 줘."

"그럽시다. 이번이 마지막이에요. 여기서 더 터지면 저도 커버가 안 돼요, 형님."

"알지, 아주 잘 알지."

목덜미를 주무르며 대답하는 형을 본 경찰청장이 물었다.

"병원은 가 봤어요? 혈압 요즘도 높은 거 아니에요?"

"약 먹고 있어. 아들 녀석 때문에 이리저리 다니다 보니까 병원도 잘 못 간다."

"그래도 장가가는 건 봐야죠. 쟤 별장으로 보내고 병원에 가서 검사 좀 받아요."

"그러마."

짧게 대답하고 물끄러미 앞쪽을 바라보던 형이 중얼거렸다.

"이번에도 잘 넘어가겠지?"

"넘어가고 말고요. 우리가 이런 일 한두 번 겪어 본 거 아니잖아요."

"그렇긴 하지. 그때마다 너랑 나랑 힘을 합쳐서 잘 넘겼고 말이야. 이번에도 잘 넘겨서 나는 아들놈 감방 안 보내고, 너는 내년에 배지 달자."

"혹시 모르니까 경호원들 잔뜩 집어넣어요."

"안 그래도 업체 통해서 몇 명 더 고용했다. 걱정 마라."

형의 얘기를 들은 경찰청장이 손목에 찬 스마트워치로 시선을 돌렸다. 슬쩍 눈치를 본 형이 말했다.

"시간 내 줘서 고맙다."

"형이랑 조카 일인데 내야죠. 회의가 있어서 들어갈게요, 형."

"그래, 얼른 들어가라."

경찰청장의 어깨를 토닥거린 형이 조수석의 문을 열고 밖으로 나갔다. 기지개를 켠 경찰청장은 핸들을 잡고 차를 천천히 출발시켰다. 기다리고 있던 형이 어색하게 웃으며 손을 흔드는 게 보였다. 한 손으로 핸들을 잡고 다른 손으로 무음으로 하고 윗주머니에 넣어 놓았던 휴대폰을 꺼내자 수십 개의 부재중 전화와 문자, 카톡 메시지들이 쌓여 있었다. 숫자를 눈으로 확인한 경찰청장은 한숨을 푹 쉬었다. 경찰청장에 임명되면서 새로 만든 휴대폰이라서 번호를 아는 사람이 상대적으로 적었다. 그리고 그 적은 숫자의 대부분은 그가 부담을 가질 만한 사람들이었다.

"환장하겠네."

답답해진 경찰청장은 애꿎은 핸들을 세게 내리쳤다.

8 장

"불가능한 것을 전부 제외하고 남은 것은 아무리 말이 되지 않더라도 진실일

수밖에 없다."

~ 셜록 홈즈 ~

남자는 차를 천천히 몰았다. 산에 둘러싸인 별장 주변은 예전보다 훨씬 삼엄하게 지켜지는 중이었다. 경호원도 이전보다 두 배 가까이 늘었고, CCTV를 비롯한 각종 감시 센서들도 눈에 더 많이 띄었다. 하지만 그건 외부의 침입자들을 막기 위한 것이고, 남자처럼 방문객은 해당 사항이 없었다.

　　남자의 얼굴을 알고 있으면서 여러모로 위험한 김 이사는 헤드헌터 업체의 연락을 받고 서울에 남았다. 인공지능 왓슨에게 고용되어 헤드헌터 업체의 임원으로 위장한 연극배우가 서울 시내에서 두세 시간 정도 얘기를 나누기로 했다. 미팅이 끝나고 나면 이쪽 상황도 끝날 예정이다. 검정색 양복에 선글라스를 낀 경호원이 별장의 대문 앞에서 차를 멈추라는 손짓을 했다. 차를 세운 남자는 운전석의 창문을 열었다.

"강인교라고 합니다. 미팅이 있어서 왔는데요."

"누구한테 연락을 받으셨습니까?"

"유도영 씨요. 여기로 오라고 하던데요."

"잠시만요."

돌아선 경호원이 무전기에 대고 한참을 떠들다가 돌아서서 닫힌 문을 가리켰다.

"천천히 들어가세요. 자동으로 열립니다."

고맙다고 크게 외친 남자는 주황색 대문을 향해 천천히 전진했다. 문이 열리면서 별장 안쪽이 보였다. 드론으로 찍은 영상과 이미지를 수십 번 봤고, 어렵게 구한 설계도 역시 수백 번을 봤지만 실제로 눈으로 보는 건 처음이었다. 보도블록이 깔린 주차 공간이 문 안쪽에 있어서 그곳에 차를 세웠다. 그러자 파란 등산복을 입은 경호원 둘이 다가왔다.

뒤쪽의 경호원은 레이밴 선글라스를 꼈다. 덩치가 무지막지하게 크지는 않았지만 다부진 몸매는 균형이 잘 잡혀 있었다. 한 명은 금속 탐지기를 가지고 다가왔고, 다른 한 명은 약간 뒤에서 가스총이 든 주머니에 손을 넣고 지켜봤다. 어느 정도 훈련을 받은 게 분명했다. 다가온 경호원이 손을 들라는 손짓을 했다 시키는 대로 손을 든 남자에게 경호원이 금속 탐지기를 갖다 댔다.

그사이 선글라스를 쓴 다른 한 명은 빙 돌아가서 차를 이리저리 살폈다.

"강인교 씨."

금속 탐지기를 거둔 경호원의 부름에 남자가 고개를 끄덕거렸다.

"네."

"따라오십시오."

"잠시만요. 가방을 좀 챙겨야 해서."

남자의 말을 들은 경호원이 눈짓했다. 그러자 선글라스를 쓴 경호원이 조수석의 문을 열고 서류 가방을 꺼냈다. 그러고는 보닛 위에 올려놓고 살펴본 후에 고개를 끄덕거렸다. 서류 가방을 건네받은 남자는 두 경호원을 따라 본관으로 들어갔다. 현관문을 통해 안으로 들어가자 매끈한 대리석 바닥에 한 번도 쓴 적이 없어 보이는 벽난로가 있는 넓은 거실이 모습을 드러냈다.

거실 한쪽에 있는 계단을 통해 2층으로 올라가는데 특이하게도 쇠창살로 만든 문이 보였다. 변두리 빌딩에서나 볼 법한 쇠창살 문을 연 경호원을 따라 2층으로 올라가자 거실에 한 무리의 젊은 남자들과 여자들이 보였다. 한낮이었지만 꽤 많이 마셨는지 유리 테이블 위에 술병들이 어지럽게 널브러져 있었다. 그 광경을 본 파란 등산복의 경호원이 헛기침을 했다. 그러자 짧은 머리에 녹색 와이셔츠를 입은 젊은 남자가 고개를 돌렸다. 남자는 속으로 중얼거렸다.

'유도영.'

남자는 이곳에 오기까지 걸린 시간과 노력을 떠올렸다. 수많은 변수가 있었지만 잘 맞아떨어지면서 이곳까지 올 수 있었다. 그리고 마침내, 남은 패거리 세 명을 처리할 순간이 다가온 것이다. 남자의 속마음을 전혀 짐작하지 못한 유도영은 히죽거리며 웃기 바빴다. 테이블 아래 바람 빠진 풍선이 있는 걸로 봐서는 해피 벌룬을 한 게 분명했다. 웃고 있는 유도영의 맞은편 소파에 앉아서 이빨을 드러내며 웃는 또래의 두 남자는 김광준과 박진혁이 분명했다.

김광준은 뒷머리가 길고 마른 편이었고, 박진혁은 테 없는 안경을 쓰고 체구가 작은 편이었다. 크롭 티에 짧은 치마를 입은 여자들이 중간중간 앉아 있었다. 여자 중 한 명은 유리 테이블 아래 엎드려 있었는데 얼굴에서 피가 흘러나오고 있었다. 하지만 아무도 쓰러진 여자를 신경 쓰지 않고 웃고 떠드느라 바빴다.

"뭐야?"

옆에 있던 여자의 가슴을 만지작거리던 유도영의 짧은 물음에 경호원이 대답했다.

"강인교 씨입니다, 지난번에 부르신."

잠깐 생각하던 유도영이 바보같이 입을 벌렸다.

"아! 기술자가 보낸다는 아저씨."

맥락 없이 웃는 유도영에게 남자가 물었다.

"술을 얼마나 마신 겁니까? 인터뷰할 수 있습니까?"

남자의 물음에 유도영이 얼음과 술이 든 유리잔을 들었다.

"나 술 세요. 이리 와서 한잔해요."

강인교라고 불린 남자는 성큼성큼 다가가서 유도영 앞에 섰다.

"나도 바쁜 사람입니다. 이런 식으로는 일하지 않습니다."

"거참 빡빡하시네."

테 없는 안경을 끌어 올린 박진혁의 말에 남자는 말없이 쳐다
봤다. 차가운 그의 시선에 박진혁이 입을 다물었다. 세 남자와
함께 있는 여자들을 쏘아본 남자가 돌아섰다. 지켜보던 경호원
이 슬쩍 앞을 막아서면서 잠깐 대치가 일어났다. 사실 진짜로 나
갈 생각은 없었던 남자는 경호원을 쏘아보기만 했다. 분위기가
어색해지자 유도영이 술잔을 내려놓고 말했다.

"알았어요, 알았어. 어디서 얘기할까요?"

유도영의 말을 들은 남자가 대답했다.

"세 분과 얘기를 나눌 수 있는 조용한 방이요."

"3호실로 가죠. 박 실장은 여기 좀 정리해."

파란색 등산복을 입은 경호원이 짧게 고개를 숙이며 알겠다고
대답했다. 소파에서 일어난 유도영이 김광준과 박진혁에게도 따
라오라는 얘기를 했다. 마지못해 일어난 둘은 옆에 있던 여자들
에게 이따 보자는 말을 남기고 따라왔다. 유도영은 쓰러진 여자
를 지나쳐서 테이블을 빠져나왔다. 남자는 유도영이 타인의 감

정을 이해하지 못하는 사이코패스라는 걸 알아차렸다.

2층의 복도 끝에 있는 3호실은 설계도에서 본 적이 있었다. 창문도 없고, 도청을 방지할 수 있도록 방 전체가 처리된 곳이었다. 문도 다른 곳과는 달리 비밀번호를 눌러야 들어갈 수 있었다. 앞에 선 유도영이 비밀번호를 누르고 문을 열었다. 남자는 눈으로 비밀번호를 외웠다. 문이 열리면서 자동으로 켜진 조명 아래 몇 개의 의자와 테이블이 보였다. 재빨리 내부 구조를 살핀 남자는 안으로 들어갔다. 박 실장이라고 불린 경호원이 따라 들어오려고 하자 남자가 막았다.

"우리끼리 얘기를 나누겠습니다."

"김 이사님이 외부인과 만날 때는 항상 동석하라고 하셔서."

"민감한 얘기들이 오갈 거라서요. 밖에서 기다리십시오."

둘의 팽팽한 기 싸움에 유도영이 귀찮다는 듯 대꾸했다.

"바깥 정리해, 여긴 놔두고."

박 실장은 마지못한 표정으로 고개를 숙이고 문을 닫고 나갔다. 그사이 세 명은 여기저기 흩어져서 앉았다. 문가 쪽의 빈 의자에 앉은 남자는 서류 가방을 테이블에 올려놨다. 그걸 본 유도영이 물었다.

"녹음 같은 걸 합니까?"

"나중에 직접 들으시겠다고 했습니다. 물론 제 보고도 받으시지만 말이죠."

"그런데 당신 누구야?"

싸늘한 유도영의 목소리에 남자는 최대한 태연하게 돌아섰다.

"연락 못 받았습니까?"

"기술자 아저씨가 누군가한테 습격을 당했다는 얘기는 들었어, 작은아버지한테."

유도영의 손에는 글록인지 SIG인지 모를 권총이 들려 있었다. 남자는 한쪽 눈을 찡그렸다.

"그래서 내가 온 겁니다. 진짜 총 안 치워요?"

남자가 윽박질렀지만 유도영은 실실 웃으며 계속 총을 겨눴다.

"여긴 방음이 잘되어 있어서 총소리가 안 나가. 지난번에 멍청한 여자 동창생도 여기에서 죽인 다음에 산에서 던져 버렸어. 걔네 아빠가 지랄했지만 바지 사장 선에서 처리했지. 작은아버지한테 얘기를 듣고 생각해 보니까 말이야, 대리인으로 오는 놈이 가짜일 수 있다는 생각이 들더라고."

히죽거리며 웃는 유도영을 보면서 남자는 상대를 너무 쉽게 봤다고 생각했다. 두 친구들이 따라서 웃는 걸 보던 남자는 한 번 더 연기를 하기로 했다.

"기술자한테 전화를 걸어서 확인해 보시겠습니까? 내가 진짜인지 아닌지?"

건조한 그의 목소리에 잠시 고민하던 유도영이 닫힌 문을 바라봤다. 그 틈을 노린 남자가 말했다.

"내 휴대폰으로 하시죠. 서류 가방에 있어요."

기회를 노린 남자는 서류 가방의 버튼을 누르고는 갑자기 기침이 나는 시늉을 했다. 문가로 가서 연거푸 기침을 했다. 그사이에 서류 가방의 비밀 공간에 넣어 둔 신경 가스가 살포되었다. 남자는 재킷의 안 주머니에 넣어 둔 마스크를 꺼내서 입과 코를 막았다. 겉모양은 KF94 마스크처럼 보였지만 안에는 방진 필터가 끼워져 있었다. 아무런 색이나 냄새가 없는 신경 가스는 삽시간에 방 안에 퍼졌고, 유도영과 두 친구는 일순간 거품을 물고 쓰러졌다.

남자는 쓰러진 세 사람의 상태를 살폈다. 김광준과 박진혁이 꼼짝도 못 하는 걸 확인한 남자는 마지막으로 유도영에게 다가갔다. 입과 코로 거품을 쏟아 내던 유도영은 손에 든 권총을 겨누려고 했다. 그걸 무시하고 한쪽 무릎을 꿇은 남자가 유도영의 맥박을 확인했다.

"뭐에 당했는지 궁금하지? V-톨이라고 부르는 신경 가스야. 냄새도 없고 색깔도 없어서 이런 밀폐된 공간에서는 효과가 바로 나타나지. 아! 걱정 마."

히죽 웃은 남자가 말했다.

"죽지는 않을 거야. 온몸의 신경 세포가 파괴되고 뇌 역시 망가지지만 숨통은 끊어지지 않아. 의학적으로 보면 뇌사라고 해야 하나? 하지만 너는 주변에서 일어나는 일들을 보고 들을 수 있지. 그래서 V-톨을 악마의 친구라고 불러. 너와 친구들은 죽지도 살지도 못하는 상태에서 지낼 거야. 결국 몇 년이 지나고, 견디다 못한 가족들이 직접 너의 죽음을 선포할 것이고 말이야. 너는 그 과정을 다 지켜볼 거야. 그리고 최후를 맞이하는 거지."

얘기를 들은 유도영은 손을 뻗어서 남자를 잡으려고 했다. 하지만 아무런 힘이 없어서 바들거리기만 할 뿐이었다.

"나쁜 짓을 하려면 이유가 있어야 해. 난 너처럼 재미 삼아 나쁜 짓을 하는 놈이 제일 싫어. 이유 있는 악당인 나까지 같은 취급을 받잖아."

유도영의 눈이 실핏줄이 터질 것처럼 커졌다. 남자는 자신의 팔목을 잡은 유도영의 손을 가볍게 밀쳤다.

"어떻게 처리할까 고민했는데 말이야. 그냥 죽이는 건 너무 약한 처벌 같았어. 그러니까 침대에 누워서 똥오줌 싸면서 생각해 봐. 내가 왜 이렇게 죽어야 하는지 말이야."

얘기를 마친 남자는 주머니에서 휴대폰을 꺼내 누워 있는 유도영과 다른 두 명의 사진을 찍은 다음 서류 가방을 챙겨 문 앞에 섰다. V-톨은 강력하지만 넓게 퍼지지는 않아서 문밖으로 나가면 안전했다. 계획보다 일이 잘 풀렸다고 생각하며 남자가 문을 열었다. 그런데 스르륵 열린 자동문 밖에 지금쯤 가짜 헤드헌터 업체와 서울에서 미팅하고 있어야 할 김 이사가 서 있었다.

짧은 호흡의 순간이 지나고 둘은 거의 동시에 움직였다. 서류 가방을 놓은 남자가 상대방의 옷깃을 잡고 다리를 걸었다. 하지만 김 이사는 옷깃을 잡으려는 남자의 손목을 강하게 후려쳐서 뿌리치고는 아랫배를 걷어차며 방 안으로 밀어 넣으려고 했다. 방 안에는 신경 가스가 퍼져 있는 상태라 위험하다는 걸 알고 있는 남자는 힘을 주면서 버텼다. 그러다가 옆으로 몸을 돌린 다음에 팔꿈치를 아래에서 위로 올려 치면서 상대의 턱을 노렸다.

몸을 뒤로 빼면서 공격을 피한 김 이사는 주먹으로 머리를 노리는 공격으로 응수했다. 어느 정도 예상한 남자는 몸을 옆으로 기울여서 피했다. 그러자 김 이사는 살짝 몸을 띄워서 내리찍기를 했다. 목에 팔을 둘러서 직접적인 타격은 피했지만, 남자는 머리가 아플 정도로 큰 충격을 받았다. 그사이에 열렸던 문은 자동으로 닫혔다. 이어지는 어퍼컷 공격을 겨우 피한 남자는 복도 끝까지 밀려났다. 주먹을 쥐고 싸울 태세를 취한 남자를 노려보던 김 이사가 중얼거렸다.

"어쩐지 이상했어. 너, 정체가 뭐야? 길 잃은 등산객 아저씨?"

유리한 위치를 차지하려고 조금씩 발을 움직이던 남자가 대답했다.

"한번 맞혀 봐."

"너, 도련님 몸에 상처 하나라도 있으면 죽은 목숨이야."

"상처는 없어. 죽음만 있을 뿐이지."

이죽거리는 남자의 대답에 김 이사는 발차기로 응수했다. 위력을 직접 겪어 본 남자는 재빨리 뒤로 물러나는 것으로 공격을 피했다. 그리고 무릎을 노리는 가벼운 킥으로 반격했다. 김 이사는 공격을 피하지 않고 그대로 맞았다. 오랜 단련으로 인해 단단해진 정강이를 믿은 것이다. 하지만 남자 역시 노림수가 있었다. 로 킥을 막느라 무심코 균형을 앞으로 줘야 했기 때문에 몸이 기울어졌고, 그 바람에 턱이 노출되었다.

남자는 손으로 만든 가드 사이에 벌어진 틈으로 주먹을 쑤셔 넣었다. 김 이사는 아차 싶었는지 몸을 뒤로 빼려고 했다. 하지만 늦고 말았다. 육중하고 둔탁한 소리와 함께 김 이사의 몸이 뒤로 젖혀졌다. 남자는 그 틈을 놓치지 않고 바짝 붙어서 팔꿈치와 무릎으로 공격을 가했다. 김 이사는 두 팔로 머리와 얼굴을 감싼 채 공격을 막다가 돌연 다가온 남자의 몸을 두 팔로 감쌌다.

머리를 몸에 붙여서 공격을 피한 김 이사는 테이크 다운을 시도했다. 공격의 낌새를 맡은 순간 남자는 두 다리를 벌린 채 몸을 바짝 낮춰서 시도를 무산시키고 팔꿈치로 척추를 내리찍었다. 김 이사는 필사적으로 뒤집거나 넘어뜨리려고 했지만 소용없었다. 결국 바닥에 눌린 김 이사가 고개를 옆으로 돌리고 소리를 지르려고 했다.

"야! 박 실장!"

남자는 그런 김 이사의 뺨을 주먹으로 내리쳤다. 이빨이 부러지는 소리와 함께 피가 훅 밀려 나왔다. 남자는 주먹과 팔꿈치로 김 이사의 얼굴을 연달아 쳤다. 얼굴이 멍이 들고 갈라졌다. 김 이사가 축 늘어지자 남자는 마스크를 고쳐 쓰고는 김 이사의 웃옷을 벗긴 다음 목덜미를 잡고 닫힌 방문의 비밀번호를 눌렀다. 문이 열리자 안으로 김 이사를 끌고 들어갔다. 유도영과 두 친구가 시체처럼 쓰러져 있었다. 남자는 김 이사를 유도영 옆에 눕힌 후 돌아섰다. 쓰러져 있던 김 이사가 가스를 흡입했는지 몸부림을 치면서 괴로워했다.

허공을 긁는 김 이사의 손짓을 무심히 바라보던 남자는 문이 닫히자 아까 벗겨 놓은 김 이사의 웃옷으로 바닥에 묻은 핏자국을 닦았다. 그리고 커다란 화분 뒤에 옷을 숨긴 다음 아래층으로 내려갔다. 부하들과 얘기를 나누던 박 실장이 계단에서 발소리가 들려오자 고개를 돌렸다. 의아해하는 그에게 남자는 짜증 섞인 말투로 내뱉었다.

"방에 들어가자마자 약 기운 때문인지 난동을 부리더라고요. 바쁜 사람 불러 놓고 뭐 하는 짓인지."

남자의 말을 들은 박 실장은 곧장 계단으로 올라가려고 했다. 그런 박 실장에게 남자가 말했다.

"아무도 들어오지 말래요."

"누가요?"

"김 이사라는 분이요."

박 실장이 못마땅하다는 표정으로 고개를 끄덕거리곤 남자에게 말했다.

"옷이 많이 구겨졌네요."

"갑자기 달려들어서 뿌리치는 바람에 그랬어요. 김 이사라는 분만 아니었으면 진짜 작살을 내는 건데."

남자가 분을 못 이긴 말투로 얘기하자 박 실장이 달래듯 말했다.

"우리 도련님이 친구를 잘못 사귀어서 좀 그래요."

"됐습니다. 문이나 열어 줘요. 가서 보고해야 하니까."

남자의 말에 박 실장이 경호원을 바라봤다. 레이밴을 쓴 경호원이 문을 열어 줬다. 신발을 신은 남자는 나지막하게 투덜거리면서 밖으로 나갔다. 주차된 차가 있는 곳으로 가 운전석에 앉은 다음 조수석에 서류 가방을 놓고는 시동을 걸었다. 별장의 대문이 서서히 열리는 걸 보면서 천천히 핸들을 돌렸다.

별장을 빠져나온 남자는 갑갑했던 턱과 볼의 라텍스 고무를 떼어내고 입 안 양쪽에 넣은 마우스피스를 뺐다. 그 정도만으로도 전혀 인상이 달라졌다. 한숨을 쉰 남자는 휴대폰을 거치대에 끼운 다음 전원을 연결했다.

"인공지능 왓슨 연결해 줘."

[왓슨입니다. 살아 계셨군요.]

"반가워서 고마워. 다음 단계로 넘어가."

[예, 별장의 CCTV를 해킹해서 나오신 영상들을 모두 삭제하도록 하겠습니다.]

"김 이사가 오늘 별장에 나타났어. 원래 미팅하고 있어야 하는 시간 아니야?"

[방금 확인했는데, 업체에서 보낸 가짜 임원이 금방 발각되었다고 합니다.]

남자가 짜증스러운 목소리로 물었다.

"어쩌다가?"

[원래 고용한 배우가 연극 연습을 한다고 후배를 보낸 모양입니다. 경험이 적고, 제대로 전달받지 못한 후배가 어색해하니까 김 이사가 눈치를 채고 다그친 거 같습니다.]

"그래서 들켰군. 역시 인간이 문제야."

[업체에 엄중하게 항의 메일을 보내고, 잔금 지불을 거절했습니다.]

"그건 알아서 해. 어쨌든 힘들긴 했지만 김 이사까지 제거했으니까 나쁘진 않군."

[긍정적으로 생각하시는군요.]

"세상에 심심한 것만큼 참기 어려운 것은 없으니까, 무언가 활기를 자극하는 것이 없으면 살아가는 것이 괴로울 수 있어."

[궤변이지만 멋있군요. 누구의 말입니까?]

"나쓰메 소세키가 쓴 『나는 고양이로소이다』에 나오는 말이야."

[기억해 두겠습니다. 기술자는 어떻게 할까요?]

"내가 도착할 시간에 맞춰서 수면 가스를 살포해."

[알겠습니다. 도착 예정 시간이 2시 58분이니까 15분 전에 수면 가스를 살포하겠습니다.]

"오케이. 그리고 박기태가 입원한 병원에 대해서 알아봐."

[병원에서 처리할 예정입니까?]

잠시 생각하던 남자는 고개를 끄덕거렸다.

"오래 끌 일은 아니잖아."

[알겠습니다. 도착하실 때까지 확인해 두겠습니다.]

통화를 끝내려던 남자가 깜빡 잊었던 것을 말했다.

"내 휴대폰에 있는 별장 애들 사진을 박기태가 가지고 있는 휴대폰으로 보내. 그리고 문자도 하나 보내."

[뭐라고 보낼까요?]

"의뢰받은 일을 끝냈다. 계기를 만들어 줘서 고맙고, 이제 끝을 내러 가겠다고 해. 아웃."

[처리하고 아웃하겠습니다.]

*

권성호는 병원 주차장을 맴돌면서 기다렸다. 잠시 후, 경찰청장이 탄 차가 스르륵 들어왔다. 차에서 내린 경찰청장이 주변에 아무것도 없는 걸 확인하고는 소리를 쳤다.

"야! 왜 시키는 일을 똑바로 못 해!"

"면목 없습니다만 청장님은 손해를 볼 일이 없으시잖아요."

"무슨 헛소리야?"

"알아보니까 유도영이 우리 유성훈 청장님의 형의 아들이잖아요."

"그런데?"

"그 형님의 외아들이 유도영이고, 가장 가까운 친척은 바로 청장님이네요. 형님 재산이 부동산 포함해서 한 2천억쯤 되던데요. 형님까지 돌아가시면 상속 일순위는 청장님이잖아요. 돈과 권력을 모두 손에 넣으실 수 있네요."

"뭐라고? 이 새끼가 진짜!"

"제 일은 보디가드가 아니었어요. 화풀이할 생각은 하지 마세요."

"너, 간이 배 밖으로 나왔구나."

경찰청장의 호통에 권성호는 한발 뒤로 물러나면서 대답했다.

"이 건 터지면 청장님 간도 무사하지 못할 겁니다."

"지금 협박하는 거야?"

"사실을 얘기해 드리는 겁니다. 진짜 조카를 위하는 마음이 있었다면 어떻게든 움직였겠죠. 하지만 본인 자리에 타격을 입지 않고 앞으로 얼마나 더 말썽을 부릴지 모를 조카도 처리하고 덤으로 재산도 물려받을 가능성을 열어 두셨네요. 아무것도 모르는 형님은 동생인 청장님에게 엄청 고마워할 거고요. 어떻게 보면 청장님이 이 판의 가장 악당일지 몰라요."

권성호의 날카로운 외침에 유성훈 경찰청장은 아무 대꾸도 하지 못하고 노려보기만 했다. 그런 청장에게 권성호가 말했다.

"저를 버리는 카드로 쓸 생각은 하지 마세요. 보험은 다 들어 놨어요."

"무슨 보험?"

얼굴색이 굳어진 경찰청장의 물음에 권성호는 어깨를 으쓱거렸다.

"요즘 이탈리아제 도청 장치 성능이 좋아졌더라고요. 그러니까 쓸데없는 짓 할 생각 마세요. 저야 끈 떨어진 전직 짭새지만 청장님은 상황이 다르잖아요."

"아이고, 널 믿은 내가 바보지."

한탄하는 경찰청장에게 권성호가 대꾸했다.

"모르셨습니까? 아무튼 카드는 이번 달까지 쓰고 잘라 버리겠습니다. 블루 코드는 알아서 락 걸어 주세요."

경찰청장이 한숨과 함께 알겠다고 대답하자 권성호는 뒤에 있는 병원 건물을 올려다봤다.

"그나저나 웃기지 않습니까?"

"뭐가?"

"자살을 시도한 박기태와 유도영 패거리들이 같은 병원에 입원한 게 말입니다. 양쪽 다 침대에 누워 있긴 하지만 처지는 전혀 다르네요."

권성호는 경찰청장의 대답을 듣지 않고 병원 쪽으로 발걸음을 옮겼다.

*

병실의 침대에 누워서 천정을 올려다보던 기태는 문이 열리는 소리에 고개를 돌렸다. 문을 열고 들어온 권성호는 기태가 아무 반응도 보이지 않자 가져온 과일 바구니를 침실 옆 탁자에 올려 놓으며 말했다.

"누굴 그렇게 기다리십니까?"

"저승사자."

"아이고, 사람 목숨이 그렇게 쉽게 끊기지 않아요."

"그래서 약도 먹고 팔목도 그었는데 죽지 않았네."

"기쁜 소식 전해 드려요?"

"뭐?"

"따님을 죽인 나머지 패거리들 있잖아요. 이 병원에 다 입원했 어요."

"왜?"

기태의 물음에 권성호는 의자를 당겨서 앉으며 대답했다.

"월령시 근처의 별장에 모여 있다가 누출된 가스에 중독되었 나 봐요."

"가스에 중독되었다고?"

"네, 달랑 그것만 나왔어요. 다 의식이 없는 상태로 입원했고, 앞으로도 의식이 돌아오기는 어려울 거 같대요. 그러니까……."

기태의 몸을 쳐다본 권성호가 덧붙였다.

"몸이라는 감옥에 갇힌 셈이죠."

한동안 말이 없던 기태는 침대가 꺼질 정도로 무거운 한숨을 쉬었다.

"천벌을 받았군."

"부모 가슴에도 못을 박은 셈이죠. 뇌사 상태라서 언젠가는 산소 호흡기를 꺼야 합니다. 그걸 결정하는 건 부모고요."

"하나도 안타깝지 않아. 자기 자식들을 살린답시고 남의 자식을 죽였잖아."

"그런 셈이죠. 거기다 어떻게든 덮고 넘어가려는 걸 보면 켕기는 게 많은 모양이에요."

"그러겠지. 자식들이 저지른 짓을 덮어 버렸으니까 공범이나 다름없지."

"주동자인 유도영이란 놈의 작은아버지가 경찰청장이었더라고요. 내년에 총선에 출마한다는 소문이 파다했는데 아마도 미끄러질 것 같아요."

"이번 일로?"

"네, 지금이야 잠잠하지만 총선 때 되면 다들 물어뜯을 테니 좋은 먹잇감인 셈이죠."

애기를 나누는데 문이 열리는 소리가 들렸다. 남자 간호사가 들어와서 링거 상태를 확인하고는 반쯤 열린 커튼을 닫고 다시 나갔다. 잠시 끊긴 대화는 남자 간호사가 나간 이후에 이어졌다. 잠시 누워 있는 기태를 응시하던 권성호가 말했다.

"진짜 어떻게 된 일인지 궁금합니다."

"나도 몰라."

"불가능한 것을 전부 제외하고 남은 것은 아무리 말이 되지 않더라도 진실일 수밖에 없죠."

"무슨 소리야?"

기태의 물음에 권성호가 대답했다.

"셜록 홈즈가 『네 사람의 서명』에서 한 말입니다. 이번 케이스에 적용하면 형님이 가장 유력한 용의자이자 배후일 수밖에 없어요."

"난 힘이 없어."

"거기다 알리바이도 완벽하죠. 하지만 세상에서 그들을 죽이고 싶어 하는 건 형님밖에 없잖아요."

"저지른 짓이 있는데 나만 미워했겠어?"

기태의 대답을 끝으로 병실에는 죽음 같은 침묵이 찾아왔다. 기태가 더 이상 대화를 하지 않겠다는 뜻으로 돌아눕자 권성호는 잘 있으라는 말을 남기고는 의자에서 일어났다. 그리고 밖으로 나가려다가 창문의 커튼이 펄럭거리는 걸 보고는 그쪽으로 걸어갔다. 그가 돌아누운 기태에게 말했다.

"형님이 읽던 책입니까?"

기태가 몸을 돌리며 바라보자 권성호가 창가에 서서 책을 한 권 들어 보였다. 기태는 고개를 저었다.

"아니, 처음 보는 책인데?"

"이상하네요. 의자에 놓고 갈게요. 퇴원하시면 연락 주세요."

"그럴게."

하지만 기태는 그와의 인연이 여기서 끝났음을 짐작하고 있었다. 권성호가 문을 닫고 나가자 기태는 그가 앉아 있던 의자에 놓인 책을 집었다.

"『황무지』. T. S. 엘리엇."

월령산에서 주웠던 휴대폰의 주인과 통화할 때의 기억이 떠오른 기태는 순간적으로 굳어 버렸다. 그때 얘기를 주고받은 것이 바로 T. S. 엘리엇의 시집이었기 때문이었다. 중간에 꽂혀 있는 책갈피에는 사인펜으로 쓴 글씨가 있었다.

휴대폰은 없애고, 황무지에서 벗어나 새로운 삶을 살길 바람.

기태는 책을 든 채 중얼거렸다.

"누구지?"

아까 대화 중간에 들어온 남자 간호사, 그리고 책이 있다고 얘기한 권성호 둘 중 하나가 킬러가 분명했다. 하지만 누구인지 알 수 없었던 기태는 침대에 걸터앉아 시집의 한 구절을 읽었다.

현실감 없는 도시,
겨울 새벽의 갈색 안개 밑으로
한 무리의 사람들이 런던 다리 위로 흘러갔다.
그처럼 많은 사람들을 죽음이 망쳤으리라고는 나는 미처 생각하지 못했다.

차를 타고 가던 남자는 인공지능 왓슨의 질문을 받았다.

[왜 그 남자를 살려 주셨는지 물어봐도 되겠습니까?]

"이미 죽어 있잖아. 딸이 죽은 순간부터 숨만 붙어 있는 거 같던데?"

[시키는 대로 자살 시도를 제대로 한 걸 보면 그럴 가능성이 높습니다.]

"맞아. 진짜로 죽을 생각이었던 거 같아. 그래서 놔둔 거야. 난 불필요한 살인은 안 해."

[경찰청장이 본격적으로 추적할 가능성이 높습니다.]

"무당과 킬러의 공통점이 뭔지 알아?"

[질문이 너무 뜬금없습니다.]

"작두 위에 올라서 있다는 거지. 내가 스승한테 가장 마지막으로 배운 게 바로 즐기라는 거야."

[위험성을 말입니까? 이번 의뢰를 처리하면서 입은 금전적인 손실은 둘째치고 위험 가능성이 12.8퍼센트 높아졌습니다.]

"당분간 해외에 나가 있을까?"

[괜찮은 생각입니다. 그런데 지금 도서관 조직에서 의뢰가 하나 들어왔습니다. 어떻게 할까요?]

"그래? 그럼, 계속 즐겨 봐야지."

남자는 가볍게 웃으면서 차의 속도를 높였다.

미스터 쉐도우

초판 1쇄 인쇄 2025년 1월 15일
초판 1쇄 발행 2025년 1월 15일

지은이 정명섭
편집 주자덕
윤문 및 교정 김미숙
발행인 주자덕
인쇄 미래피엔피
펴낸 곳 아프로스미디어
출판등록 제 2016-000073호
주소 서울특별시 성동구 금호로 173, 101동 904호
전화 02-6352-5133
팩스 02-6455-5891
홈페이지 www.aphrosmedia.com
전자우편 spitz70@aphrosmedia.com
ISBN 979-11-89770-58-7 (03810)